ESTILHAÇA-ME

ESTILHAÇA-ME

Tahereh Mafi

Tradução

Robson Falchetti Peixoto

Editora Novo Conceito

1ª Impressão — 2012

Produção Editorial
Equipe Novo Conceito

Tradução: Robson Falchetti Peixoto
Preparação de Texto: Equipe Novo Conceito
Revisão de Texto: SD Edições e Sandra Brazil
Diagramação: Equipe Novo Conceito
Adaptação da Capa: Equipe Novo Conceito

Este livro segue as regras da Nova Ortografia da Língua Portuguesa

Dados Internacionais de Catalogação na Publicação (CIP)
(Câmara Brasileira do Livro, SP, Brasil)

Mafi, Tahereh
Estilhaça-me / Tahereh Mafi ; [tradução Robson Falchetti Peixoto]. -- Ribeirão Preto, SP : Novo Conceito Editora, 2012.

Título original: Shatter me

ISBN 978-85-63219-90-9
1. Ficção norte-americana I. Título.

12-00226 CDD-813

Índices para catálogo sistemático:
1. Ficção : Literatura norte-americana 813

Editora Novo Conceito

Rua Dr. Hugo Fortes, 1885 – Parque Industrial Lagoinha
14095-260 – Ribeirão Preto – SP
www.editoranovoconceito.com.br

1

Estou aprisionada há 264 dias.

Não tenho nada senão um caderno e uma caneta quebrada e os números na cabeça para me fazer companhia. Uma janela. Quatro paredes. Espaço de 1,48 m^2. Vinte e seis letras de um alfabeto do qual não fiz uso em 264 dias de isolamento.

Seis mil, trezentas e trinta e seis horas desde que toquei outro ser humano.

— Você vai ganhar um companheiro ~~de cela~~ — disseram para mim.

— ~~A gente espera que você apodreça neste lugar.~~ Por bom comportamento — disseram para mim.

— ~~Outro psicótico igual a você.~~ Acabou o isolamento — disseram para mim.

Eles são os asseclas do Restabelecimento. A iniciativa que supostamente deveria ajudar nossa sociedade agonizante. As mesmas pessoas que me arrancaram da casa de meus pais e me trancafiaram em um porão por causa de algo que me fugia ao controle. Ninguém se importa com o fato de que eu não sabia do que era capaz. De que eu não sabia o que estava fazendo.

Não faço ideia de onde estou.

Só sei que fui transportada por alguém dentro de um furgão branco que levou 6h37min para me trazer até aqui. Sei que fui algemada em meu assento. Sei que fui amarrada em minha cadeira. ~~Sei que meus pais jamais se preocuparam em se despedir.~~ Sei que não chorei enquanto era levada.

Sei que o céu desaba todos os dias.

O Sol cai dentro do oceano e respinga marrons e vermelhos e amarelos e laranja no mundo exterior a minha janela. Um milhão de folhas de uma centena de diferentes ramos mergulham no vento, flutuando com a falsa promessa de voo. A rajada de vento atinge suas asas secas apenas para forçá-las para baixo, esquecidas, deixadas ao pisoteio dos soldados ao chão.

Não há tantas árvores como antes, é o que dizem os cientistas. Eles dizem que nosso mundo costumava ser verde. Nossas nuvens costumavam ser brancas. Nosso Sol era sempre o tipo certo de luz. Mas tenho frágeis memórias desse mundo. Não me lembro muito de como era antes. A única existência que conheço agora é a que me foi dada. Um eco do que costumava ser.

Pressiono a palma da mão contra a pequena vidraça e sinto o frio cingi-la em um abraço familiar. Estamos ambas sozinhas, ambas existindo como a ausência de qualquer outra coisa.

Apanho minha caneta quase inútil e de pouquíssima tinta, e cujo uso aprendi a racionar um dia após o outro, e olho fixamente para ela. Mudo de ideia. Abandono o esforço necessário para escrever. Ter um companheiro de cela poderia ser bom. Conversar com um ser humano de verdade poderia facilitar as coisas. Pratico usando a voz, moldando os lábios à forma das palavras familiares que me são estranhas à boca. Pratico todos os dias.

Fico surpresa por lembrar como se fala.

Enrolo meu caderninho e o enfio na parede. Sento-me nas molas cobertas de pano sobre as quais sou forçada a dormir. Espero. Balanço-me de um lado para o outro e espero.

Espero muito tempo e caio no sono.

Meus olhos se abrem a dois olhos dois lábios duas orelhas duas sobrancelhas.

Contenho meu grito na urgência de dominar o horror paralisante que me toma os membros.

— Você é um ga-ga-garoto...

— E você é uma garota. — Ele ergue uma sobrancelha. Ele se inclina, desviando-se de meu rosto. Ele força um riso, mas ele não está sorrindo. E eu quero chorar, meus olhos se desesperam, aterrados, lançando-se em direção à porta que perdi as contas de tantas vezes que tentei abrir. Eles me trancaram com um garoto. Um garoto.

Deus!

Eles estão tentando me matar.

Eles fizeram isso de propósito.

Para me torturar, para me atormentar, para eu nunca mais dormir durante a noite. Seus braços são tatuados até os cotovelos. Na sobrancelha falta-lhe uma argola, que eles devem ter confiscado. Olhos azul-escuros, cabelos castanho-escuros, linha da mandíbula definida, físico forte e magro. ~~Deslumbrante.~~ Perigoso. Aterrorizante. Horrível.

Ele ri e eu caio da cama e corro para o canto.

Ele avalia o pequeno travesseiro sobre a cama vaga que eles empurraram para o espaço vazio esta manhã, o reduzido colchão e o cobertor surrado nem mesmo grandes o bastante para dar conta da metade superior de seu corpo. Ele olha para minha cama. Olha para sua cama.

Junta as duas com uma mão. Usa o pé para empurrar as duas armações de metal para o seu lado do quarto. Estende-se sobre os dois colchões, tomando meu travesseiro para amortecer seu pescoço. Comecei a tremer.

Mordo o lábio e tento ocultar-me no canto escuro.

Ele roubou minha cama, meu cobertor, meu travesseiro.

Não tenho nada senão o chão.

Não terei nada senão o chão.

Jamais irei me opor porque estou petrificada demais paralisada demais paranoica demais.

— Então você é... o quê? Louca? É por isso que está aqui?

~~Não sou louca.~~

Ele se apoia o suficiente para ver meu rosto. Ele ri novamente.

— Não vou machucá-la.

~~Quero acreditar nele.~~ Não acredito nele.

— Qual seu nome? — pergunta ele.

~~Não é da sua conta. Qual seu nome?~~

Escuto sua respiração irritada. Escuto-o virar-se na cama cuja metade costumava ser minha. Permaneço a noite toda acordada. Meus joelhos enroscados no queixo, meus braços apertados em volta de meu pequeno corpo. Meu longo cabelo castanho é a única cortina entre nós.

Não vou dormir.

Não posso dormir.

Não posso ouvir aqueles gritos novamente.

2

Tem cheiro de chuva da manhã.

O quarto está impregnado do cheiro de pedra molhada, solo revolvido; o ar está úmido e terroso. Respiro fundo e ando na ponta dos pés até a janela apenas para pressionar o nariz contra a superfície fria. Sinto minha respiração embaçar o vidro. Fecho os olhos ao som de um suave tamborilar permeando o vento. As gotas de chuva são minha única lembrança de que as nuvens têm pulsação. De que eu também tenho uma.

Sempre me pergunto sobre as gotas de chuva.

Gostaria de saber como estão sempre caindo, tropeçando nos próprios pés, quebrando as pernas e esquecendo-se de seus paraquedas, conforme tombam direto do céu rumo a um fim incerto. É como uma pessoa que está esvaziando os bolsos sobre a terra e parece não se importar com o destino do conteúdo que cai, que parece não se importar com o fato de que as gotas de chuva estouram quando atingem o solo, de que elas se estilhaçam quando chegam ao chão, de que as pessoas amaldiçoam os dias em que as gotas ousam tocar sua porta.

Sou uma gota de chuva.

~~Meus pais esvaziaram seus bolsos de mim e deixaram-me evaporar sobre uma laje de concreto.~~

A janela me diz que não estamos longe das montanhas e que, definitivamente, estamos perto da água, mas, hoje, tudo está perto da água. Só não sei de que lado estamos. Para que direção estamos voltados. Aperto os olhos à primeira luz da manhã. Alguém pegou o Sol e o fixou novamente no céu, mas todos os dias ele paira um pouco mais baixo que no dia anterior. É como um pai negligente que conhece apenas metade de quem você é. Nunca enxerga como sua ausência muda as pessoas. Quão diferentes somos no escuro.

Um sussurro repentino indica que meu companheiro de cela está acordado.

Giro sobre meus pés como se tivesse sido pega roubando comida outra vez. Isso só aconteceu uma vez, e meus pais não acreditaram em mim quando disse que ela não era para mim. Eu disse que estava apenas tentando salvar os gatos vadios que viviam pela vizinhança, mas eles não acreditaram que eu fosse humana o bastante para me importar com um gato. Não eu. Não ~~algo~~ alguém como eu. Além disso, eles nunca acreditavam em nada do que eu dizia. É exatamente por isso que estou aqui.

O companheiro de cela está me estudando.

Ele adormeceu completamente vestido. Ele está usando uma camiseta azul-marinho e calças cargo cáqui enfiadas em botas pretas de cano alto.

Estou usando fibras de algodão morto nos membros e um rubor de rosas na face.

Seus olhos esquadrinham a silhueta de minha estrutura e esse vagaroso movimento faz meu coração disparar. Apanho as pétalas de rosa conforme me caem do rosto, flutuam em volta da moldura de meu corpo e me revestem em algo cuja sensação remete à ausência de coragem.

Pare de olhar para mim, é o que quero dizer.

Pare de me tocar com seus olhos, mantenha suas mãos afastadas e por favor e por favor e por favor...

— Qual seu nome? — A inclinação de sua cabeça racha ao meio a gravidade.

Estou suspensa no momento. Pisco os olhos e contenho a respiração.

Ele se move e meus olhos se estilhaçam em milhares de pedaços que ricocheteiam ao redor do quarto, capturando um milhão de fotos instantâneas; um milhão de momentos no tempo. Bonitas imagens desbotadas pela idade, pensamentos congelados pairando precariamente no espaço morto, um redemoinho de memórias que me cortam a alma. ~~Ele me faz lembrar de alguém que eu conhecia.~~

Uma respiração profunda e o choque me devolve à realidade.

~~Sem mais sonhar acordada.~~

— Por que você está aqui? — pergunto às rachaduras da parede de concreto. Catorze rachaduras em quatro paredes em mil tons de cinza. O chão, o teto: tudo a mesma laje de pedra. As armações das camas construídas de modo patético: a partir de velhos canos de água. O quadradinho de uma janela: grossa demais para quebrar. Esgotou-se minha esperança. Meus olhos estão dispersos e doloridos. Meu dedo está traçando um caminho preguiçoso pelo piso frio.

Estou sentada no chão que cheira a gelo, metal e sujeira. O companheiro de cela senta-se diante de mim, pernas dobradas por debaixo dele, botas brilhantes demais para este lugar.

— Você tem medo de mim. — Sua voz não tem forma.

Meus dedos cerram-se em punho.

— Receio que esteja errado.

Poderia estar mentindo, mas isso não é da conta dele.

Ele bufa, e o som ecoa pelo ar que jaz entre nós. Não levanto a cabeça. Não dou com os olhos que ele está lançando em minha direção. Provo do oxigênio seco e gasto e suspiro. O aperto na garganta vem de algo familiar para mim, algo que aprendi a engolir em seco.

Duas súbitas batidas à porta trazem minhas emoções de volta ao lugar.

Ele se coloca de pé em um instante.

— Ninguém está lá — digo a ele. — É só nosso café da manhã. — Duzentos e sessenta e quatro cafés da manhã e ainda não sei do que ele é feito. Tem cheiro de muita coisa química; uma massa amorfa sempre entregue em extremos. Às vezes doce demais, às vezes salgada demais, sempre repugnante. Na maior parte das vezes estou tão morta de fome que nem noto a diferença.

Escuto-o hesitar por apenas um instante antes de avançar rumo à porta. Ele abre uma pequena fresta e através dela espreita um mundo que não existe mais.

— Merda! — Ele praticamente arremessa a bandeja pela abertura, parando apenas para bater a palma da mão contra a camisa. — Merda, merda. — Ele fecha os dedos e tensiona a mandíbula. Ele queimou a mão. Eu o teria alertado se ele tivesse me escutado.

— Você deve esperar pelo menos três minutos antes de tocar a bandeja — digo à parede. Não olho para as leves cicatrizes que adornam minhas pequenas mãos, para as marcas de queimadura que ninguém poderia ter me instruído a evitar. — Acho que eles fazem isso de propósito — acrescento, calmamente.

— Ah, então hoje você está conversando comigo? — Ele está com raiva. Seus olhos relampejam antes de ele desviar o olhar e eu perceber que ele está mais constrangido do que qualquer outra coisa. Ele é um cara durão. Durão demais para cometer erros estúpidos na frente de uma garota. Durão demais para demonstrar dor.

Aperto os lábios e fito o lado de fora do pequeno quadrado de vidro que eles chamam janela. Não sobraram muitos animais, mas já ouvi histórias de pássaros que voam. Talvez um dia eu consiga ver um. Atualmente, as histórias têm um enredo tão desordenado que há muito pouco em que se acreditar, mas não foi só de uma pessoa que escutei dizer que, de fato, viram um pássaro voando nos últimos anos. Portanto, observo da janela.

Haverá um pássaro hoje. Ele será branco com listras de ouro igual a uma coroa sobre sua cabeça. Ele voará. Haverá um pássaro hoje. Ele será branco com listras de ouro igual a uma coroa sobre sua cabeça. Ele voará. Haverá um...

Sua mão.

Em mim.

Duas pontas de dois dedos roçam por menos de um segundo meu ombro coberto de pano, e cada músculo, cada tendão de meu corpo está carregado de tensão e amarrado em nós que me comprimem a espinha. Permaneço bastante quieta. Não me movo. Não respiro. Talvez, se não me mover, este sentimento dure para sempre.

Às vezes penso que a solidão dentro de mim explodirá pela pele e, às vezes, não tenho certeza se chorar ou gritar ou rir de histeria resolverá alguma coisa. Às vezes estou tão desesperada por tocar, por ser tocada, por sentir, que tenho quase certeza de que vou cair de um penhasco em um universo alternativo no qual ninguém, nunca, será capaz de me encontrar.

Não parece impossível.

Tenho gritado por anos e ninguém jamais me escutou.

— Você não está com fome? — Sua voz é mais baixa agora, um pouco preocupada.

~~Há 264 dias estou morrendo de fome.~~

— Não. — A palavra é pouco mais que uma respiração entrecortada, pois me escapa dos lábios e me viro e eu não deveria, mas faço e ele está me encarando. Está me estudando. Seus lábios estão somente um pouco apartados, seus braços, inertes ao lado do corpo, seus cílios, pestanejam em trégua.

Sinto alguma coisa socar meu estômago.

Seus olhos. Alguma coisa em seus olhos.

~~Não é ele não é ele não é ele não é ele não é ele.~~

Fecho-me ao mundo. Tranco-me. Giro a chave com firmeza.

A escuridão me sepulta em seus vincos.

— Ei...

Meus olhos se abrem. Duas janelas estilhaçadas enchendo de vidro minha boca.

— O que é? — Sua voz é uma tentativa fracassada de monotonia, uma tentativa ansiosa de indiferença.

~~Nada.~~

Concentro-me no quadrado transparente encravado entre mim e minha liberdade. Quero estraçalhar este mundo de concreto e esquecimento. Quero ser maior, melhor, mais forte.

~~Quero estar *furiosa-furiosa-furiosa*.~~

Quero ser o pássaro que voa para longe.

— O que você está escrevendo? — O companheiro de cela fala novamente.

~~Estas palavras são vômito.~~

~~Esta caneta trêmula é meu esôfago.~~

~~Esta folha de papel é minha tigela de porcelana.~~

— Por que você não me responde? — Ele está perto demais perto demais perto demais.

Ninguém jamais está perto o bastante.

Engulo a respiração e espero que ele dê o fora, como todos os outros de minha vida. Meus olhos estão focados na janela e na promessa do que poderia ser. Na promessa de algo mais grandioso, algo mais importante, alguma razão para a demência que se edifica em meus ossos, alguma explicação para minha incapacidade de fazer qualquer coisa sem arruinar tudo. Haverá um pássaro. Ele será branco com listras de ouro igual a uma coroa sobre sua cabeça. Ele voará. Haverá um pássaro. Ele será...

— Ei...

— Você não pode me tocar — murmuro. Estou mentindo; é o que não digo a ele. Ele pode me tocar, é o que nunca lhe direi. Por favor, toque-me; é o que quero lhe dizer.

Mas coisas acontecem quando as pessoas me tocam. Coisas estranhas. Coisas ruins.

Coisas mortas.

Não consigo me lembrar do calor de qualquer tipo de abraço. Meus braços doem em virtude do inescapável gelo do isolamento. Minha própria mãe não poderia me segurar nos braços. Meu pai não poderia aquecer minhas mãos congeladas. Vivo em um mundo de nada.

Olá.

Mundo.

Você irá me esquecer.

Toque-toque.

O companheiro de cela se levanta em um pulo.

É hora do banho.

3

A porta se abre a um abismo.

Não há cor, não há luz, não há promessa de qualquer coisa senão horror do outro lado. Sem palavras. Sem direção. Apenas uma porta aberta que significa a mesma coisa todo o tempo.

O companheiro de cela tem perguntas.

— Mas que diabos? — Ele olha para mim e depois para a ilusão da fuga. — Estão nos deixando sair?

~~Eles nunca nos deixarão sair.~~

— É hora do banho.

— Banho? — Sua voz perde a inflexão, mas ainda é entremeada de curiosidade.

— Não temos muito tempo — digo a ele. — Temos de nos apressar.

— Espere, o quê? — Ele alcança meu braço, mas eu me afasto. — Mas não tem luz... nem podemos enxergar para onde vamos...

— Depressa. — Concentro os olhos no chão. — Pegue na barra da minha camisa.

— Do que você está falando?...

Um alarme soa a distância. Um zunido ressoa mais próximo na segunda vez. Logo toda a cela está vibrando com o aviso e a porta está se fechando. Agarro sua camisa e, perto de mim, arrasto-o para a escuridão.

— Não. Diga. Nada.

— Ma...

— Nada — digo em um zumbido surdo. Puxo sua camisa e ordeno-lhe que me siga como se eu sentisse o caminho pelos labirintos da instituição psiquiátrica. ~~É um lar, um centro para jovens problemáticos, para crianças abandonadas de famílias desmanteladas, um lar seguro para os perturbados psicologicamente.~~ É uma prisão. Eles nos alimentam com nada e nossos olhos nunca veem um ao outro, exceto às raras brechas de luz que se infiltram pelas fendas de vidro que eles fingem serem janelas. Noites são rasgadas por gritos e soluços tortuosos, lamentos e choros atormentados, os ruídos de carne e osso rompendo-se, se à força ou por opção não dá para saber. Passei os três primeiros meses na companhia de meu próprio fedor. Ninguém nunca me disse onde ficavam os banheiros e chuveiros. Ninguém nunca me disse como funcionava o sistema. Ninguém fala com você a menos que seja para comunicar más notícias. Ninguém toca em você de modo nenhum. Garotos e garotas nunca se encontram.

Nunca até hoje.

Não pode ser coincidência.

Meus olhos começam a se ajustar ao manto artificial da noite. Meus dedos sentem o caminho através dos corredores acidentados, e o companheiro de cela não diz uma palavra. Estou quase orgulhosa dele. Ele é quase trinta centímetros maior do que eu; seu corpo, forte e sólido, com força e musculatura de alguém perto da minha idade. O mundo ainda não o arrasou. Tamanha a imunidade na ignorância.

— O que...

Dou-lhe um puxão mais forte na camisa para impedi-lo de falar. Os corredores ainda estavam escuros. Sinto a estranha necessidade de protegê-lo, esta pessoa que poderia me quebrar com dois dedos. Ele não percebe o quanto esta ignorância o torna vulnerável. Ele não percebe que poderiam matá-lo por motivo nenhum.

Decidi não ter medo dele. Decidi que suas ações eram mais imaturas que ameaçadoras. ~~Ele me parece tão familiar tão familiar tão familiar.~~ Uma vez conheci um garoto com os mesmos olhos azuis e minhas lembranças não me permitem que o odeie.

Talvez eu gostasse de um amigo.

Mais um metro e meio até a parede que vai do áspero ao liso e então viramos à direita. Um pouco mais de meio metro de espaço vazio antes de chegarmos a uma porta de madeira com uma maçaneta quebrada e um punhado de lascas. Três batimentos cardíacos até termos certeza de que estamos sozinhos. Um passo adiante para empurrar a porta. Um suave rangido, e a fenda se alarga para revelar nada senão o que imagino que pareça este espaço.

— Por aqui — sussurro.

Puxo-o rumo à fila de chuveiros e vasculho o chão em busca de quaisquer pedaços de sabonete pousados no ralo. Encontro dois pedaços, um duas vezes maior que o outro.

— Abra sua mão — digo na escuridão. — É gosmento. Mas não o deixe cair. Não tem mais sabonete e tivemos sorte hoje.

Ele diz nada por alguns segundos e começo a me preocupar.

— Ainda está aí? — Me pergunto se esta era a armadilha. Se este era o plano. Se talvez ele tivesse sido enviado para me matar neste pequeno espaço sob o manto da escuridão. Realmente nunca soube o que eles iam fazer comigo no hospício, nunca soube se eles achavam que me prender seria bom o suficiente, mas eu sempre achei que eles poderiam me matar. Sempre me pareceu uma opção viável.

Não posso dizer que não mereceria isso.

No entanto estou aqui por alguma coisa que nunca tive a intenção de fazer e ninguém parece se importar com o fato de ter sido um acidente.

~~Meus pais nunca tentaram me ajudar.~~

Não escuto os chuveiros funcionando e meu coração gela. Este singular recinto raramente está cheio, mas geralmente há outras pessoas, nem que sejam apenas uma ou duas. Percebi que os residentes do hospício ou são loucos legítimos e não conseguem encontrar o caminho para os chuveiros, ou simplesmente não se importam com isso.

Engulo em seco.

— Qual seu nome? — Sua voz rasga o ar e meu fluxo de consciência em um só movimento. Posso sentir sua respiração muito mais perto do que ele estava antes. Meu coração está acelerando e não sei por que, mas não consigo controlar isso. — Por que você não me diz o seu nome?

— Sua mão está aberta? — pergunto, minha boca seca, minha voz rouca.

Ele avança devagar e eu estou quase com medo de respirar. Seus dedos roçam o tecido duro da única roupa que terei para sempre e eu consigo soltar o ar dos pulmões. Desde que ele não toque minha pele. Desde que ele não toque minha pele. Desde que ele não toque minha pele. Este parece ser o segredo.

Minha fina camiseta foi lavada tantas vezes na água desagradável deste edifício que parece um saco de pano contra minha pele. Solto o pedaço maior de sabonete em sua mão e ando para trás pé ante pé.

— Vou ligar o chuveiro para você — explico cuidadosamente, ansiosa por não elevar minha voz, temendo que outros me ouvissem.

— O que faço com minhas roupas? — Seu corpo ainda está muito próximo ao meu.

Pisco mil vezes na escuridão.

— Você tem que tirá-las.

Seu riso soa com um ar divertido.

— Não, eu sei. Quis dizer o que faço com elas enquanto tomo banho?

— Faça com que não se molhem.

Ele respira fundo.

— Quanto tempo nós temos?

— Dois minutos.

— Jesus, por que não disse an...

Ligo seu chuveiro ao mesmo tempo que ligo o meu, e suas reclamações se afogam debaixo da ducha entrecortada das torneiras que mal funcionam.

Os movimentos são mecânicos. Fiz isso tantas vezes que já memorizei os métodos mais eficientes para esfregar, enxaguar e racionar sabonete para meu corpo, bem como para meu cabelo. Não há toalhas, então o truque é tentar não ensopar nenhuma parte do corpo. Se o fizer, nunca se secará adequadamente e passará a próxima semana quase morrendo de pneumonia. Sei muito bem.

Em exatos 90 segundos eu torci os cabelos e estou me enfiando de volta na minha roupa esfarrapada. Das coisas que tenho, meus tênis são os únicos que ainda estão razoavelmente em boas condições. Não fazemos caminhada por aqui.

O companheiro de cela segue o exemplo quase imediatamente. Estou satisfeita por ele aprender rápido.

— Pegue a barra da minha camisa — instruo-o. — Temos de correr.

Seus dedos roçam a parte estreita das minhas costas por um vagaroso momento e eu tenho de morder o lábio para conter a intensidade. Quase paro no lugar. Ninguém jamais coloca as mãos em qualquer parte do meu corpo.

Tenho de correr, então seus dedos me abandonam. Ele tropeça ao me alcançar.

Quando finalmente estamos presos entre as familiares quatro paredes de claustrofobia, meu companheiro de cela não para de me encarar.

Enrolo-me no canto. Ele ainda tem minha cama, meu cobertor, meu travesseiro. Perdoo-o por sua ignorância, mas talvez seja cedo demais para sermos amigos. Talvez eu tenha me precipitado em ajudá-lo. Talvez ele realmente só esteja aqui para me fazer infeliz. No entanto, se eu não me manter aquecida, vou ficar doente. Meu cabelo está muito molhado e o cobertor com que costumava enrolá-lo ainda está no lado dele do quarto. Talvez ainda esteja com medo dele.

Inspiro muito intensamente, muito depressa levanto os olhos à luz opaca do dia. O companheiro de cela envolveu dois cobertores sobre meus ombros.

Um meu.

Um seu.

— Desculpa por ser tão imbecil — murmura ele para a parede. Ele não me toca e eu estou ~~desapontada~~ feliz por ele não tocar. ~~Queria que ele tivesse.~~ Ele não deveria. Ninguém jamais deve me tocar.

— Sou Adam — fala ele lentamente. Ele se afasta de mim até clarear o quarto. Ele usa uma mão para empurrar a armação de minha cama de volta para o meu lado.

Adam.

Um bonito nome. O companheiro de cela tem um bonito nome.

É um nome de que sempre gostei, mas nunca consegui lembrar por quê.

Não perco tempo ao subir sobre as molas mal disfarçadas de meu colchão e estou tão exausta que quase não sinto as espirais de metal que ameaçam perfurar minha pele. Não durmo há mais de 24 horas. Adam é um bonito nome é a única coisa em que consigo pensar antes de a exaustão invalidar meu corpo.

4

~~*Eu não sou louca. Eu não sou louca. Eu não sou louca. Eu não sou louca.*~~
~~*Eu não sou louca. Eu não sou louca. Eu não sou louca. Eu não sou louca.*~~
~~*Eu não sou louca. Eu não sou louca. Eu não sou louca. Eu não sou louca.*~~
~~*Eu não sou louca. Eu não sou louca. Eu não sou louca. Eu não sou louca.*~~
~~*Eu não sou louca. Eu não sou louca. Eu não sou louca. Eu não sou louca.*~~
~~*Eu não sou louca. Eu não sou louca. Eu não sou louca. Eu não sou louca.*~~
~~*Eu não sou louca. Eu não sou louca. Eu não sou louca. Eu não sou louca.*~~
~~*Eu não sou louca. Eu não sou louca. Eu não sou louca. Eu não sou louca.*~~
~~*Eu não sou louca. Eu não sou louca. Eu não sou louca. Eu não sou louca.*~~
~~*Eu não sou louca. Eu não sou louca. Eu não sou louca. Eu não sou louca.*~~
~~*Eu não sou louca. Eu não sou louca. Eu não sou louca. Eu não sou louca.*~~
~~*Eu não sou louca. Eu não sou louca. Eu não sou louca. Eu não sou louca.*~~
~~*Eu não sou louca. Eu não sou louca. Eu não sou louca. Eu não sou louca.*~~
~~*Eu não sou louca. Eu não sou louca. Eu não sou louca. Eu não sou louca.*~~
~~*Eu não sou louca. Eu não sou louca. Eu não sou louca. Eu não sou louca.*~~
~~*Eu não sou louca. Eu não sou louca. Eu não sou louca. Eu não sou louca.*~~
~~*Eu não sou louca. Eu não sou louca. Eu não sou louca. Eu não sou louca.*~~
~~*Eu não sou louca. Eu não sou louca. Eu não sou louca. Eu não sou louca.*~~
~~*Eu não sou louca. Eu não sou louca. Eu não sou louca. Eu não sou louca.*~~
~~*Eu não sou louca. Eu não sou louca. Eu não sou louca. Eu não sou louca.*~~
~~*Eu não sou louca. Eu não sou louca. Eu não sou louca. Eu não sou louca.*~~

O horror rompe-me as pálpebras.

Meu corpo está ensopado de um suor frio, meu cérebro, nadando em ondas de dor não esquecidas. Meus olhos fixam-se em círculos negros que se dissolvem na escuridão. Não faço ideia do quanto dormi. Não faço ideia se assustei meu companheiro de cela com os meus sonhos. Às vezes grito bem alto.

Adam está me fitando.

Estou respirando com dificuldade e consigo me levantar. Puxo os cobertores para mais perto de meu corpo apenas para me dar conta de que roubara seu único meio de se aquecer. Nunca me ocorreu que ele poderia estar congelando tanto quanto eu. Estou tremendo, mas seu corpo está inabalável na noite, sua silhueta, uma forma rija contra o pano de fundo negro. ~~Não faço ideia do que dizer~~. Não há nada a dizer.

— Os gritos nunca param neste lugar, não é?

~~Os gritos são apenas o começo.~~

— Não — digo quase em silêncio. Um fraco rubor surge-me no rosto e eu estou feliz que esteja escuro demais para que ele repare. Ele deve ter escutado meus gritos.

Às vezes gostaria que nunca tivesse de dormir. Às vezes penso que, se eu ficar muito, muito quieta, se eu não me mover de modo nenhum, as coisas podem mudar. Penso que, se me congelar, eu posso congelar a dor. Às vezes não me movo por horas. Não movo um dedo.

Se o tempo permanece imóvel, nada pode dar errado.

— Você está bem? — A voz de Adam está preocupada. Examino seus punhos cerrados mantidos de lado, a ruga enterrada em sua testa, a tensão em sua mandíbula. Esta pessoa que roubou minha cama e meu cobertor é a mesma que ficou privada deles esta noite. Tão arrogante e descuidado poucas horas atrás; tão cuidadoso e quieto neste momento. Assusta-me que este lugar pudesse tê-lo destruído tão rapidamente. Me pergunto o que ele escutou enquanto eu estava dormindo.

Gostaria de poder salvá-lo do horror.

Algo se quebra; um grito atormentado soa a distância. Estes quartos são entranhados em concreto, paredes mais grossas que pisos e tetos combinados de modo a impedir que os ruídos escapem para muito longe. Se posso ouvir a agonia, é porque ela deve ser impossível de dominar. Todas as noites há sons que deixo de escutar. Todas as noites pergunto-me se sou a próxima.

— Você não é louca.

Levanto bruscamente os olhos. A cabeça dele está inclinada, seus olhos concentrados e nítidos apesar da mortalha que nos envolve. Ele respira fundo.

— Pensei que todo mundo aqui fosse louco — continua ele. — Pensei que eles tinham me prendido com um psicopata.

Dou uma forte tragada de oxigênio.

— Engraçado. Eu também.

1

2

3 segundos se passam.

Ele irrompe um sorriso tão largo, tão divertido, tão sincero e reanimador que é como uma trovoada pelo meu corpo. Algo alfineta meus olhos e quebra meus joelhos. Não vejo um sorriso há 265 dias.

Adam está de pé.

Ofereço-lhe seu cobertor.

Ele o pega apenas para enrolá-lo com mais firmeza em volta de meu corpo e algo repentinamente se contrai em meu peito. Meus pulmões estão esmagados e acabei de decidir não me mexer fosse lá durante quanto tempo ele falasse.

— O que houve?

~~Meus pais pararam de tocar em mim quando passei a engatinhar. Fiz meus colegas de classe chorar só por lhes segurar as mãos. Os professores me faziam trabalhar sozinha para que eu não machucasse as outras crianças. Nunca tive um amigo. Nunca conheci o aconchego do abraço de uma mãe. Nunca senti a ternura do beijo de um pai. Eu não sou louca.~~

— Nada.

Mais cinco segundos.

— Posso me sentar a seu lado?

~~Isso seria maravilhoso.~~

— Não. — Estou novamente encarando a parede.

Ele aperta e desaperta o maxilar. Ele passa a mão pelos cabelos e eu percebo pela primeira vez que ele não está vestindo uma camisa. Está tão escuro no quarto que apenas posso entrever as curvas e os contornos de sua silhueta; apenas uma pequena janela permite à Lua iluminar este espaço, mas eu observo enquanto os músculos de seus braços se comprimem a cada movimento e eu, repentinamente, estou pegando fogo. Chamas lambem minha pele e há uma explosão de calor arranhando-me todo o estômago. Cada centímetro de seu corpo está nu com vigor, cada superfície de algum modo iluminada na escuridão. Em dezessete anos jamais vi algo como ele. Em dezessete anos jamais conversei com um garoto da minha idade. ~~Porque eu sou um monstro.~~

Fecho os olhos até fazê-los costurar de tão bem fechados.

Escuto o rangido de sua cama, o gemido das molas enquanto ele se senta. Descosturo os olhos e examino o chão.

— Você deve estar congelando.

— Não. — Um forte suspiro. — Na verdade, estou pegando fogo.

Fico de pé tão rapidamente que os cobertores caem no chão.

— Você está doente? — Meus olhos examinam seu rosto à procura de sinais de febre, mas não ouso me aproximar.

— Você se sente zonzo? Doem-lhe as articulações? — Tento me lembrar de meus próprios sintomas. Meu próprio corpo prendeu-me à cama por uma semana. Não conseguia fazer mais que rastejar até a porta e cair de cara na minha comida. Não sei como sobrevivi.

— Qual é o seu nome?

Ele já fez a mesma pergunta três vezes.

— Você pode estar doente — é tudo o que consigo dizer.

— Não estou doente. Só estou quente. Não costumo dormir vestido.

Sinto um frio na barriga. Uma humilhação inexplicável queima minha carne. Não sei para onde olhar.

Uma respiração profunda.

— Fui um estúpido ontem. Tratei você como lixo e eu sinto muito. Não devia ter feito aquilo.

Ouso deparar com seu olhar.

Seus olhos são o tom perfeito de cobalto, azuis como uma contusão a desabrochar, nítidos e decididos. Sua mandíbula é definida e suas feições são esculpidas em uma expressão cuidadosa. Ele pensou nisso a noite toda.

— Está tudo bem.

— Então por que você não me diz o seu nome? — Ele se inclina para a frente e eu congelo.

Eu me derreto.

Eu evaporo.

— Juliette — sussurro. — Meu nome é Juliette.

Seus lábios amolecem em um sorriso que me quebra a espinha em pedaços. Ele repete meu nome como se a palavra o divertisse. Como se o entretivesse. Como se o deleitasse.

~~Em dezessete anos, ninguém jamais disse meu nome desse jeito.~~

5

Não sei quando isso começou.

Não sei por que isso começou.

Não sei nada de nada a não ser dos gritos.

Minha mãe gritando quando ela percebeu que não poderia mais me tocar. Meu pai gritando quando ele percebeu o que eu fizera com minha mãe. Meus pais gritando quando me trancaram em meu quarto e me disseram que eu deveria ser grata. Por sua comida. Pelo tratamento humano dedicado a esta coisa que não era possível que fosse filha deles. Pelo parâmetro que eles usaram para determinar a distância que eu devia ficar.

Arruinei a vida deles — é o que me diziam.

Roubei sua felicidade. Destruí para sempre a esperança de minha mãe de ter filhos novamente.

Eu não conseguia enxergar o que tinha feito? — é o que eles me perguntavam. Eu não conseguia enxergar que tinha estragado tudo?

Tentei tanto consertar o que eu tinha estragado. Tentei todo santo dia ser o que eles queriam. Tentei o tempo todo ser melhor, mas de fato nunca soube como.

Somente agora sei que os cientistas estão errados.

O mundo é achatado.

Sei por que fui atirada da margem do planeta e há dezessete anos ando tentando me segurar. Há dezessete anos tenho tentado escalar de volta, mas é quase impossível superar a gravidade quando ninguém está disposto a lhe dar a mão.

Quando ninguém quer correr o risco de tocar em você.

Hoje está nevando.

O concreto está gelado e mais rígido que o normal, mas eu prefiro estas temperaturas congelantes à umidade sufocante dos dias de verão. O verão é como um fogão lento capaz de fazer ferver todas as coisas do mundo um grau de cada vez. Ele é a promessa de um milhão de adjetivos felizes apenas para fazer emanar fedor e esgoto para seu nariz durante o jantar. Odeio o calor e o suor pegajoso nas costas. Odeio o fastio indiferente de um Sol preocupado demais consigo mesmo para se dar conta das infinitas horas que passamos em sua presença. O Sol é uma coisa arrogante, sempre vendo o mundo pelas costas quando se cansa de nós.

A Lua é uma companheira correta.

Ela nunca se vai. Está sempre lá, observando, constante, reconhecendo--nos em nossos momentos de luz e escuridão, em constante transformação, assim como nós. Todos os dias uma versão diferente dela mesma. Às vezes fraca e lívida, noutras forte e cheia de luz. A Lua compreende o significado de ser humano.

Inconstante. Solitária. Esburacada de imperfeições. Estendo a mão para pegar um floco de neve e minha mão se fecha no ar gelado. Vazia.

Quero que esta mão ligada a meu punho atravesse direto a janela.

Apenas para sentir algo.

Apenas para sentir-me humana.

— Que horas são?

Meus olhos tremulam por um momento. Sua voz me puxa de volta para um mundo que continuo tentando esquecer.

— Eu não sei — digo-lhe. Não faço ideia de que horas são. Não faço ideia de qual é o dia da semana, em que mês estamos, ou mesmo se existe uma estação específica em que devíamos estar.

Não temos mais estações propriamente ditas.

Os animais estão morrendo, os pássaros não voam, as colheitas são difíceis de obter, as flores quase não existem. O tempo não é confiável. Às vezes os dias de inverno atingem 33 graus. Às vezes neva por razão nenhuma. Não conseguimos mais produzir alimento suficiente, não conseguimos mais manter vegetação suficiente para os animais, e não conseguimos alimentar as pessoas com aquilo de que elas precisam. Nossa população estava morrendo a uma taxa alarmante antes de O Restabelecimento tomar o comando com a promessa de que tinham uma solução. Os animais estavam tão desesperados por comida que estavam dispostos a comer qualquer coisa, e as pessoas estavam tão desesperadas por comida que estavam dispostas a comer animais envenenados. Estávamos nos matando na tentativa de permanecermos vivos. O tempo, as plantas e a sobrevivência humana são indissociáveis. Os elementos naturais estavam em guerra uns com os outros porque abusávamos de tudo. Abusávamos de nossa atmosfera. Abusávamos de nossos animais. Abusávamos de nosso semelhante.

O Restabelecimento prometeu que consertaria as coisas. No entanto, mesmo que a saúde humana tenha encontrado um pouquinho de alívio sob o novo regime, no fim das contas morreram mais pessoas de uma arma carregada que de um estômago vazio. E está ficando pior.

— Juliette?

Levanto bruscamente a cabeça.

Seus olhos estão desconfiados, preocupados, analisando-me.

Desvio o olhar.

Ele limpa a garganta.

— Então, hum, apenas nos dão de comer uma vez ao dia?

Sua pergunta faz que nossos olhos se voltem para a pequena fenda na porta.

Trago os joelhos até o peito e equilibro meus ossos sobre o colchão. Se me mantiver muito, muito parada, quase consigo ignorar o metal cavando-me a pele.

— Não há sistema quanto à comida — digo-lhe. Meu dedo traça uma nova forma debaixo do material áspero de que é feito o cobertor. — Costuma-se ter algo pela manhã, mas quanto ao resto não há garantias. Às vezes... damos sorte. Meus olhos se erguem à vidraça perfurada na parede. Tons rosa e vermelho insinuam-se dentro do quarto e eu sei que é o início de um novo começo. O início de um mesmo fim. Outro dia.

~~Talvez eu morra hoje.~~

Talvez um pássaro voe hoje.

— Então isso, é? Eles abrem a porta uma vez ao dia para as pessoas fazerem suas necessidades e talvez, se tivermos sorte, eles nos alimentam? É isso?

O pássaro será branco com listras de ouro igual a uma coroa sobre sua cabeça. Ele voará.

— É isso.

— Não tem... terapia de grupo? — Ele quase ri.

— Até você chegar, fazia 264 dias que eu não falava uma única palavra.

Seu silêncio diz muito. Quase que eu podia estender a mão e tocar a culpa crescente sobre seus ombros.

— Há quanto tempo você está aqui? — pergunta ele finalmente.

— ~~Sempre.~~ Não sei. — Um som mecânico range/geme/chia a distância. Minha vida é como quatro paredes de oportunidades perdidas entornadas em moldes de concreto.

— E quanto à sua família? — Há uma grave aflição em sua voz, quase como se já soubesse a resposta a essa pergunta.

~~Eis aqui o que sei sobre meus pais: não faço ideia de onde estão.~~

— Por que você está aqui? — Falo com meus dedos para evitar seu olhar. Examinei minhas mãos tão perfeitamente que sei exatamente onde cada corte e cada escoriação devastaram minha pele. Mãos pequenas. Dedos delgados. Cerro-os em punho e liberto-os para fazer perder a tensão. Ele ainda não respondeu.

Levanto os olhos.

— Eu não sou louco — é tudo o que ele diz.

— É o que todos nós dizemos. — Ergo a cabeça apenas para movimentá-la alguns milímetros. Mordo o lábio. Meus olhos não podem evitar lançar-se furtivamente para fora da janela.

— Por que você tanto olha para fora?

Não me importo com suas perguntas, não mesmo. Só é estranho ter alguém com quem conversar. É estranho ter de exercer energia para mover meus lábios à formação de palavras necessárias para explicar minhas ações. Ninguém se preocupou por muito tempo. Ninguém me observou o bastante para se perguntar por que encaro o lado de fora da janela. Ninguém jamais me tratou como igual. Mas ele não sabe ~~que sou um monstro~~ meu segredo. Me pergunto por quanto tempo isso vai durar antes de ele fugir para salvar a própria vida.

Esqueci de responder e ele ainda está me estudando.

Escondo uma mecha de cabelo atrás da orelha apenas para mudar as ideias.

— Por que você olha tanto?

Seus olhos são dois microscópios analisando as células de minha existência. Aplicados, curiosos.

— Imaginava que a única razão para que me trancassem com uma garota era porque você estava doida. Pensei que estavam tentando me torturar me botando no mesmo espaço de uma psicopata. Pensei que você fosse minha punição.

— É por isso que roubou minha cama. — Para exercer poder. Para demarcar território. Para adiantar-se à batalha.

Ele deixa os olhos caírem. Aperta e desaperta as mãos antes de esfregar a nuca.

— Por que você me ajudou? Como sabia que eu não ia machucá-la?

Conto meus dedos para ter certeza de que eles ainda estão lá.

— Nada disso.

— Você não me ajudou ou você não sabia se eu a machucaria?

— Adam. — Meus lábios curvam-se para dar forma a seu nome. Estou surpresa por descobrir o quanto amo a maneira fácil e familiar com que o som se desenrola de minha língua.

Ele está sentado quase tão imóvel quanto eu. Seus olhos concentram um novo tipo de emoção que não consigo adivinhar.

— Sim?

— Como é? — pergunto, cada palavra menos audível que a anterior. — Lá fora? ~~No mundo real.~~ É pior?

Uma dor desfigura as feições bem definidas de seu rosto. Ele leva algumas batidas de coração para responder. Ele olha para fora da janela.

— Honestamente? Não tenho certeza se é melhor estar aqui dentro ou lá fora.

Acompanho seus olhos até a vidraça que nos separa da realidade e espero seus lábios cindirem; espero para escutá-lo falar. E então tento prestar atenção enquanto suas palavras se movem no nevoeiro de minha cabeça, nublando meus sentidos, obscurecendo meus olhos, turvando minha concentração.

— Você sabia que era um movimento internacional? — Adam me pergunta.

— Não, não sabia — digo-lhe. Não lhe conto que fui arrastada de minha casa há três anos. Não lhe conto que fui arrastada exatamente sete anos depois que O Restabelecimento começou a pregar e quatro meses depois que tomaram o controle de tudo. Não lhe conto o quão pouco sei de nosso mundo novo.

Adam diz que O Restabelecimento tinha sua participação em cada país, pronto para o momento de alçar seus líderes a uma posição de controle. Ele diz que a terra habitável que sobrou no mundo foi dividida em 3.333 setores, cujo controle é executado por uma pessoa de poder diferente em cada área.

— Sabia que eles nos enganaram? — Adam me pergunta.

— Sabia que O Restabelecimento disse que alguém tinha de assumir o controle, que alguém tinha de salvar a sociedade, que alguém tinha de restaurar a paz? Sabia que disseram que matar todas as vozes de oposição era o único modo de encontrar a paz?

— Sabia disso? — É o que Adam me pergunta.

E aqui é onde eu aceno. Aqui é onde eu digo sim.

Aqui é a parte de que me lembro. A raiva. A desordem. A fúria.

Meus olhos se fecham em um esforço subconsciente a fim de bloquear as memórias ruins, mas o esforço sai pela culatra. Protestos. Comícios. Gritos por sobrevivência. Vejo mulheres e crianças morrendo de fome, casas destruídas e enterradas em cascalhos, o campo, uma paisagem incendiada, seu único fruto, a carne apodrecida das vítimas. Vejo morte morte morte e vermelho e vinho de Borgonha e marrom e o tom mais profundo do batom favorito de mãe todo borrado na terra.

Tanto de tudo que estivesse morto.

O Restabelecimento esforça-se para manter seu domínio sobre o povo, Adam diz. Ele diz que O Restabelecimento se esforça na guerra contra os rebeldes que não se sujeitam a este novo regime. O Restabelecimento esforça-se para firmar-se como uma nova forma de governo em todas as sociedades internacionais.

E então me pergunto o que teria acontecido com as pessoas que costumava ver no meu dia a dia. O que foram de suas casas, seus pais, seus filhos. Pergunto quantos deles foram sepultados no solo.

Quantos deles foram assassinados.

— Estão destruindo tudo — diz Adam, e sua voz subitamente soa solene no silêncio. — Todos os livros, todos os artefatos, todos os vestígios de história humana. Estão dizendo que é o único jeito de consertar as coisas. Dizem que precisamos começar do zero. Dizem que não podemos cometer os mesmos erros das gerações passadas.

Duas

pancadas

na porta e nós dois estamos de pé, trazidos bruscamente de volta a este mundo desolador.

Adam eleva uma sobrancelha para mim.

— Café da manhã?

— Espere três minutos — recordo-o. Estamos indo tão bem em mascarar a fome, até que as pancadas na porta vêm e tolhem-nos a dignidade.

Eles nos deixam famintos de propósito.

— Sim. — Seus lábios esboçam um suave sorriso. — Não quero me queimar. — O ar se desloca conforme ele se aproxima.

Sou uma estátua.

— Ainda não compreendo — diz ele, bastante sereno. — Por que você está aqui?

— Por que você faz tantas perguntas?

Ele deixa pouco espaço entre nós e eu estou a alguns centímetros da combustão instantânea.

— Seus olhos são tão profundos. — Ele inclina a cabeça. — Tão calmos. Gostaria de saber em que você está pensando.

— Você não deve. — Minha voz vacila. — Você nem me conhece.

Ele ri e o gesto concede vida à luz em seus olhos.

— Não conheço você.

— Não.

Ele balança a cabeça. Senta-se na cama.

— Certo. Claro que não.

— O quê?

— Você está certa. — Ele toma fôlego. — Talvez eu seja louco.

Dou dois passos para trás.

— Talvez você seja.

Ele está sorrindo novamente e eu gostaria de tirar uma foto. Gostaria de fitar-lhe a curva dos lábios pelo resto de minha vida.

— Eu não sou, você sabe.

— Mas você não me conta por que está aqui — desafio.

— E nem você.

Caio de joelhos e puxo a bandeja através da fenda. Algo não identificável está soltando vapor em dois copos de lata. Adam ajoelha-se no chão, diante de mim.

— Café da manhã — digo, enquanto lhe empurro sua porção.

6

Uma palavra, dois lábios, três quatro cinco dedos formam um punho.

Um canto, dois pais, três quatro cinco razões para esconder-se.

Uma criança, dois olhos, três quatro dezessete anos de medo.

Um cabo de vassoura quebrado, um par de rostos ferozes, sussurros coléricos, fechaduras na minha porta.

Olhe para mim — é o que queria dizer a você. Fale comigo de vez em quando. Encontre-me a cura para estas lágrimas, gostaria muito de soltar o ar dos pulmões pela primeira vez na vida.

Passaram-se duas semanas.

Duas semanas de mesma rotina, duas semanas de nada a não ser rotina. Duas semanas com o companheiro de cela ~~que chegou muito perto de me tocar~~ que não toca em mim. Adam está se adaptando ao sistema. Ele nunca reclama, ele nunca fornece muita informação, ele continua a fazer perguntas demais.

Ele é bom comigo.

Sento-me à janela e observo a chuva e as folhas e a neve colidir. Elas se revezam dançando ao vento, executando coreografias para as massas desavisadas. Os soldados pisoteiam pisoteiam pisoteiam em meio à chuva, esmagando as folhas e a neve sob seus pés. Suas mãos estão cobertas de luvas envoltas em armas que poderiam atirar uma bala por qualquer milhão de possibilidades. Eles não se incomodam de ser incomodados pela beleza que cai do céu. Eles não compreendem a liberdade de sentir o Universo sobre sua pele. Eles não se importam.

Queria poder rechear a boca de gotas de chuva e encher os bolsos de neve. Queria poder traçar as veias de uma folha caída e sentir o vento beliscar o nariz.

Em vez disso, ignoro o desespero unindo os dedos e aguardo pelo pássaro apenas visto em meus sonhos. Os pássaros costumavam voar, é o que as histórias dizem. Antes de a camada de ozônio ter se deteriorado, antes de os poluentes terem transformado as criaturas em algo ~~horrível~~ incomum. Eles dizem que o tempo não foi sempre tão imprevisível. Eles dizem que havia pássaros que costumavam planar no céu como aviões.

Parece estranho que um animal tão pequeno pudesse alcançar qualquer coisa tão complexa quanto a engenharia humana, mas a possibilidade é atraente demais para ser ignorada. Sonhei com o mesmo pássaro voando no mesmo céu por exatos dez anos. Branco com listras de ouro igual a uma coroa sobre sua cabeça.

É o único sonho que tenho que me dá paz.

— O que você está escrevendo?

Levanto os olhos semicerrados à sua forte envergadura, o sorriso fácil em seu rosto. Não sei como ele consegue sorrir apesar de tudo. Pergunto-me se ele pode manter essa forma, esse especial contorno da boca que muda vidas. Pergunto-me como ele se sentirá daqui um mês, e estremeço ao pensar.

Não quero que ele acabe como eu.

Vazia.

— Ei... — Ele apanha o cobertor de minha cama e agacha-se perto de mim, e sem perder tempo envolve o pano fino em meus ombros mais finos ainda.

— Você está bem?

Tento sorrir. Decido evitar sua pergunta.

— Obrigada pelo cobertor.

Ele se senta a meu lado e apoia-se na parede. Seus ombros estão tão perto muito perto ~~nunca perto o bastante~~. O calor de seu corpo faz mais por mim do que o cobertor jamais fará. Algo em minhas articulações dói de desejo ardente, uma necessidade desesperada que nunca fui capaz de satisfazer. Meus olhos estão implorando por algo a que não me posso permitir.

~~Toque-me.~~

Ele olha para o caderninho dobrado em minha mão, para a caneta quebrada que aperto em meu punho. Fecho o caderno e enrolo-o bastante. Enfio-o dentro de uma rachadura na parede. Estudo a caneta na palma de minha mão. Sei que ele está me encarando.

— Você está escrevendo um livro?

— Não. — Não, não estou escrevendo um livro.

— Talvez devesse.

Viro-me para encontrar com seus olhos e imediatamente me arrependo. Há alguns centímetros entre nós e não posso me mexer porque meu corpo só faz congelar. Cada músculo cada movimento comprime-se, cada vértebra de minha coluna é um bloco de gelo. Estou segurando a respiração e meus olhos estão arregalados, perdidos, surpreendidos pela intensidade de seu olhar. Não consigo desviar o olhar. Não sei como escapar.

Ah.

Deus.

Seus olhos.

Estive mentindo para mim mesma, determinada a negar o impossível.

"Eu o conheço eu o conheço eu o conheço eu o conheço"

O garoto ~~que não se lembra de mim~~ que eu costumava conhecer.

— Eles vão destruir a língua inglesa — diz ele, sua voz cuidadosa, tranquila.

Luto para recobrar o fôlego.

— Eles querem recriar tudo — continua ele. — Eles querem redesenhar tudo. Eles querem destruir qualquer coisa que possa ter sido a razão de nossos problemas. Eles pensam que precisamos de uma língua nova e universal. — Ele baixa a voz. Baixa os olhos. — Eles querem destruir tudo. Cada língua da história.

— Não. — Minha respiração fica presa. Borrões obscurecem minha visão.

— Eu sei.

— Não. — Isso eu não sabia.

Ele levanta os olhos.

— É bom que você esteja pondo as coisas no papel. Um dia o que você está fazendo será ilegal.

Comecei a tremer. De repente meu corpo está lutando contra um redemoinho de emoções, meu cérebro atormentado pelo mundo que estou perdendo e magoado por este garoto que não se lembra de mim. A caneta cai no chão e eu estou segurando o cobertor tão firme que temo que ele rasgue. O frio racha minha pele, o horror coagula minhas veias. Nunca pensei que ficasse tão ruim. Nunca pensei que O Restabelecimento levasse as coisas tão longe. Eles estão incinerando a cultura, a beleza da diversidade. Nós, novos cidadãos de nosso mundo seremos reduzidos a nada senão números, facilmente substituíveis, facilmente removíveis, facilmente destruídos por desobediência.

Perdemos nossa humanidade.

Enrolo o cobertor em meus ombros até ser embalada nos tremores que não param de aterrorizar meu corpo. Estou horrorizada com minha falta de autocontrole. Não consigo ficar quieta.

De repente sua mão está em minhas costas.

Seu toque está chamuscando minha pele pelas camadas do tecido e eu aspiro tão rápido que meus pulmões sofrem um colapso. Estou em meio a correntes de confusão que se chocam, tão desesperada por estar perto tão desesperada ~~tão desesperada tão desesperada~~ por estar longe. Não sei como me afastar dele. ~~Não quero me afastar dele.~~

Não quero que ele tenha medo de mim.

— Ei. — Sua voz é suave tão suave tão suave. Seus braços são mais fortes que todos os ossos de meu corpo. Ele puxa minha figura enfaixada para perto de seu peito e eu estilhaço. Dois três quatro mil estilhaços de sentimento perfuram-me o coração, derretem-se em gotas de mel quente que suavizam as cicatrizes de minha alma. O cobertor é a única barreira entre nós, e ele me puxa para mais perto, mais firme, mais forte, até que escuto as batidas a sussurrar-lhe profundas dentro do peito, e o aço de seus braços ao redor de meu corpo desfaz todos os nós de tensão em meus membros. Seu calor derrete os pingentes de gelo que me sustentam de dentro para fora e eu descongelo, descongelo, descongelo, meus olhos tremulando rápido até que caem fechados, até que lágrimas silenciosas estejam jorrando-me rosto abaixo e eu tenha decidido que a única coisa que quero é congelar seu corpo segurando o meu.

— Está tudo bem — sussurra ele. — Você ficará bem.

A verdade é uma amante maldosa e ciumenta que nunca dorme — é o que não digo para ele. Nunca ficarei bem.

Isso faz cada filamento rompido de meu ser afastar-se dele. Faço isso porque tenho de fazer. ~~Porque isso é para o seu próprio bem.~~ Alguém está fincando garfos nas minhas costas enquanto me afasto. O cobertor agarra-se ao meu pé e eu quase caio antes de Adam estender a mão para mim novamente.

— Juliette...

— Você não pode t-tocar em mim. — Minha respiração é rasa e tenho dificuldade de tomar fôlego, meus dedos tremem tão rapidamente que os cerro em um punho.

— Você não pode tocar em mim. Você não pode. — Meus olhos estão voltados para a porta.

Ele está de pé.

— Por que não?

— Simplesmente não pode — sussurro para as paredes.

— Não entendo, por que você não fala comigo? Você se senta no canto todos os dias e escreve em seu caderno e olha para tudo exceto para o meu rosto. Você tem tanto a dizer a um pedaço de papel enquanto estou bem aqui e você nem fala comigo. Juliette, por favor... — Ele estende a mão em direção ao meu braço e eu viro o rosto para o lado. — Por que nem ao menos olha para mim? Não vou machucar você...

~~Você não se lembra de mim. Você não lembra que frequentamos a mesma escola por sete anos.~~

Você não se lembra de mim.

— Você não me conhece. — Minha voz é serena, monótona; meus membros adormecem, amputados. — Dividimos o mesmo espaço por duas semanas e você pensa que me conhece, mas não sabe qualquer coisa sobre mim. Talvez eu seja maluca.

— Você não é — diz ele por entre dentes trincados. — Você sabe que não é.

— Então talvez seja você — digo cuidadosamente, devagar. — Porque um de nós é.

— Isso não é verdade...

— Diga por que você está aqui, Adam. O que você está fazendo em um manicômio se você não pertence a este lugar?

— Tenho feito a mesma pergunta para você desde que cheguei aqui.

— Talvez você faça perguntas demais.

Escuto o exalar difícil de sua respiração. Ele ri um riso amargo.

— Somos praticamente as duas únicas pessoas que estão vivas neste lugar e você também quer me excluir?

Fecho os olhos e concentro-me na respiração.

— Você pode conversar comigo. Só não toque em mim.

Sete segundos de silêncio juntam-se à conversa.

— Talvez eu queira tocar em você.

Há 15 mil sentimentos de incredulidade esburacados em meu coração. Sou tentada pela imprudência, desejando desejando desejando, em eterno desespero por aquilo que nunca posso ter. Dou-lhe as costas, mas não consigo evitar que as mentiras se me entornem dos lábios.

— Talvez eu não queira que você toque.

Ele faz um som áspero.

— Sou assim tão repugnante?

Viro-me, de maneira que, pega de surpresa por suas palavras, esqueço--me de mim. Ele está me encarando, seu rosto severo, seu maxilar marcado, seus dedos movendo-se ao lado do corpo. Seus olhos são baldes de água de chuva: profundos, doces, claros.

Feridos.

— Você não sabe do que está falando. — Não consigo respirar.

— Você não pode só responder uma simples pergunta, pode? — Ele balança a cabeça e vira para a parede.

Meu rosto está moldado em uma forma neutra, meus braços e pernas, cheios de gesso. Não sinto nada. Não sou nada. Estou vazia de tudo que não vou modificar. Estou encarando uma pequena rachadura perto do meu sapato. Vou encará-la para sempre.

Os cobertores caem no chão. O mundo perde o foco, meus ouvidos enviam todos os sons para outra dimensão. Meus olhos se fecham, meus pensamentos se deixam levar pela corrente, minhas memórias aplicam-me pontapés no coração.

Eu o conheço.

Tentei a todo custo parar de pensar nele.

Tentei a todo custo esquecer seu rosto.

Tentei a todo custo tirar da cabeça aqueles olhos azuis azuis azuis, mas eu o conheço eu o conheço eu o conheço já faz três anos desde a última vez que o vi.

Nunca poderia esquecer Adam.

Mas ele já se esqueceu de mim.

7

Lembro-me das televisões e das lareiras e das pias de porcelana. Lembro-me dos ingressos do cinema e dos parques de estacionamento e das vans. Lembro-me dos salões de cabeleireiro e das persianas de janela e dos dentes--de-leão e do cheiro das garagens recém-pavimentadas. Lembro-me dos comerciais de creme dental e das mulheres de sapato alto e dos velhos em trajes de negócio. Lembro-me dos carteiros e das bibliotecas e das boybands e dos balões e das árvores de Natal.

Lembro-me de ter dez anos de idade quando não podíamos mais ignorar a carência de alimentos e as coisas ficaram tão caras que ninguém mais tinha recursos para viver.

Adam não está falando comigo.

Talvez seja o melhor. Talvez não houvesse esperança de que ele e eu pudéssemos ser amigos. Talvez seja melhor que ele pense que eu não gosto dele a pensar que gosto demais. Ele está escondendo um monte de coisas que parecem lhe causar dor, mas seus segredos me assustam. Ele não me diz por que está aqui. Embora eu também não lhe diga muita coisa.

~~E contudo e contudo e contudo.~~

Na noite passada, a lembrança de seus braços em volta de mim foi o bastante para espantar os gritos. O calor de um abraço amigo, a força das mãos firmes unindo todos os meus estilhaços, o alívio e libertação de tantos anos de solidão. Este presente que ele me deu eu não posso retribuir.

Tocar Juliette é quase impossível.

Nunca esquecerei o horror nos olhos de minha mãe, a tortura no rosto de meu pai, o medo entalhado em suas expressões. A filha deles é um monstro. Possuída pelo demônio. Amaldiçoada pela escuridão. Profana. Uma abominação. Drogas, testes, soluções médicas fracassadas. Interrogatórios psicológicos fracassados.

"Ela é uma arma ambulante na sociedade", foi o que os professores disseram. "Nunca vimos algo assim", foi o que os médicos disseram. "Ela deve ser retirada de casa", foi o que os policiais disseram.

~~Sem problema nenhum, foi o que meus pais disseram.~~ Eu tinha 14 anos quando meus pais finalmente se livraram de mim. Quando eles recuaram e me observaram sendo arrastada por conta de um assassinato que eu não sabia que poderia cometer.

Talvez o mundo esteja mais seguro se eu estiver presa em uma cela. Talvez Adam esteja mais seguro se ele me detestar. Ele está sentado no canto com os punhos no rosto.

Jamais quis machucá-lo.

Jamais quis machucar a única pessoa que jamais quis me machucar.

Arrombam a porta e cinco pessoas tomam o quarto, rifles apontados para nosso peito.

Adam está de pé e eu fico feito pedra. Esqueço-me de inspirar. Há muito tempo que não vejo tantas pessoas assim que fico estupefata. Eu devia estar gritando.

"Mãos para cima, pés afastados, boca fechada. Não se mexam e não atiraremos em vocês." Ainda estou congelada no lugar. Deveria me mover, deveria levantar os braços, deveria separar meus pés, deveria lembrar-me de respirar. Alguém está cortando-me o pescoço.

Um deles, gritando ordens, bate com a coronha de sua arma nas minhas costas e meus joelhos estalam ao bater no chão. Finalmente provo o oxigênio e uma zona de sangue. Acho que Adam está gritando, mas há uma aguda agonia rasgando-me o corpo, diferente de qualquer coisa que experimentara antes. Estou completamente imobilizada.

— Que parte você não entendeu do manter sua boca fechada? — Entorto os olhos para os lados para ver o cano da arma a poucos centímetros do rosto de Adam.

— Levante-se. — Uma bota com biqueira de aço me dá um pontapé nas costelas, rápido, duro, profundo. Não estou engolindo nada, exceto os suspiros estrangulados que sufocam meu corpo.

— Eu disse levante-se. — Mais dura, mais rápida, mais forte, outra bota em minhas vísceras. Sequer consigo gritar.

~~Levante-se, Juliette. Levante-se. Se não se levantar, eles vão atirar em Adam.~~

Levanto-me de joelhos e caio novamente sobre a parede atrás de mim, cambaleando para a frente para pegar equilíbrio. Levantar as mãos é mais torturante do que eu poderia suportar. Meus órgãos estão mortos, meus ossos estão quebrados, minha pele é uma peneira, perfurada por pregos e agulhas de dor. Eles finalmente vieram me matar.

É por isso que botaram Adam na minha cela.

Porque estou partindo. Adam está aqui porque estou partindo, porque eles se esqueceram de me matar em tempo, porque meus momentos estão acabados, porque meus 17anos foram demais para este mundo. Eles vão me matar.

Sempre me perguntei como isso aconteceria. ~~Pergunto-me se isso fará meus pais felizes.~~

Alguém está rindo.

— E então não é uma merdinha?

Sequer sei se eles estão falando comigo. Mal consigo me concentrar em manter os braços na posição vertical.

— Ela nem está chorando — acrescenta alguém. — As garotas costumam implorar por misericórdia a esta altura.

As paredes estão começando a sangrar no teto. Pergunto-me por quanto tempo consigo segurar a respiração. Não consigo distinguir palavras não consigo compreender sons que estou ouvindo o sangue está correndo pela minha cabeça e meus lábios são dois blocos de concreto que não consigo abrir. Há uma arma nas minhas costas e estou avançando aos tropeços. O terreno está em declive. Meus pés arrastam-se a uma direção que não consigo decifrar.

Espero que eles me matem logo.

8

Levo dois dias para abrir os olhos.

Há uma lata com água e uma lata com comida colocadas lado a lado e eu inalo o conteúdo frio das latas com mãos trêmulas, uma dor surda rangendo-me pelos ossos, uma secura desesperada. Nada parece estar quebrado, mas uma olhada sob minha camisa prova que a dor foi real. As contusões são flores descoloridas de azul e amarelo, torturantes ao toque e difíceis de cicatrizar.

Adam não está em parte nenhuma.

Estou sozinha em um bloco de solidão, quatro paredes sem mais que três metros em todas as direções, o único ar entra em silêncio através de uma pequena fenda na porta. Minha imaginação começava a me aterrorizar quando a porta de metal pesado se abriu com violência. Um guarda com dois rifles pendurados transversalmente no peito olha para mim de cima a baixo.

— Levante-se.

Desta vez não hesito.

Espero pelo menos que Adam esteja a salvo. Espero que ele não tenha o mesmo fim que eu.

— Siga-me. — A voz do guarda é grossa e profunda, seus olhos cinzentos, ilegíveis. Ele aparenta ter cerca de 25 anos, cabelo louro cortado rente à cabeça, mangas arregaçadas até os ombros, tatuagens militares serpenteando-lhe os antebraços como as de Adam.

Oh.

Deus.

Não.

Adam entra pela porta ao lado do homem louro e gesticula com sua arma na direção de um corredor estreito.

— Mexa-se.

~~Adam está apontando uma arma para o meu peito.~~

~~Adam está apontando uma arma para o meu peito.~~

Adam está apontando uma arma para o meu peito.

Seus olhos são estranhos a mim, vidrados e distantes, longe, muito longe.

Não sou nada além de novocaína. Estou entorpecida, um mundo de nada, todo o sentimento e emoção se foram para sempre.

Sou um sussurro que nunca foi.

Adam é um soldado. ~~Adam quer que eu morra.~~

Encaro-o abertamente agora, todas as sensações amputadas; minha dor, um grito distante desconectado de meu corpo. Meus pés avançam por conta própria; meus lábios permanecem fechados, pois nunca haverá palavras para este momento.

A morte seria uma libertação bem-vinda destas alegrias terrenas que conheci.

Não sei por quanto tempo estive andando até outro golpe nas costas me abater. Pisco os olhos diante da claridade que há tanto não via. Meus olhos começam a lacrimejar e mantenho-os semicerrados ante as lâmpadas fluorescentes que iluminam o amplo espaço. Mal consigo enxergar alguma coisa.

— Juliette Ferrars. — Uma voz detona meu nome. Há uma bota pesada pressionada nas minhas costas e não consigo levantar a cabeça para distinguir quem está falando comigo.

— Weston, diminua as luzes e liberte-a. Quero ver seu rosto. — O comando é frio e forte como o aço, perigosamente calmo, poderoso sem que se esforce.

A claridade é reduzida a um nível que sou capaz de tolerar. Nas minhas costas está gravado o carimbo de uma bota. Levanto a cabeça e olho em volta.

Imediatamente me impressiono com sua juventude. Ele não podia ser muito mais velho que eu.

É óbvio que ele está no comando de alguma coisa, embora eu não faça ideia do quê. Sua pele é perfeita, imaculada, a linha de sua mandíbula forte e definida. Seus olhos são o tom de esmeralda mais lívido que já vi.

Ele é lindo.

Seu sorriso torto é diabolicamente calculado.

Ele está sentado sobre o que ele imagina ser um trono, mas que não passa de uma cadeira na frente de uma sala vazia. Seu traje está perfeitamente passado, seus cabelos louros, habilmente penteados, seus soldados, os perfeitos guarda-costas.

Eu o odeio.

— Você é tão teimosa. — Seus olhos verdes estão quase translúcidos. — Você nunca quer cooperar. Você sequer foi legal com seu companheiro de cela.

Recuo sem querer. O fogo da traição sobe-me o pescoço.

Olhos Verdes mostra-se inesperadamente sorridente, e eu estou mortificada.

— E então não é interessante? — Ele estala os dedos. — Kent, poderia dar um passo à frente, por favor?

Meu coração para de bater quando Adam atinge meu campo de visão. ~~Kent. Seu nome é Adam Kent.~~

Estou em chamas da cabeça aos pés. Adam passa por um instante ao lado de Olhos Verdes, mas apenas lhe dedica um breve aceno de cabeça como saudação. Talvez o líder não seja tão importante quanto ele pensa ser.

— Senhor — diz ele.

Tantos pensamentos me emaranham o cérebro que não consigo desatar a insanidade que só se complica. Eu deveria saber. Escutara rumores de soldados que viviam secretamente entre o povo, relatando às autoridades quaisquer coisas que lhes parecessem suspeitas. Todos os dias pessoas desapareciam. Ninguém jamais voltava.

Entretanto, ainda não conseguia entender por que Adam fora enviado para me espionar.

— Parece que você causou uma forte impressão nela.

Aperto mais os olhos para ver melhor o homem na cadeira e percebo que seu casaco foi adornado com minúsculas manchas coloridas. Recordações militares. Seu sobrenome está gravado na lapela: Warner.

Adam não diz nada. Ele não olha em minha direção. Seu corpo está ereto, 1,80 cm de músculos ~~fortes~~ enxutos, seu perfil forte e firme. Os mesmos braços que seguraram meu corpo são agora estojos para armas letais.

— Você não tem nada a dizer sobre isso? — Warner olha para Adam apenas para inclinar a cabeça em minha direção, seus olhos dançando na luz, claramente entretidos.

Adam tensiona o maxilar.

— Senhor.

— É claro. — Warner fica subitamente entediado. — Por que deveria esperar que você tivesse algo a dizer?

— Você vai me matar? — As palavras escapam-me dos lábios antes que eu tivesse a chance de refletir sobre elas e a arma de alguém me golpeia mais uma vez na coluna. Tombo de novo no chão com um gemido débil, chiando no piso imundo.

— Isso não era necessário, Roland. — A voz de Warner está saturada de falsa decepção. — Suponho que eu estivesse me fazendo a mesma pergunta em sua posição. — Uma pausa. — Juliette?

Consigo levantar a cabeça.

— Tenho uma proposta para você.

9

Não tenho certeza se o ouço bem.

— Você tem algo que eu quero. — Warner ainda está me encarando.

— Não entendo — digo.

Ele respira fundo e levanta-se para andar, passo a passo, a extensão da sala. Adam ainda não foi dispensado.

— Você é para mim uma espécie de projeto de animal de estimação. — Warner sorri para si mesmo. — Estudei seus relatórios durante muito tempo.

Não suporto seu pavonear pomposo e convencido. Quero quebrar o sorriso da sua cara.

Warner para de andar.

— Quero você na minha equipe.

— O quê? — Um débil suspiro de surpresa.

— Estamos no meio de uma guerra — diz ele um pouco impaciente. — Talvez você possa botar as coisas no lugar.

— Eu não...

— Eu sei seu segredo, Juliette. Sei por que você está aqui. Sua vida inteira está documentada em registros hospitalares, queixas às autoridades, processos complicados, demandas públicas para botá-la na prisão. — Sua pausa me dá tempo suficiente para asfixiar-me com o horror preso na minha garganta. — Estive considerando isso por muito tempo, mas quis ter certeza de que você não fosse realmente psicopata. O isolamento não era exatamente um bom indicador, apesar de você ter-se virado muito bem. — Ele expressa um sorriso que diz que eu deveria ser grata por seu elogio.

— Enviei Adam para ficar com você como uma precaução final. Queria ter certeza de que você não era volúvel, de que você era capaz de estabelecer interações e comunicações humanas básicas. Devo dizer que estou bastante satisfeito com os resultados.

Alguém está arrancando minha pele.

— Adam, pelo que parece, desempenhou seu papel de maneira excelente. Ele é um bom soldado. Um dos melhores, na verdade. — Warner poupa-lhe um olhar antes de sorrir para mim. — Mas não se preocupe, ele não sabe do que você é capaz. Pelo menos não até agora.

Rasgo-me no pânico, engulo a agonia, imploro a mim mesma para que não olhe em sua direção, mas falho ~~eu falho eu falho~~. Adam encontra meus olhos na mesma fração de segundo em que encontro com os seus, mas ele desvia tão rapidamente que não tenho certeza se isso foi minha imaginação.

~~Sou um monstro.~~

— Não sou tão cruel quanto você pensa — continua Warner, uma cadência musical em sua voz. — Se você está tão afeiçoada à companhia dele, posso fazer disso — ele gesticula entre mim e Adam — uma designação permanente.

— Não — perco o fôlego.

Warner enverga os lábios em um sorriso negligente.

— Ah, sim. Mas seja cuidadosa, lindinha. Se você fizer algo... ruim... ele terá de atirar em você.

Há cortadores de arame talhando-me buracos no coração. Adam não reage a nada do que Warner diz.

Ele está fazendo um trabalho.

Eu sou um número, uma missão, um objeto facilmente substituível. Não sou sequer uma lembrança em sua mente.

Não sou nada.

Não esperava que sua traição me enterrasse tão profundamente.

— Se aceitar minha oferta — Warner interrompe meus pensamentos —, você viverá como eu vivo. Você será uma de nós, e não um deles. Sua vida mudará para sempre.

— E se eu não aceitar? — pergunto, recolhendo minha voz antes de ela rachar no medo.

Warner parece sinceramente desapontado. Suas mãos estão entrelaçadas em desalento.

— Na verdade você não tem escolha. Se ficar ao meu lado, você será recompensada. — Ele aperta os lábios. — Mas se você escolher desobedecer? Bem... acho que você se mostra particularmente adorável com todas as partes do corpo intactas, não é?

Minha respiração é tão pesada que meu corpo está tremendo.

— Você me quer para que torture pessoas para você?

Seu rosto abre um sorriso brilhante.

— Seria maravilhoso.

O mundo está sangrando.

Não tenho tempo de formular uma resposta antes de ele se voltar a Adam.

— Mostre-lhe o que ela está perdendo, está bem?

Adam responde com um batimento de atraso.

— Senhor?

— Isso é uma ordem, soldado. — Os olhos de Warner estão voltados para mim, seus lábios contorcendo-se em contido divertimento. — Gostaria de dar uma "quebrada" nela. Ela é um pouco irritante demais e isso já é um perigo para si mesma.

— Você não pode me tocar — cuspo com os dentes cerrados.

— Errada — diz ele em ritmo monótono. Ele joga para Adam um par de luvas pretas. — Você vai precisar dessas — diz ele em um sussurro conspiratório.

— Você é um monstro. — Minha voz é demasiado precisa; meu corpo cheio de repentina fúria. — Por que você simplesmente não me mata?

— Isso, minha querida, seria um desperdício. — Ele avança e eu percebo que suas mãos estão cuidadosamente revestidas de luvas de couro branco. Ele inclina meu queixo para cima com um dedo. — Além disso, seria uma pena perder um rosto tão bonito.

Tento desvencilhar meu rosto dele, mas a mesma bota com biqueira de aço dá um pontapé na minha coluna e Warner pega meu rosto em suas garras. Contenho um grito.

— Não lute, amor. Você apenas tornará as coisas mais difíceis para si mesma.

— Espero que você apodreça no inferno.

Warner flexiona sua mandíbula. Ele levanta a mão para impedir que alguém atire em mim, chute-me no baço, rache meu crânio, não faço ideia.

— Você luta para o time errado. — Ele se levanta ereto. — Mas podemos mudar isso. Adam — chama ele — não tire os olhos dela. Ela agora é sua responsabilidade.

— Sim, senhor.

10

Adam veste as luvas, mas não toca em mim.

— Alivie com ela, Roland. Assumo daqui.

A bota desaparece. Faço um esforço para levantar-me e olho fixamente para o nada. Não penso no horror que me aguarda. Alguém chuta a parte posterior de meus joelhos e eu quase tropeço no chão.

— Anda — uma voz rosna de trás. Levanto os olhos e percebo que Adam já está indo embora. Eu o devia estar seguindo.

Uma vez que estamos de volta à familiar cegueira dos corredores do hospício, ele, enfim, para de andar.

— Juliette. ~~Uma palavra suave e minhas articulações são feitas de ar.~~

Não lhe respondo.

— Pegue minha mão — diz ele.

— Nunca — enfrento-o, entre tomadas entrecortadas de oxigênio. — Jamais.

Um suspiro carregado. Sinto-o deslocar-se na escuridão e logo seu corpo está muito perto, irresistivelmente perto do meu. Sua mão está na parte inferior das minhas costas e ele está me guiando pelos corredores em direção a um destino desconhecido. Cada centímetro de minha pele está enrubescendo. Tenho de me segurar ereta para evitar que caia para trás em seus braços.

A distância que estamos andando é muito maior do que eu esperava. Quando Adam finalmente fala, suspeito que estejamos perto do fim.

— Vamos para o lado de fora — diz ele no meu ouvido. Tenho de cerrar os punhos para controlar os frêmitos no coração. A sensação de sua voz me distrai tanto que quase não compreendo o significado do que ele está dizendo.

— Só achei que você devesse saber.

Uma audível tomada de ar é minha única resposta. Há quase um ano não piso do lado de fora. Estou dolorosamente excitada, mas há tanto tempo não sinto a luz natural sobre a pele que não sei se sou capaz de suportá-la. Não tenho escolha.

O ar é o primeiro a me alcançar.

Nossa atmosfera tem pouco do que se orgulhar, no entanto, depois de tantos meses em um recanto de concreto, mesmo o oxigênio desperdiçado da nossa Terra agonizante tem gosto de céu. Não posso inalar rápido o bastante. Encho meus pulmões com a sensação; avanço para o meio da leve brisa e agarro um punhado de vento conforme ele tece seu caminho por entre meus dedos.

Felicidade diferente de tudo que já conheci.

O ar é fresco. Um refrescante banho de nada tangível que faz arder meus olhos e rebenta em minha pele. O Sol está alto hoje, cegando ao refletir nas pequenas manchas de neve que mantêm a terra congelada. Meus olhos se comprimem ao peso da luz e eu não consigo ver senão através de duas fendas, mas os raios quentes banham minha pele como um casaco ajustado à minha forma física, como o abraço de algo maior que um ser humano. Poderia permanecer parada neste momento para sempre. Por um infinito segundo, sinto-me livre.

O toque de Adam me devolve à realidade. Quase pulo de medo e ele pega minha cintura. Tenho de implorar aos meus ossos para que parem de tremer.

— Você está bem? — Seus olhos causam-me surpresa. São os mesmos de que me recordo, azuis e insondáveis como a parte mais profunda do oceano. Suas mãos estão ~~delicadas tão delicadas~~ em volta de mim.

— Não quero que você toque em mim — minto.

— Você não tem escolha. — Ele não olha para mim.

— Sempre tenho uma escolha.

Ele passa uma mão pelo cabelo e engole o nada em sua garganta.

— Siga-me.

Estamos em um espaço em branco, um campo vazio cheio de folhas mortas e árvores agonizantes tomando pequenos tragos da neve derretida no solo. A paisagem foi destruída pela guerra e pelo esquecimento e, ainda assim, é a coisa mais bonita que vejo em muito tempo. Os soldados interrompem a marcha para observar Adam abrir a porta de um carro para mim.

Não é um carro. É um tanque.

Olho para a carcaça de metal maciço e tento escalar a lateral enquanto Adam está atrás de mim. Ele me eleva pela cintura e eu começo a ofegar enquanto ele me acomoda no assento.

Em pouco tempo estamos dirigindo em silêncio e não faço ideia de para onde estamos indo.

Estou fitando tudo através da janela.

Estou comendo e bebendo e absorvendo cada detalhe infinitesimal das ruínas, do horizonte, das casas abandonadas e entre os pedaços quebrados de metal e vidro espalhados pelo cenário. O mundo mostra-se nu, despido de vegetação e calor. Não há placas de rua, não há sinais de pare; não há necessidade delas. Não há transporte público. Todos sabem que os automóveis são agora fabricados por uma única empresa e vendidos a um preço absurdo.

Pouquíssimas pessoas possuem meios de fuga.

~~Meus pais~~ A população foi distribuída pelo que sobrou do país. Edifícios industriais formam a espinha dorsal da paisagem: altas e retangulares caixas de metal entulhadas de maquinário. Maquinário destinado a fortalecer o exército, fortalecer O Restabelecimento, destruir grandes massas de civilização humana.

Carbono/Alcatrão/Aço

Cinza/Preto/Prata

Cores esfumaçadas sujam o horizonte, gotejando na lama que costumava ser neve. Lixo está amontoado por todos os lugares em pilhas irregulares, pedaços de grama amarelada espreitam, sob a devastação, o lado de fora.

Casas tradicionais de nosso velho mundo foram abandonadas, janelas estilhaçadas, telhados estão desmoronando, tintas vermelha, verde e azul, esfregadas até atingirem tons atenuados que melhor se harmonizam com nosso futuro. Agora vejo os complexos negligentemente construídos sobre a terra devastada e começo a me lembrar. Lembro-me de que estes deviam ser temporários. Lembro-me de que, alguns meses antes, eu estava encarcerada quando eles começaram a construí-los. Estes pequenos e frios quartéis seriam suficientes só até que todos os detalhes de seu novo plano fossem determinados, é o que O Restabelecimento dissera. Só até que todos fossem subjugados. Só até que as pessoas parassem de protestar e entendessem que esta mudança era para o bem delas, para o bem de suas crianças, para o bem de seu futuro.

Lembro-me de que havia regras.

Sem mais imaginações perigosas, sem mais remédios controlados. Uma nova geração composta apenas por indivíduos saudáveis iria nos sustentar. Os doentes devem ser trancafiados. Os velhos devem ser descartados. Os problemáticos devem ser abandonados em manicômios. Apenas os fortes devem sobreviver.

Sim.

Claro.

Sem mais línguas estúpidas e histórias estúpidas e quadros estúpidos colocados sobre a lareira. Sem mais Natal, sem mais Hanukkah, sem mais Ramadã e Diwali. Não falar sobre religião, crença, convicções pessoais. As convicções pessoais foram o que quase nos matou, era o que eles diziam.

Convicções, prioridades, preferências, preconceitos e ideologia dividiram-nos. Iludiram-nos. Destruíram-nos.

Necessidades egoístas, vontades e desejos precisavam ser apagados. Ambição, excessos e gula tinham de ser expurgados do comportamento humano. A solução estava no autocontrole, no minimalismo, nas condições parcas de vida. Uma linguagem simples e um dicionário novo em folha repleto de palavras que todo mundo entenderia.

Essas coisas poderiam nos salvar, salvar nossas crianças, salvar a raça humana, era o que eles diziam.

Restabelecer a igualdade, restabelecer a humanidade. Restabelecer a esperança, a cura e a felicidade.

SALVE-NOS!
JUNTE-SE A NÓS!
RESTABELEÇA A SOCIEDADE!

Os cartazes ainda estão afixados nas paredes.

O vento açoita os restos desgastados deles, mas suas marcas estão decididamente fixadas, agitando-se diante do aço e das estruturas de concreto aos quais se prendem. Alguns ainda estão colados em postes que brotam diretamente do chão, alto-falantes agora afixados bem no topo.

Alto-falantes que alertam as pessoas, sem dúvida, dos perigos iminentes que as cercam.

Mas o mundo está assustadoramente calmo.

Pedestres passam, caminhando vagarosamente no tempo frio e gélido para trabalhar nas fábricas e encontrar comida para suas famílias. A esperança neste mundo sangra do cano de uma arma.

Ninguém mais se importa realmente com o conceito.

As pessoas costumavam querer esperança. Elas queriam pensar que as coisas poderiam melhorar. Elas queriam acreditar que poderiam voltar a preocupar-se com fofocas e feriados e ir às festas nas noites de sábado. Então O Restabelecimento prometeu um futuro perfeito demais para ser possível e a sociedade estava desesperada demais para não acreditar. Elas nunca perceberam que estavam vendendo suas almas a um grupo que planejava tirar vantagem de sua ignorância. Seu medo.

A maioria dos civis está petrificada demais para protestar, mas há outros que estão mais fortes. Há outros que estão aguardando o momento certo. Há outros que já começaram a revidar.

Espero que não seja tarde demais para revidar.

Estudo cada ramo que se agita ao vento, cada soldado imponente, cada janela que consigo contar. Meus olhos são dois batedores de carteira profissionais, roubando tudo para armazenar na minha mente.

Perco a noção dos minutos que atropelamos.

Paramos em frente a uma estrutura pelo menos dez vezes maior que o manicômio e aparentemente central para a civilização. Do lado de fora, parece um edifício sem graça, discreto em todos os sentidos, exceto em seu tamanho, placas de aço cinza abrangendo quatro paredes planas, janelas rachadas e fechadas com força nos 15 andares. É lúgubre e não tem qualquer marcação, símbolo, evidência de sua verdadeira identidade.

Centro de comando político camuflado entre as massas.

O interior do tanque é uma intrincada bagunça de botões e alavancas que fico confusa em operar, e Adam está abrindo minha porta antes que eu tenha a chance de identificar as peças. Suas mãos estão envoltas em minha cintura e meus pés agora estão firmemente no chão, mas meu coração está batendo tão rápido que estou certa de que ele pode escutá-lo. Ele não me soltou.

Levanto o olhar.

Seus olhos estão apertados, sua testa franzida, seus lábios ~~seus lábios seus lábios~~ são dois pedaços de frustração forjados em um só.

Dou um passo para trás e dez mil minúsculas partículas se estilhaçam entre nós. Ele baixa os olhos. Ele se afasta. Ele aspira e cinco dedos em uma mão formam um punho instável.

— Por aqui.

Ele acena com a cabeça na direção do edifício.

Sigo-o para dentro.

11

Estou tão preparada para o horror inimaginável que a realidade é quase pior.

Dinheiro sujo está pingando das paredes, um ano de fornecimento de alimentos desperdiçado em pisos de mármore, centenas de milhares de dólares em assistência médica derramadas em mobiliários extravagantes e tapetes persas. Sinto o calor artificial emanando por saídas de ar e penso em crianças gritando por água limpa. Aperto o olhar através de lustres de cristal e escuto mães implorando por compaixão. Vejo um mundo superficial existindo em meio a uma realidade aterradora e não consigo me mover.

Não consigo respirar.

Tantas pessoas devem ter morrido para sustentar este luxo. Tantas pessoas tiveram de perder suas casas e seus filhos e seus últimos cinco dólares no banco por causa de promessas promessas promessas, tantas promessas para salvá-los de si mesmos. Eles nos prometeram. O Restabelecimento nos prometeu esperança de um futuro melhor. Eles disseram que consertariam as coisas, eles disseram que nos ajudariam a voltar ao mundo que conhecíamos, o mundo com encontros no cinema e casamentos primaveris e banhos de bebê. Eles disseram que nos devolveriam nossa casa, nossa saúde, nosso futuro sustentável.

Mas eles roubaram tudo.

Eles tomaram tudo. ~~Minha vida. Meu futuro. Minha lucidez. Minha liberdade.~~

Eles encheram nosso mundo de armas apontadas para nossa testa e sorriram enquanto atiravam nos projetos de nosso futuro. Eles mataram os fortes o bastante para se opor e aprisionaram os malucos que não conseguiram fazer jus a suas expectativas utópicas. ~~Pessoas como eu.~~

Aqui está a prova de sua corrupção.

Minha pele está suando frio, meus dedos tremem de repulsa, minhas pernas são incapazes de suportar ~~o esbanjamento o esbanjamento o esbanjamento~~ o esbanjamento egoísta nestas quatro paredes. Vejo vermelho por toda parte. O sangue dos corpos respingados na janela, espalhados pelos tapetes, pingando dos candelabros.

— Juliette...

Interrompo-me.

Estou de joelhos, meu corpo rachando da dor que engoli em seco por tantas vezes, agitando-se com soluços que não consigo mais segurar, minha dignidade dissolvendo-se em lágrimas, a agonia desta última semana rasgando minha pele em tiras.

Não consigo sequer respirar.

Não consigo capturar o oxigênio à minha volta e estou com vontade de vomitar na minha camisa e escuto vozes e vejo rostos que não reconheço, fios de palavras evaporados pela confusão, pensamentos tantas vezes embaralhados que não sei sequer se ainda estou consciente.

Não sei se, oficialmente, enlouqueci.

Estou no ar. Sou um saco de penas em seus braços e ele está abrindo caminho entre os soldados que se aglomeram em volta para uma espiadela na comoção e, por um momento, não quero me importar com o fato de que eu não deveria querer tanto isso. Quero esquecer que deveria odiá-lo, que ele me traiu, que ele está trabalhando para as mesmas pessoas que estão tentando destruir o pouquíssimo que resta de humanidade e meu rosto está enterrado no suave tecido de sua camisa e minha bochecha está pressionada contra seu peito e ele cheira a força e coragem e o mundo afogando-se em chuva. Não quero que ele solte meu corpo ~~nunca nunca nunca~~ nunca. Desejo tocar sua pele, desejo que não haja barreiras entre nós.

A realidade esbofeteia-me na cara.

A mortificação bagunça meu cérebro, humilhação desesperada turva meu julgamento; o vermelho pinta meu rosto, sangra pela minha pele. Agarro-me com força à sua camisa.

— Você pode me matar — digo a ele. — Você tem armas... — estou livrando-me de seus braços e ele enrijece em volta de minha cintura. Seu rosto não demonstra emoção nenhuma fora uma súbita pressão no maxilar, uma inequívoca tensão nos braços.

— Você pode simplesmente me matar — eu imploro.

— Juliette. — Sua voz é sólida, com uma ponta de desespero. — Por favor.

Estou novamente paralisada. Novamente impotente. Derretendo por dentro, a vida escoando-me do corpo.

Estamos de pé em frente a uma porta.

Adam pega um cartão magnético e o desliza em um painel de vidro preto instalado ao lado da maçaneta, e a porta de aço inoxidável abre-se facilmente. Damos um passo para dentro.

Estamos sozinhos em uma nova sala.

— Por favor, ~~não se solte de mim~~ me destrua — digo a ele.

Há uma cama grande no meio do ambiente, um tapete exuberante adornando o chão, um armário nivelado à parede, luminárias reluzindo do teto. A beleza é tão corrompida que não posso suportar sua visão. Adam me acalma sobre o colchão macio e dá um passo para trás.

— Você ficará aqui por enquanto, penso eu — é tudo o que ele diz.

Fecho os olhos em aperto. Não quero pensar sobre a tortura inevitável que espera por mim.

— Por favor — digo-lhe. — Quero ficar sozinha.

Um profundo suspiro.

— Isso não é exatamente uma opção.

— O que você quer dizer? — viro-me.

— Tenho de observá-la, Juliette. — Ele diz meu nome como em sussurro. ~~Meu coração meu coração meu coração.~~ — Warner quer que você compreenda o que ele está oferecendo a você, mas você ainda é... uma ameaça. Ele fez de você uma atribuição minha. Não posso sair.

~~Não sei se fico entusiasmada ou amedrontada.~~ Fico amedrontada.

— Você tem que morar comigo?

— Moro no alojamento na extremidade oposta deste edifício. Com os outros soldados. Mas, sim. — Ele limpa a garganta. Ele não está olhando para mim. — Vou me mudar.

Há uma dor na boca do estômago que está me roendo os nervos. Quero odiá-lo e sentenciá-lo e gritar para sempre, mas estou falhando porque tudo o que vejo é um garoto de oito anos que não se lembra de que costumava ser a pessoa mais bondosa que já conheci.

Não quero acreditar que isso esteja acontecendo.

Fecho os olhos e coloco a cabeça nos joelhos.

— Você tem que se vestir — diz ele depois de um momento.

Ergo a cabeça. Olho para ele como quem não entende o que ele está dizendo.

— Eu estou vestida.

Ele limpa a garganta novamente, mas tenta ficar calado sobre o assunto.

— Tem um banheiro por ali — aponta ele. Vejo um uma porta conectada a uma sala e estou repentinamente curiosa. Já ouvi histórias sobre pessoas com banheiros em seus quartos. Suponho que eles não estejam exatamente no quarto, mas próximos o bastante. Escorrego da cama e sigo seu dedo. Assim que abro a porta, ele recomeça a falar.

— Você pode tomar banho e se trocar ali. O banheiro... é o único lugar onde não há câmeras — adiciona ele, sua voz diminuindo.

"Há câmeras no meu quarto."

É claro.

— Você pode encontrar roupas ali. — Ele acena com a cabeça para o armário. Ele se mostra subitamente desconfortável.

— E você não pode sair? — pergunto.

Ele esfrega a testa e senta-se na cama. Suspira.

— Você tem que se aprontar. Warner vai esperá-la para jantar.

— Jantar? — Meus olhos são do tamanho da Lua.

Ele parece amargo.

— Sim.

— Ele não vai me machucar? — Tenho vergonha do alívio em minha voz, da tensão inesperada que liberei, do medo que não sabia que estava abrigando.

— Ele vai me dar um jantar? — ~~Estou morrendo de fome meu estômago é um buraco atormentado de fome estou tão faminta tão faminta tão faminta.~~ Não consigo nem imaginar que gosto deve ter comida de verdade.

O rosto de Adam está novamente impenetrável.

— Deve se apressar. Posso mostrar para você como tudo funciona.

Não tenho tempo para protestar antes que ele esteja no banheiro e eu o tenha acompanhado. A porta ainda está aberta e ele está em pé no meio do pequeno espaço, de costas para mim, e eu não consigo entender por quê.

— Já sei como usar o banheiro — digo a ele. ~~Costumava viver em uma casa normal. Costumava ter uma família.~~

Ele dá meia-volta muito, muito vagarosamente e eu começo a entrar em pânico. Ele finalmente levanta a cabeça, mas seus olhos estão se lançando em todas as direções. Quando ele lança para mim seus olhos se encolhem, sua testa está franzida. Sua mão direita enrola-se em um punho e sua mão esquerda ergue um dedo até seus lábios. Ele está me dizendo para ficar quieta.

Todos os órgãos de meu corpo caem no chão.

Sabia que algo estava vindo, mas não sabia que seria Adam. Não achei que ele seria o único a ferir-me, torturar-me, fazer-me desejar pela morte mais do que jamais desejei. Nem mesmo percebi que estava chorando até ouvir a lamúria e sentir as lágrimas silenciosas escorrerem-me pelo rosto e tenho ~~vergonha tanta vergonha~~ tanta vergonha de minha fraqueza, mas uma parte de mim não se importa. Estou tentada a implorar, a pedir por misericórdia, a roubar sua arma e atirar primeiro em mim. Dignidade é a única coisa que me resta.

Ele parece registrar minha súbita histeria, porque seus olhos se arregalam.

— Não, Deus, Juliette... eu não vou... — Ele jura baixinho para que ninguém mais escute. Ele bate o punho contra a testa e vira-se, suspirando pesado, andando passo a passo o comprimento do pequeno espaço. Ele jura novamente.

Ele sai pela porta e não olha para trás.

12

Cinco minutos completos debaixo da água muito quente, duas barras de sabonete com cheiro de lavanda, um tubo de xampu destinado exclusivamente para meus cabelos e o toque de macias toalhas felpudas que ouso envolver em meu corpo e eu começo a entender.

Eles querem que eu esqueça.

Eles pensam que podem apagar minhas memórias, minhas lealdades, minhas prioridades com algumas refeições quentes e um quarto com vista para fora. Eles acham que sou muito fácil de ser comprada.

Warner parece não entender que eu cresci sem nada e que não tenho ódio por isso. Não queria ter roupas ou sapatos perfeitos ou qualquer coisa cara. Não queria ser envolta em seda. Tudo que sempre quis era estender a mão e tocar outro ser humano não apenas com minhas mãos, mas com meu coração. Via o mundo e sua falta de compaixão, seu julgamento duro e implacável e seus olhos frios e ressentidos. Via tudo isso a meu redor.

Tinha tanto tempo para escutar.

Olhar.

Estudar pessoas e lugares e possibilidades. Tudo o que tinha de fazer era abrir os olhos. Tudo o que tinha de fazer era abrir um livro para ver as histórias sangrando de página em página. Para ver as memórias gravadas sobre o papel.

Passei minha vida dobrada entre as páginas dos livros.

Na ausência de relacionamentos humanos, criei laços com as personagens de papel. Vivi amor e perda por meio das histórias enredadas na história; experimentei a adolescência por associação. Meu mundo é uma teia entrelaçada de palavras, amarrando membro a membro, osso a tendão, pensamentos e imagens todos juntos. Sou um ser composto de letras, uma personagem criada por frases, um produto da imaginação fabricado por meio da ficção.

Eles querem apagar todas as pontuações de minha vida nesta terra e eu não acho que posso deixar isso acontecer.

Coloco de volta as minhas roupas velhas e, na ponta dos pés, retorno para o quarto, apenas para encontrá-lo abandonado. Adam se foi ainda que tivesse dito que ficaria. Eu não o entendo eu não entendo suas ações eu não entendo minha decepção. Queria não ter amado o frescor de minha pele, a sensação de estar perfeitamente limpa depois de tanto tempo; não entendo por que ainda não me olhei no espelho, por que tenho medo do que vou ver, por que não tenho certeza se vou reconhecer o rosto que pode olhar-me de volta.

Abro o armário.

Ele está explodindo de vestidos e sapatos e camisas e calças e roupas de todos os tipos, de cores tão vivas que ferem meus olhos, de tecidos de que só ouvira falar, do tipo que quase tenho medo de tocar. Os tamanhos são perfeitos muito perfeitos.

"Eles estão à minha espera".

O céu está chovendo tijolos direto sobre minha cabeça.

Fui desprezada abandonada banida e arrastada de minha casa. Fui empurrada espetada testada e jogada em uma cela. Fui estudada. Fui deixada passando fome. Fui encorajada à amizade somente para ser traída e aprisionada neste pesadelo pelo qual esperam que eu seja agradecida. Meus pais. Meus professores. Adam. Warner. O Restabelecimento. Sou dispensável para todos eles.

Eles pensam que sou uma boneca que eles podem vestir e retorcer em posição prostrada.

Mas eles estão errados.

— Warner está esperando você.

Viro-me e caio de costas contra o armário, fechando-o com uma batida durante a crise de pânico que me aperta o coração. Estabilizo-me e recolho o medo quando vejo Adam em pé à porta. Sua boca se mexe por um momento, mas ele nada diz. Finalmente, ele avança e avança mais até que esteja próximo o bastante para me tocar.

Ele chega a passar por mim para abrir de novo a porta que esconde as coisas de que estou envergonhada por saber que existem.

— Estes são todos para você — diz ele sem olhar para mim, seus dedos tocando a bainha de um vestido roxo, cor de uma ameixa boa o suficiente para se comer.

— Já tenho roupas. — Minhas mãos alisam as rugas em meu traje sujo e esfarrapado.

Ele finalmente decide olhar para mim, mas quando ele o faz suas sobrancelhas saltam, seus olhos piscam e congelam, seus lábios apartam-se em surpresa. Pergunto-me se do banho me saiu um novo rosto e enrubesço, esperando que ele não esteja enojado pelo que pode ver. Não sei por que me importo.

Ele baixa o olhar. Respira fundo.

— Vou esperar lá fora.

~~Encaro o vestido roxo com as pontas dos dedos de Adam.~~

Examino o interior do armário por apenas um momento antes de abandoná-lo. Passo os dedos ansiosos pelo cabelo molhado e me revisto de aço.

Sou Juliette.

Sou uma garota.

Não sou propriedade de ninguém.

E não me importo com o que Warner quer que eu pareça.

Saio do quarto e Adam me encara por um breve segundo. Ele esfrega a nuca e nada diz. Ele sacode a cabeça. Ele começa a andar. Ele não toca em mim e eu não deveria reparar nisso, mas eu reparo. Não faço ideia do que esperar não faço ideia do que será de minha vida neste novo lugar e estou sendo cravada no estômago por todo enfeite delicado, todo acessório luxuoso, toda pintura, moldagem, iluminação e colorido supérfluos deste edifício. Espero que tudo pegue fogo.

Sigo Adam por um longo corredor atapetado até um elevador feito inteiramente de vidro. Ele passa o mesmo cartão magnético que usou para abrir minha porta e entramos. Nem sequer percebi que tomáramos um elevador para subir tantos andares. Percebo que eu devo ter feito uma cena horrível quando cheguei e estou quase feliz.

Espero desapontar Warner de todos os modos possíveis.

A sala de jantar é grande o bastante para alimentar milhares de órfãos. Em vez disso, há sete mesas de banquete arranjadas pela sala, seda azul escorregando do topo da mesa, vasos de cristal prestes a rebentar de orquídeas e lírios *stargazer*, tigelas de vidro cheias de gardênias. ~~É encantador.~~ Pergunto-me onde conseguiram as flores.

Warner está posicionado à mesa logo do centro, sentado à cabeceira. Assim que ~~me~~ avista Adam, ele se levanta. A sala inteira fica em volta.

Percebo quase imediatamente que há um assento vazio em ambos os lados dele e não pretendo parar de me mover, mas paro. Faço um inventário rápido dos presentes e não consigo contar nenhuma outra mulher.

Adam toca de leve minhas costas com três pontas de dedo e estou extremamente assustada. Apresso-me adiante e Warner sorri para mim. Ele tira a cadeira à sua esquerda e faz um gesto para que me sente. Sento-me.

Tento não olhar para Adam quando ele se senta na minha frente.

— Você sabe... há roupas em seu armário, minha querida. — Warner senta-se a meu lado; a sala senta-se novamente e retoma um fluxo constante de tagarelice. Ele está voltado quase inteiramente em minha direção, mas, de algum modo, a única presença de que tomo consciência está imediatamente à minha frente. Concentro-me no prato vazio a poucos centímetros dos meus dedos. Desço as mãos ao meu colo. — E você não tem mais de vestir aqueles tênis imundos — continua Warner, furtando-me outro olhar antes de entornar algo em meu corpo. Parece água.

~~Estou com tanta sede que poderia beber uma cachoeira.~~

Odeio seu sorriso.

O ódio se assemelha exatamente ao que sinto por todos os outros, até que cada qual sorria. Até que cada qual se volte e minta com seus lábios e dentes entalhados no semblante de algo dócil demais para socar.

— Juliette?

Aspiro com bastante rapidez. Uma tosse reprimida está inflando minha garganta.

Seus olhos verdes vítreos cintilam na minha direção.

— Não está faminta? — As palavras mergulham no açúcar. Sua mão trajando luva toca meu pulso e, na afobação, quase o desloco para distanciar-me dele.

~~Poderia comer todas as pessoas nesta sala.~~

— Não, obrigada.

Ele lambe o lábio inferior em sorriso.

— Não confunda estupidez com bravura, amor. Sei que você não come nada há dias.

Algo em minha paciência estoura.

— Realmente preferia morrer a comer sua comida e escutá-lo me chamando de "amor" — digo a ele. Travo meu maxilar.

Adam derruba seu garfo.

Warner dispensa-lhe um olhar ligeiro e, quando ele olha novamente para mim, seus olhos endureceram. Ele retém meu olhar por alguns infinitamente longos segundos antes de puxar uma arma do bolso de seu casaco. Ele dispara.

A sala inteira grita e para.

Meu coração está batendo asas contra minha garganta.

Viro a cabeça muito, muito lentamente para seguir a direção tomada pela arma de Warner somente para ver que ele deu um tiro que atravessou direto o osso de um tipo de carne. A bandeja de comida está fumegando levemente pela sala, a comida amontoada a menos de trinta centímetros dos convidados. Ele atirou sem nem mesmo olhar. Podia ter matado alguém.

Emprego toda a minha energia para manter-me muito, muito tranquila.

Warner larga a arma sobre meu prato. Dá-se ao silêncio espaço para dar a volta ao mundo e retornar.

— Seja sábia na escolha das palavras, Juliette. Uma palavra minha e sua vida aqui não será tão fácil.

Pisco.

Adam empurra um prato de comida na minha frente; a força de seu olhar é como uma pá incandescente prensada contra minha pele. Levanto os olhos e ele inclina a cabeça o mais ínfimo milímetro. Seus olhos estão dizendo "por favor".

Pego meu garfo.

Warner não perde nada. Ele limpa a garganta um tanto ruidosamente. Ele ri um riso sem humor enquanto corta a carne no prato.

— Tenho de convencer Adam a fazer todo o trabalho por mim?

— Perdão?

— Parece que ele é o único que você escuta. — Seu tom é alegre, mas sua mandíbula está, sem sombra de dúvida, travada. Ele se volta para Adam.

— Estou surpreso por você não ter dito a ela para mudar de roupa, como lhe pedi.

Adam endireita-se na cadeira.

— Eu disse, senhor.

— Gosto das minhas roupas — digo-lhe. Gostaria de dar-lhe um soco no olho — é o que não lhe digo.

O sorriso de Warner volta suavemente ao lugar.

— Ninguém perguntou do que você gosta, amor. Agora coma. Preciso que você mostre seu melhor quando estiver ao meu lado.

13

Warner insiste em me acompanhar até meu quarto.

Depois do jantar, Adam desapareceu com alguns dos outros soldados. Ele desapareceu sem uma palavra ou olhar na minha direção e eu não faço a mínima ideia do que prever. Ao menos não tenho nada a perder senão minha vida.

— Não quero que você me odeie — diz Warner enquanto seguimos pelo caminho rumo ao elevador. — Sou apenas seu inimigo porque você quis que eu fosse.

— Sempre seremos inimigos. — Minha voz parte-se em lascas de gelo. As palavras se derretem na minha língua. — Jamais serei o que você quer que eu seja.

Warner suspira ao apertar o botão do elevador. — De fato penso que você mudará de ideia. — Ele olha para mim com um sorrisinho. Uma pena que expressões tão impressionantes pudessem ser desperdiçadas em um ser humano tão miserável. — Você e eu, Juliette... juntos? Ninguém conseguiria nos deter.

Não olho para ele, embora sinta seu olhar tocando cada centímetro de meu corpo.

— Não, obrigada.

Estamos no elevador. O mundo está ruidosamente passando por nós e as paredes de vidro tornam-nos um espetáculo para cada pessoa em cada um dos andares. Não há segredos neste edifício.

Ele toca meu cotovelo e eu me afasto. — Você devia reconsiderar — diz ele suavemente.

— Como você descobriu isso? — O elevador se abre, mas eu não me movo. Finalmente, viro-me para encará-lo, pois não consigo conter minha curiosidade. Examino suas mãos, tão cuidadosamente revestidas em couro, suas mangas grossas e onduladas e longas. Mesmo seu colarinho é alto e suntuoso. Ele está vestido impecavelmente da cabeça aos pés e coberto em todo lugar com exceção do rosto. Mesmo se quisesse tocá-lo, não estou certa de que seria capaz. Ele está protegendo a si mesmo.

De mim.

— Talvez uma conversa amanhã de noite? — Ele esfrega uma sobrancelha e oferece-me o braço. Finjo não reparar nisso enquanto saímos do elevador e andamos pelo corredor. — Talvez você pudesse vestir alguma coisa bonita.

— Qual é o seu primeiro nome? — pergunto-lhe.

Estamos de pé em frente da minha porta.

Ele faz uma pausa. Surpreso. Ergue seu queixo quase de modo imperceptível. Concentra seus olhos em meu rosto até que começo a arrepender-me da pergunta.

— Você quer saber meu nome.

Não faço de propósito, mas meus olhos se estreitam um pouquinho.

— Warner é seu sobrenome, não é?

Ele quase sorri.

— Você quer saber meu nome.

— Não achei que fosse um segredo.

Ele se aproxima. Seus lábios se contorcem. Seus olhos se abaixam, seus lábios se movem em tensa respiração. Ele desliza um dedo enluvado pela maçã de meu rosto.

— Direi o meu se você me disser o seu — sussurra, bem próximo a meu pescoço.

Dou um passo para trás. Engulo em seco.

— Você já sabe meu nome.

Ele não está me olhando nos olhos.

— Você está certa. Devo reformular isso. O que quis dizer é que lhe direi meu nome se você me mostrar o seu.

— O quê? — Estou respirando muito rápido muito de repente.

Ele começa a tirar as luvas e eu começo a entrar em pânico.

— Mostre para mim o que você consegue fazer.

Meu rosto está tensionado demais e meus dentes começaram a doer.

— Não vou tocar em você.

— Está tudo bem. — Ele puxa a outra luva da mão. — Não preciso exatamente de sua ajuda.

— Não...

— Não se preocupe. — Ele força um riso. — Tenho certeza de que isso não irá machucá-la de modo algum.

— Não — estremeço. — Não, não vou... não posso...

— Muito bem — diz ele, rispidamente. — Está tudo bem. Você não quer me machucar. Sinto-me tão lisonjeado. — Ele quase revira os olhos. Olha para baixo no salão. Localiza um soldado. Acena para ele.

— Jenkins?

Jenkins é rápido para seu tamanho e em um segundo ele está do meu lado.

— Senhor. — Ele curva um pouco a cabeça, ainda que seja claramente mais velho que Warner. — Ele não pode ter mais que 27 anos; atarracado, vigoroso, abarrotado de massa. Ele me olha de lado. Seus olhos castanhos são mais quentes do que esperava que fossem.

— Preciso que acompanhe a senhorita Ferrars de volta para o térreo. Mas esteja prevenido: ela não é nada cooperativa e tentará fugir de seu controle. — Ele sorri bem lentamente. — Não importa o que ela diga ou faça, soldado, você não pode soltá-la. Fui claro?

Os olhos de Jenkins se arregalam; ele pisca, suas narinas se dilatam, seus dedos se flexionam contra o corpo. Respira acelerado. Acena a cabeça.

Jenkins não é idiota.

Começo a correr.

Estou escapando pelo corredor e passo correndo por uma série de estupefatos soldados que estão assustados demais para me deter. Não sei o que estou fazendo. Por que penso que posso correr? Para onde penso que poderia ir? Se me esforço para alcançar o elevador, é só porque acho que isso me dará tempo. Não sei mais o que fazer.

Os comandos de Warner estão repercutindo nas paredes e explodindo em meus tímpanos. Ele não precisa me perseguir. Ele está mandando outros fazerem o trabalho por ele.

Os soldados estão fazendo fila diante de mim.

Ao meu lado.

Atrás de mim.

Não consigo respirar.

Estou girando em círculos de minha própria estupidez, em pânico, aflita, petrificada pelo pensamento do que vou fazer a Jenkins contra minha vontade. Do que ele fará a mim contra sua vontade. Do que acontecerá a nós dois apesar de nossas melhores intenções.

— Peguem-na — diz Warner brandamente. O silêncio toma conta de cada canto deste edifício. Sua voz é o único som na sala.

Jenkins avança.

Meus olhos estão marejados e fecho-os. Abro-os para espiar. Avisto de olhos entreabertos a multidão e localizo um rosto familiar. Adam está me encarando, amedrontado.

A vergonha cobriu cada centímetro de meu corpo.

Jenkins oferece-me sua mão.

Meus ossos começam a envergar, estalando em sincronia com as batidas de meu coração. Desmorono no chão, embrulhando-me como um crepe fino. Meus braços estão dolorosamente desnudos nesta camiseta maltrapilha.

— Não... — Ergo uma mão hesitante, implorando com meus olhos, olhando fixamente para o rosto deste inocente homem. — Por favor, não... — Minha voz se dissolve. — Você não quer tocar em mim...

— Nunca disse que queria. — A voz de Jenkins é profunda e resoluta, cheia de remorso. Jenkins, que não tem luvas, não tem proteção, não tem preparo, não tem defesa possível.

— Era uma ordem clara, soldado — grita Barks, uma arma apontada para suas costas.

Jenkins agarra meus braços

Não não não

Meu peito arfa.

Meu sangue agita-se nas veias, correndo pelo meu corpo como um rio caudaloso, ondas de calor enrolam-se em meus ossos. Posso escutar sua angústia, posso sentir a força emanando de seu corpo, posso escutar seu coração batendo em meu ouvido e minha cabeça girando com a descarga de adrenalina que fortalece meu ser.

Sinto-me viva.

Queria que isso me machucasse. Queria que isso me mutilasse. Queria que isso me anulasse. Queria odiar a potente força que me envolve o esqueleto.

Mas não. Minha pele está pulsando com a vida de alguém e eu não odeio isso.

Odeio a mim mesma por desfrutar disso.

Desfruto da sensação que é estar sendo preenchida com mais vida e esperança e poder humano do que eu sabia ser capaz. Sua dor me concede um prazer que jamais pedi.

E ele não está me soltando.

Mas ele não está me soltando porque ele não consegue. Porque eu tenho de ser a única a quebrar a conexão. Porque a agonia o incapacita. Porque ele caiu na minha armadilha.

Porque eu sou uma planta carnívora.

E sou letal.

Caio de costas e chuto seu peito, querendo-o longe de mim, querendo livrar-me de seu peso sobre mim. Seu corpo mole desmorona contra o meu. Repentinamente estou aos berros e esforçando-me para enxergar além do lençol de lágrimas que obscurece minha visão; estou soluçando, histérica, aterrada pelo olhar frio no rosto deste homem, seus lábios paralisados arquejando.

Liberto-me e cambaleio para trás. O oceano de soldados divide-se atrás de mim. Em todos os rostos estão entalhados o assombro e o mais puro e autêntico medo. Jenkins está estirado no chão e ninguém ousa se aproximar.

— Alguém o ajude! — grito. — Alguém o ajude! Ele precisa de um médico... ele precisa ser levado... ele precisa... ele... ah, Deus... o que eu fiz...

— Juliette...

— Não me toque... não ouse me tocar...

As luvas de Warner estão de volta ao lugar e ele está tentando me recompor, ele está tentando realinhar meus cabelos, ele está tentando enxugar minhas lágrimas e eu quero assassiná-lo.

— Ajudem-no! — caindo de joelhos, meus olhos colados na figura deitada ao chão. Os outros soldados finalmente se aproximam com lentidão, cautelosos como se ele pudesse ser contagioso.

— Por favor... vocês têm de ajudá-lo! Por favor...

— Kent, Curtis, Soledad... Cuidem disso — berra Warner a estes homens antes de erguer-me em seus braços.

Ainda estou esperneando quando tudo fica preto.

14

O teto entra e sai de foco.

Minha cabeça está pesada, minha visão está embaçada, meu coração está estremecido. Há um marcante sabor de pânico alojado em algum lugar debaixo de minha língua e estou lutando para lembrar-me de onde ele veio. Tento sentar-me e não consigo lembrar-me por que estava deitada.

As mãos de alguém estão em meus ombros.

— Como você está se sentindo? — Warner está me perscrutando.

De repente minhas memórias estão queimando em meus olhos e o rosto de Jenkins está boiando em minha consciência e eu estou balançando meus punhos e gritando para que Warner fique longe de mim e esforçando-me para esquivar-me de seu domínio, mas ele apenas sorri. Ri um pouco. Acaricia-me as mãos ao lado de meu torso.

— Bem, pelo menos você está acordada — suspira ele. — Por um momento você me preocupou.

Tento controlar meus membros trêmulos.

— Tire suas mãos de mim.

Ele gesticula seus dedos revestidos diante de meu rosto.

— Estou todo coberto. Não se preocupe.

— Eu odeio você.

— Quanta paixão. — Ele ri novamente. Ele parece tão calmo, tão genuinamente satisfeito. Ele olha para mim com olhos mais brandos do que jamais esperei que fossem.

Desvio o olhar.

Ele se levanta. Toma pouco fôlego.

— Aqui — diz ele, estendendo o braço até uma bandeja sobre uma mesa. — Trouxe comida para você.

Aproveitei o momento para endireitar-me e olhar em volta. Estou deitada em uma cama guarnecida com ouro damasco e vermelho Burgundy, a mais escura tonalidade de sangue. O chão é coberto com grosso e rico carpete na cor de um sol poente de verão. Está quente no quarto. Ele é do mesmo tamanho daquele que ocupo, seu mobiliário segue padrão básico: cama, armário, mesas laterais, lustre cintilando do teto. A única diferença é que há uma porta a mais neste quarto e há uma vela grossa queimando calmamente sobre uma mesinha de canto. Há tanto não via o fogo que já perdi a conta. Tenho de conter um impulso de estender a mão e tocar a chama.

Apoio-me nos travesseiros e tento fingir que não estou confortável.

— Onde estou?

Warner vira-se segurando um prato que contém pão e queijo. Sua outra mão segura um copo d'água. Ele olha em volta do quarto como se o visse pela primeira vez.

— Este é o meu quarto.

Se minha cabeça não estivesse se esfacelando em pedaços, eu estaria tentada a correr.

— Leve-me para o meu quarto. Não quero ficar aqui.

— E, ainda assim, eis você aqui. — Ele senta-se ao pé da cama, a poucos centímetros de distância. Empurra o prato na minha frente. — Você está com sede?

Não sei se é porque não consigo pensar direito ou se é porque estou verdadeiramente confusa, mas estou me esforçando para reconciliar as personalidades polarizadas de Warner. Eis ele aqui, oferecendo-me um copo d'água depois de forçar-me a torturar outra pessoa. Ergo as mãos e estudo meus dedos como se nunca os tivesse visto antes.

— Não entendo.

Ele inclina a cabeça, inspecionando-me como se eu pudesse ter me ferido seriamente.

— Só perguntei se estava com sede. Isso não devia ser difícil de entender. — Uma pausa. — Tome isto.

Pego o copo. Encaro-o. Encaro Warner. Encaro as paredes.

Devo estar louca.

Warner suspira.

— Não tenho certeza, mas acho que você desmaiou. E acho que você devia comer alguma coisa, embora eu não esteja totalmente certo sobre isso também. — Ele faz uma pausa. — Você provavelmente fez esforço demais para o seu primeiro dia aqui. Falha minha.

— Por que você está sendo legal comigo?

A surpresa em seu rosto surpreende-me ainda mais.

— Porque me preocupo com você — diz ele simplesmente.

— Você se preocupa comigo? — O entorpecimento no corpo está começando a dissipar-se. Minha pressão sanguínea está subindo e a raiva está se colocando em primeiro plano na minha consciência. — Eu quase matei Jenkins por sua causa!

— Você não matou...

— Seus soldados me bateram! Você me mantém aqui como uma prisioneira! Você me ameaça! Você ameaça me matar! Você não me dá nenhuma liberdade e ainda diz que se preocupa comigo? — Quase lhe jogo o copo d'água na cara. — Você é um monstro!

Warner vira o rosto para o lado, de tal modo que fito seu perfil. Ele junta as mãos. Muda de ideia. Toca os lábios.

— Só estou tentando ajudá-la.

— Mentiroso!

Ele parece considerar isso. Assente com a cabeça, apenas uma vez.

— Sim. Na maior parte do tempo, sim.

— Não quero ficar aqui. Não quero ser seu experimento. Deixe-me ir.

— Não. — Ele se levanta. — Receio que eu não possa fazer isso.

— Por que não?

— Porque não posso. Eu apenas... — Ele puxa os dedos. Limpa a garganta. Seus olhos tocam o teto por um breve momento. — Porque eu preciso de você.

— Você precisa de mim para matar pessoas!

Ele não responde imediatamente. Ele caminha até a vela. Retira uma luva. Brinca com a chama usando seus dedos nus.

— Você sabe, sou bastante capaz de matar pessoas por conta própria, Juliette. Na verdade, sou muito bom nisso.

— Isso é repulsivo.

Ele encolhe os ombros.

— De que outra forma você acha que alguém na minha idade seria capaz de controlar tantos soldados? Por que mais meu pai permitiria que eu assumisse o comando de um setor inteiro?

— Seu pai? — Endireito-me, subitamente curiosa, mesmo contra a vontade.

Ele ignora minha pergunta.

— A mecânica do medo é simples o bastante. As pessoas são intimidadas por mim, então elas ouvem quando eu falo. — Ele gesticula com uma mão. — Ameaças vazias valem muito pouco hoje em dia.

Aperto os olhos.

— Então você mata as pessoas em busca de poder.

— Como você.

— Como ousa...

Ele ri, em voz alta.

— Você é livre para mentir para si mesma, se isso faz você se sentir melhor.

— Não estou mentindo...

— Por que demorou tanto para você quebrar a conexão com Jenkins?

Minha boca congela, imóvel.

— Por que você não se defendeu na mesma hora? Por que permitiu que ele a tocasse por todo o tempo que a tocou?

Minhas mãos começaram a tremer e eu as contive, duramente.

— Você não sabe nada sobre mim.

— E mesmo assim você afirma me conhecer tão bem.

Tensiono o rosto, sem confiança em mim mesma para falar.

— Pelo menos sou honesto — acrescenta ele.

— Você acabou de concordar que é um mentiroso!

Ele ergue as sobrancelhas.

— Pelo menos sou honesto sobre ser um mentiroso.

Bato o copo d'água sobre a mesa lateral e pendo a cabeça em minhas mãos. Tento manter a calma. Respiro com firmeza.

— Bem — digo com voz áspera —, por que você precisa de mim então? Se você já é um excelente assassino?

Um sorriso cintila e desvanece em seu rosto.

— Um dia vou apresentá-la à resposta a essa pergunta.

Tento protestar, mas ele me interrompe com uma mão. Pega um pedaço de pão do prato. Segura-o sob meu nariz.

— Você quase não comeu nada no jantar. Isso não pode ser saudável.

Não me movo.

Ele pousa o pão no prato e pousa o prato ao lado da água. Volta-se para mim. Estuda meus olhos com tanta intensidade que fico momentaneamente desarmada. Há tantas coisas que quero dizer e gritar, mas de algum modo esqueço todas as palavras que aguardam, impacientes, na minha boca. Não consigo desviar o olhar.

— Coma algo. — Seus olhos me abandonam. — Então vá dormir. Voltarei pela manhã.

— Por que não posso dormir no meu quarto?

Ele se levanta. Espana o pó de suas calças sem nenhuma razão prática.

— Porque quero que você fique aqui.

— Mas por quê?

Ele solta uma risada.

— Tantas perguntas.

— Ora, se você me desse uma resposta franca...

— Boa noite, Juliette.

— Você vai me soltar? — pergunto, dessa vez calmamente, dessa vez timidamente.

— Não. — Ele dá seis passos até o canto onde está a vela. — E também não vou prometer facilitar as coisas para você. — Não há arrependimento, nem remorso, nem compaixão em sua voz. Ele poderia estar falando sobre o clima.

— Você poderia estar mentindo.

— Sim, poderia. — Ele faz que sim com a cabeça, como para si mesmo. Apaga a vela.

E desaparece.

Tento lutar contra isso.

Tento ficar acordada.

Tento colocar a cabeça no lugar, mas não consigo.

De tão exausta sofro um colapso.

15

"Por que você não se mata?", perguntou certa vez alguém na escola.

Penso que era tipo de pergunta destinada a ser cruel, mas era a primeira vez que cogitava a possibilidade. Não sabia o que dizer. Talvez estivesse louca ao considerar isso, mas sempre tive a esperança de que, se fosse uma garota boa o suficiente, se fizesse tudo direito, se dissesse as coisas certas ou nada dissesse de nenhuma maneira... pensei que meus pais mudariam de ideia. Pensei que eles finalmente escutariam quando eu tentasse conversar. Pensei que me dariam uma chance. Pensei que poderiam, finalmente, me amar.

Sempre tive essa ~~estúpida~~ esperança.

— Bom dia.

Meus olhos abrem-se rapidamente. Jamais tive um sono tão pesado.

Warner está me encarando, sentado ao pé da própria cama, trajando casaco limpo e botas perfeitamente lustradas. Tudo nele é meticuloso. Incólume. Seu hálito é frio e fresco no revigorante ar da manhã. Posso senti-lo em meu rosto.

Leva um tempo para que eu perceba que estou enrolada nos mesmos lençóis em que Warner dorme. Meu rosto está repentinamente pegando fogo e estou remexendo-me para me libertar. Quase caio da cama.

Não o reconheço.

— Dormiu bem? — pergunta ele.

Levanto a cabeça. Seus olhos são de um estranho tom de verde: brilhantes, cristalinos, agudos do modo mais alarmante. Seu cabelo é grosso, do mais vivo ouro; seu corpo é magro e despretensioso, mas suas mãos são fortes sem fazer esforço. Reparo pela primeira vez que ele usa um anel de jade no dedo mínimo esquerdo.

Ele me surpreende encarando-o e levanta-se. Junta as mãos atrás das costas.

— Está na hora de você voltar para seu quarto.

Pisco. Faço que sim com a cabeça. Levanto-me e quase caio. Agarro-me ao lado da cama e tento firmar minha cabeça vertiginosa. Escuto Warner suspirar.

— Você não comeu a comida que lhe deixei ontem à noite.

Apanho a água com mãos trêmulas e obrigo-me a comer um pouco do pão. Meu corpo ficou tão acostumado à fome que não sei mais como reconhecê-la.

Logo que recupero a firmeza, Warner me conduz para fora do quarto. Ainda estou segurando um pedaço de queijo na mão.

Quase o derrubo quando piso além da porta.

Há ainda mais soldados aqui do que no meu andar. Cada um está equipado com, pelo menos, quatro tipos diferentes de arma, algumas penduradas no pescoço, outras amarradas ao cinto. Todos eles denunciam um olhar de terror quando veem meu rosto. Esse olhar aparece e desaparece de suas feições tão rapidamente que eu poderia tê-lo perdido, mas ele é óbvio o bastante: todos apertam um pouco mais firme suas armas enquanto passo por eles.

Warner parece satisfeito.

— O medo deles trabalhará em nosso favor — sussurra ele ao meu ouvido.

Minha humanidade está estilhaçada em um milhão de pedaços sobre o chão acarpetado.

— Nunca quis que tivessem medo de mim.

— Deveria. — Ele para. Seus olhos estão me chamando de idiota. — Se eles não a temem, perseguirão você.

— As pessoas perseguem as coisas que elas temem o tempo todo.

— Ao menos agora eles sabem o que estão enfrentando. — Ele volta a caminhar pelo corredor, mas meus pés estão pregados no chão.

A compreensão é uma água gelada e ela está me escorrendo pelo pescoço.

— Você me fez fazer aquilo... o que eu fiz... com Jenkins? De propósito?

Warner já está três passos à frente, mas posso ver o sorriso em seu rosto.

— Tudo o que faço é de propósito.

— Você quis fazer de mim um espetáculo. — Meu coração está disparando em meu punho, pulsando em meus dedos.

— Estava tentando protegê-la.

— De seus próprios soldados? — Agora estou correndo para alcançá-lo, ardendo de indignação. — À custa da vida de um homem...

— Entre. — Warner chegou ao elevador. Ele está segurando as portas para mim.

Acompanho-o.

Ele aperta os botões apropriados.

A porta se fecha.

Viro-me para falar.

Ele me encurrala.

Sou impelida à quina mais remota deste receptáculo de vidro e estou subitamente nervosa. Suas mãos estão segurando meus braços e seus lábios estão perigosamente próximos do meu rosto. Seu olhar está perdido no meu, seus olhos piscando; perigosos. Ele diz uma palavra:

— Sim.

Levo um tempo até encontrar minha voz.

— Sim, o quê?

— Sim, de meus próprios soldados. Sim, à custa da vida de um homem. — Ele trinca a mandíbula. Fala entredentes. — Você conhece muito pouco do meu mundo, Juliette.

— Estou tentando entender...

— Não você não está — fala ele rispidamente. Seus cílios são como fios de ouro flamejantes. Quase quero tocá-los. — Você não entende que poder e domínio podem escorregar de nossas mãos a qualquer momento, mesmo quando você pensa estar mais preparado. Essas são duas coisas que não são fáceis de conseguir. E são ainda mais difíceis de manter. — Tento falar, mas ele me corta. — Você acha que eu não sei quantos de meus próprios soldados me odeiam? Você acha que não sei que eles gostariam de me ver cair? Você acha que não existem outros que adorariam ter a posição que trabalho duro para ter...

— Não se iluda...

Ele rompe a barreira dos poucos centímetros que ainda nos separam e minhas palavras caem no chão. Não consigo respirar. A tensão em todo o seu corpo é tão intensa que é quase palpável e acho que meus músculos começaram a congelar.

— Você é ingênua — ele diz para mim, sua voz severa, em tom baixo, um sussurro áspero contra minha pele. — Não percebe que você é uma ameaça para todos neste edifício? Eles têm toda a razão para fazer mal a você. Você não vê que estou tentando ajudá-la...

— Me machucando! — explodo. — Machucando os outros!

Seu riso é frio, melancólico. Ele se afasta de mim, subitamente aborrecido. O elevador se abre, mas ele não sai. Posso ver minha porta daqui.

— Volte para seu quarto. Lave-se. Troque-se. Há vestidos em seu armário.

— Não gosto de vestidos.

— Também não acho que você goste de ver aquilo — diz ele inclinando a cabeça. Sigo seu olhar para ver uma sombra volumosa contra minha porta. Viro-me para que me explique, mas ele nada diz. Ele está repentinamente controlado, suas feições limpas de emoções. Ele toma minha mão, aperta meus dedos, diz: — Voltarei para buscá-la exatamente em uma hora — e fecha as portas do elevador antes que eu tenha a chance de protestar. Começo a me perguntar se é coincidência que a única pessoa que menos tem medo de me tocar seja ela mesma um monstro.

Avanço e atrevo-me a olhar mais de perto o soldado de pé na escuridão.

Adam.

Ah, Adam.

Adam, que agora sabe exatamente do que sou capaz.

Meu coração é um balão de água explodindo em meu peito. Meus pulmões estão balançando em minha caixa torácica. Sinto-me como se todos os punhos do mundo decidissem socar-me no estômago. Não deveria me importar tanto, mas me importo.

Ele agora me odiará para sempre. Ele nem sequer olhará para mim.

Espero que ele abra minha porta, mas ele não se move.

— Adam? — arrisco-me, hesitante. — Preciso de seu cartão para abrir.

Observo-o engolir em seco e tomar pouco fôlego e imediatamente sinto que algo está errado. Aproximo-me e uma rápida e firme sacudida de cabeça diz para eu não seguir. ~~Eu não quero tocar pessoas eu não chego perto de pessoas eu sou um monstro.~~ Ele não me quer perto dele. É claro que ele não quer. Eu nunca deveria esquecer meu lugar.

Ele abre minha porta com enorme dificuldade e eu percebo que alguém o feriu onde eu não posso ver. As palavras de Warner retornam a mim e eu reconheço seu delicado adeus como um aviso. Um aviso que corta todas as terminações nervosas de meu corpo.

Adam será punido pelos meus erros. Pela minha desobediência.

Quero inundar de lágrimas um balde de arrependimento.

Atravesso a porta e passo os olhos uma última vez em Adam, incapaz de sentir qualquer espécie de triunfo em sua dor. Apesar de tudo que ele me fez, não sei se sou capaz de odiá-lo. Não Adam. Não o garoto que eu conhecia.

— O vestido roxo — diz ele, sua voz entrecortada e um pouco ofegante, como se lhe doesse inalar. Tenho de entrelaçar as mãos para evitar sair correndo para ele.

— Use o vestido roxo. — Ele tosse. — Juliette.

Serei a modelo perfeita.

16

Assim que estou no quarto, abro o armário e tiro o vestido roxo do cabide antes de lembrar que estou sendo vigiada. As câmeras. Fico me perguntando se Adam também foi punido por me contar sobre elas. Fico me perguntando se ele correu quaisquer outros riscos comigo. Fico me perguntando por que ele o faria.

Toco o firme e moderno tecido do vestido cor de ameixa e meus dedos chegam à bainha, da mesma forma como Adam fez ontem. Não posso evitar de me perguntar por que ele gosta tanto deste vestido. Por que tem de ser este. Por que ainda tenho de vestir um vestido.

Não sou uma boneca.

Minha mão pousa sobre uma prateleira de madeira debaixo das roupas penduradas e uma textura desconhecida resvala minha pele. Ela é áspera e estranha, mas familiar ao mesmo tempo. Chego mais perto do armário e escondo-me entre as portas. Meus dedos contornam a superfície e uma onda de claridade corre pelo meu estômago até eu ter certeza de que estou explodindo de esperança e emoção e de uma felicidade estúpida tão poderosa que estou surpresa por não haver lágrimas escorrendo pelo meu rosto.

Meu caderno.

Ele salvou meu caderno. ~~Adam salvou a única coisa que me pertence.~~

Apanho o vestido roxo e enfio o bloco de papel em suas pregas, antes de sair furtivamente para o banheiro.

~~O banheiro em que não há câmeras.~~

~~O banheiro em que não há câmeras.~~

~~O banheiro em que não há câmeras.~~

Ele estava tentando me contar, dou-me conta. Antes, no banheiro. Ele estava tentando me contar alguma coisa e eu estava assustada demais. Eu o afugentei

"Eu o afugentei." Fecho a porta atrás de mim e minhas mãos estão tremendo enquanto desenrolo os íntimos papéis unidos pela cola velha. Folheio as páginas para ter certeza de que todas estão ali e meus olhos pousam sobre meu mais recente registro. Há uma mudança bem ao pé da página. Uma frase nova, não escrita na minha caligrafia.

Uma frase nova que deve ter vindo dele.

"Não é o que você pensa."

Permaneço perfeitamente imóvel.

Cada centímetro da minha pele está esticado de tensão, carregado de emoção, e a pressão está aumentando em meu peito, esmagando-o mais ruidosamente e mais rapidamente e mais fortemente, compensando com excesso minha imobilidade. Não tremo quando estou congelada no tempo. Tento respirar mais devagar, conto coisas que não existem, invento cifras que não possuo, finjo que o tempo é uma ampulheta quebrada que escoa segundos através da areia. Ouso acreditar.

Ouso ter a esperança de que Adam está tentando se comunicar comigo. Sou doida o bastante para considerar a possibilidade.

Rasgo a página do caderninho e agarro-a contra mim, aplicadamente engolindo a histeria que excita todos os impulsos entrecortados em minha mente.

Escondo o caderno em um bolso do vestido roxo. O bolso dentro do qual Adam deve ter enfiado o caderno. O bolso do qual ele deve ter caído. ~~O bolso do vestido roxo. O bolso do vestido roxo.~~

A esperança é um bolso de possibilidades.

Estou segurando-a em minha mão.

Warner não está atrasado.

Ele também não bate.

Estou colocando os sapatos quando ele entra sem uma única palavra, sem mesmo um esforço para fazer sua presença conhecida. Seus olhos descem por todo o meu corpo. Minha mandíbula enrijece por conta própria.

— Você o machucou — pego-me dizendo.

— Você não devia se importar — diz ele com uma inclinação de cabeça, fazendo um gesto para meu vestido. — Mas é óbvio que você se importa.

Cerro meus lábios e agradeço por minhas mãos não estarem tremendo tanto. Não sei onde Adam está. Não sei o quanto ele está ferido. Não sei o que Warner fará, o quão longe ele irá na busca do que quer, mas a perspectiva de que Adam sofra de dor é como uma mão fria apertando meu esôfago. Não consigo recuperar meu fôlego. Sinto-me como se estivesse lutando para engolir um palito de dente. Se Adam está tentando me ajudar, isso poderia custar-lhe a vida.

Apalpo o pedaço de papel enfiado em meu bolso.

Respiro.

Os olhos de Warner estão em minha janela.

Respiro.

— É hora de ir — diz ele.

— Aonde vamos?

Ele não responde.

Atravessamos a porta. Olho ao redor. O corredor está abandonado; vazio.

— Onde está ~~Adam~~ todo mundo?

— Gosto mesmo desse vestido — diz Warner enquanto desliza um braço em volta da minha cintura. Desvencilho-me de modo abrupto, mas ele me puxa, guiando-me em direção ao elevador. — O caimento é espetacular. Ajuda a me distrair de todas as suas perguntas.

— Pobre de sua mãe.

Warner quase tropeça nos próprios pés. Seus olhos estão surpresos, alarmados. Ele para a apenas alguns centímetros de nosso objetivo. Vira-se.

— O que quer dizer?

Meu estômago embrulha.

O olhar em seu rosto: a tensão desarmada, o medo hesitante, a súbita apreensão em suas feições.

Eu estava tentando fazer uma piada — é o que não lhe digo. Lamento por sua pobre mãe, é o que ia lhe dizer, por ela ter de lidar com um filho tão miserável e patético. Mas não digo nada disso.

Ele agarra minhas mãos, concentra-se em meus olhos. Urgência pulsa em suas têmporas.

— O que quer dizer? — insiste.

— N-nada — gaguejo. Minha voz parte-se ao meio. — Eu não quis... era só uma piada...

Warner solta minhas mãos como se elas o tivessem queimado. Ele desvia o olhar. Apressa-se rumo ao elevador e não espera por mim.

Pergunto-me o que ele não está me dizendo.

Apenas quando descemos vários andares e estamos seguindo por um desconhecido corredor rumo a uma saída desconhecida, ele finalmente olha para mim. Ele me oferece quatro palavras.

— Bem-vinda ao seu futuro.

17

Estou flutuando na luz do Sol.

Warner está segurando uma porta aberta que leva diretamente para o lado de fora e eu estou tão despreparada para a experiência que mal posso enxergar direito. Ele segura meu cotovelo para firmar meus passos e eu olho para ele.

— Estamos indo para o lado de fora. — Digo isso porque tenho de dizê-lo em voz alta. Porque o mundo do lado de fora é um convite que me é oferecido muito raramente. Porque não consigo descobrir se Warner está tentando ser legal novamente. Dele, meus olhos se dirigem para o que parece ser um pátio de concreto e novamente voltam para ele. — O que estamos fazendo do lado de fora?

— Temos de cuidar de alguns negócios. — Ele me puxa rumo ao centro deste novo universo e eu estou me libertando dele, estendendo a mão para tocar o céu à espera de que ele se lembre de mim. As nuvens são cinzentas como sempre foram, mas são poucas e despretensiosas. O Sol está alto alto alto, descansando contra um pano de fundo que sustenta seus raios e redireciona seu calor em nossa direção. Fico na ponta dos pés e tento tocá-lo. O vento me envolve nos braços e sorri ante minha pele. O ar fresco e macio como a seda trança uma brisa suave por meus cabelos. Este pátio quadrangular poderia ser meu salão de bailes.

Quero dançar com os elementos.

Warner agarra minha mão. Dou meia-volta.

Ele está sorrindo.

— Isso — diz ele, fazendo um gesto para o mundo frio e cinzento debaixo de nossos pés — isso te faz feliz?

Olho em volta. Percebo que o pátio não é exatamente uma cobertura, mas algum lugar entre dois edifícios. Avanço lentamente em direção à margem e posso ver a terra morta e as árvores nuas e aglomerados de prédios dispersos estendendo-se por quilômetros. — O ar frio tem aroma tão puro — digo a ele. — Fresco. Novo em folha. É o aroma mais formidável do mundo.

Seus olhos se mostram satisfeitos, perturbados, interessados e confusos, tudo de uma vez. Ele balança a cabeça. Revista seu casaco e alcança um bolso interno. Ele tira uma arma com um punho dourado que cintila à luz do sol.

Puxo um fôlego profundo.

Ele inspeciona a arma de um modo que não compreendo, supostamente para verificar se ela está ou não pronta para o disparo. Ele a escorrega na mão; seu dedo posicionado diretamente sobre o gatilho. Ele se vira e finalmente lê a expressão em meu rosto.

Ele quase ri.

— Não se preocupe. Não é para você.

— Por que você tem uma arma? — Engulo, em seco, segurando meus braços firmemente contra o peito. — O que estamos fazendo aqui?

Warner escorrega a arma de volta ao bolso e caminha até a extremidade oposta da margem. Ele faz sinal para que eu o acompanhe. Aproximo-me lentamente. Sigo seus olhos. Olho por sobre a barreira.

Todos os soldados do edifício estão a menos de quatro metros e meio abaixo de onde estamos.

Distingo quase 50 filas, cada uma perfeitamente reta, perfeitamente espaçada, tantos soldados em pé, em fila indiana, que perco a conta.

~~Gostaria de saber se Adam está no meio deles. Se ele pode me ver.~~

~~Gostaria de saber o que Adam pensa de mim agora.~~

Os soldados estão posicionados em um espaço quadrangular idêntico ao que Warner e eu ocupamos, mas eles são uma só massa organizada de preto: calças pretas, camisas pretas, botas de cano alto pretas; nem uma só arma à vista. Cada um está de pé com a mão esquerda pressionando ao coração. Congelados em sua posição.

Preto e cinza
e
preto e cinza
e
preto e cinza
e
triste.

De repente estou perfeitamente consciente da minha vestimenta prática. De repente o vento está insensível demais, frio demais, aflitivo demais conforme penetra através da multidão. Estremeço e isso nada tem a ver com a temperatura. Procuro por Warner, mas ele já tomou seu lugar no limite do pátio; é óbvio que ele já fez isso muitas vezes antes. Ele puxa de seu bolso um pequeno quadrado de metal perfurado e prensa-o contra os lábios; quando ele fala, sua voz percorre a multidão como se tivesse sido amplificada.

— Setor 45.

Uma palavra. Um número.

Todo o grupo se move: mãos esquerdas liberadas, caídas de lado; mãos direitas plantadas no lugar do peito. Eles são uma máquina oleada, funcionando em colaboração perfeita uns com os outros. Se eu não estivesse tão apreensiva, penso que estaria impressionada.

— Temos dois assuntos a tratar esta manhã. — A voz de Warner penetra na atmosfera: nítida, clara, insuportavelmente confiante. — O primeiro está em pé ao meu lado.

Milhares de olhos erguem-se bruscamente na minha direção. Quase me encolho.

— Juliette, por favor, venha até aqui. — Dois dedos dobram-se em duas posições para chamar-me para a frente.

Avanço devagar para colocar-me à vista de todos.

Warner desliza seu braço em volta de mim. Encolho-me de medo. A multidão se assusta. Meu coração bate descontrolado. Estou amedrontada demais para afastar-me dele. Sua arma está próxima demais do meu corpo.

Os soldados parecem aturdidos por Warner estar disposto a me tocar.

— Jenkins, poderia dar um passo adiante, por favor?

Meus dedos estão correndo uma maratona por minha coxa. Não consigo ficar parada. Não consigo acalmar as palpitações que desestabilizam meu sistema nervoso. Jenkins sai da fila; localizo-o imediatamente.

Ele está bem.

Deus amado.

Ele está bem.

— Jenkins teve o prazer de conhecer Juliette noite passada — continua ele. A tensão entre os homens é quase tangível. Ninguém, ao que parece, sabe onde este discurso vai dar. E ninguém, pelo que parece, desconhece a história de Jenkins. Minha história. — Espero que todos vocês a recebam com a mesma gentileza — acrescenta Warner, seus lábios rindo-se sem som. — Ela ficará conosco por algum tempo, e será um trunfo muito valioso para nossos esforços. O Restabelecimento dá-lhe as boas-vindas. Eu dou-lhe as boas-vindas. Vocês devem dar-lhe as boas-vindas.

Os soldados baixam suas mãos de uma só vez, todos exatamente ao mesmo tempo.

Eles se movem em conjunto, cinco passos para trás, cinco passos para a frente, cinco passos fixos na posição. Eles levantam o braço esquerdo ao alto e fecham os dedos em um punho.

E caem de joelhos.

Corro até o beiral, desesperada por olhar mais de perto tal rotina estranhamente coreografada. Nunca vi algo assim.

Warner faz que fiquem desse jeito, tortos desse jeito, punhos erguidos no ar desse jeito. Ele não fala por pelo menos 30 segundos. E então o faz.

— Ótimo.

Os soldados levantam-se e pousam a mão direita novamente sobre o peito.

— O segundo assunto que se coloca é ainda mais agradável que o primeiro — continua ele, ainda que pareça não sentir nenhum prazer em dizer isso. Ele fixa seus olhos nos soldados, estilhaços de esmeralda cintilam sobre seus corpos. — Delalieu tem um relato para nós.

Ele passa uma eternidade simplesmente encarando os soldados, deixando suas poucas palavras agitarem suas mentes. Deixando que a imaginação os enlouqueça. Deixando os culpados entre eles tremerem de angústia.

Warner nada diz durante muito tempo.

Ninguém se move durante muito tempo.

Começo a temer por minha vida, apesar de ele ter me tranquilizado anteriormente. Começo a me perguntar se talvez eu seja a única culpada. Se talvez a arma em seu bolso seja destinada para mim. Finalmente ouso me virar em sua direção. Ele me olha pela primeira vez e eu não faço ideia de como interpretrá-lo.

Seu rosto são 10 mil possibilidades olhando diretamente através de mim.

— Delalieu — diz ele, ainda olhando para mim. — Um passo à frente.

Um tipo de homem magro e com queda de cabelo, em uma vestimenta levemente mais decorada, sai bem da frente das cinquenta fileiras. Ele não se mostra inteiramente estável. Ele baixa um pouco a cabeça. Sua voz chilreia quando ele fala.

— Senhor.

Warner finalmente liberta-se de meus olhos e acena a cabeça, quase imperceptivelmente, na direção do homem cuja calvície progride.

Delalieu relata:

— Temos uma acusação contra o Soldado Raso 45B-76423. Fletcher, Seamus.

Os soldados estão todos congelados em fila, congelados de alívio, congelados de medo, congelados de ansiedade. Nada se move. Nada respira. Mesmo o vento teme fazer um som.

— Fletcher. — Uma palavra vinda de Warner e várias centenas de pescoços estalam na mesma direção.

Fletcher sai da fila.

Ele parece um homem gengibre. Cabelo cor gengibre. Sardas cor gengibre. Lábios quase artificialmente vermelhos. Seu rosto é vazio de toda e qualquer emoção possível.

Jamais em minha vida senti tanto medo por um estranho.

Delalieu fala novamente.

— O soldado raso Fletcher foi encontrado em territórios irregulares, confraternizando com civis que se acredita serem membros do partido dos rebeldes. Ele havia roubado comida e suprimentos das unidades de armazenamento dedicadas aos residentes do setor 45. Não se sabe se ele divulgou informações confidenciais.

Warner mira seus olhos para o homem gengibre.

— Você nega essas acusações, soldado?

As narinas de Fletcher dilatam-se. Seu maxilar tensiona-se. Sua voz falha quando ele fala.

— Não, senhor.

Warner acena com a cabeça. Toma uma fôlego breve. Lambe os lábios.

E atira-lhe na testa.

18

Ninguém se move.

O horror permanente está esculpido no rosto de Fletcher quando desmorona no chão. Estou tão impressionada pela impossibilidade disso tudo que não consigo concluir se estou sonhando ou não, não consigo determinar se estou morrendo ou não, não consigo entender se é uma boa ideia desmaiar ou não.

Os membros de Fletcher estão dobrados em ângulos estranhos sobre o frio chão de concreto. O sangue está formando uma lagoa em volta dele e ainda ninguém se move. Ninguém diz uma só palavra. Ninguém denuncia um só olhar de medo.

Continuo tocando meus lábios para ver se meus gritos escaparam.

Warner enfia sua arma de volta no bolso do casaco.

— Setor 45, estão dispensados.

Todos os soldados caem de joelho.

Warner desliza o amplificador de metal de volta para dentro de seu traje e tem de me arrancar do local onde estou colada. Estou tropeçando em meus próprios pés, meus membros fracos, doendo até o osso. Sinto-me nauseada, delirante, incapaz de segurar-me em posição vertical. Continuo tentando falar, mas as palavras estão pregando minha língua. Subitamente estou suando e subitamente congelando e subitamente tão enferma que enxergo borrões nublando minha visão.

Warner está tentando me fazer passar pela porta.

— Você deve mesmo comer mais — diz ele para mim.

Estou pasmada, com olhos e boca escancarados, visto que sinto buracos por toda parte, perfurados no terreno de meu corpo.

Meu coração deve estar sagrando no meu peito.

Olho para baixo e não consigo entender por que não há sangue em meu vestido, por que esta dor em meu coração toca-me de modo tão real.

— Você o matou — consigo murmurar. — Você simplesmente o matou...

— Você é muito astuta.

— Por que você o matou por que você o mataria como pôde fazer algo assim...

— Mantenha os olhos abertos, Juliette. Agora não é hora de adormecer.

Agarro sua camisa. Faço-o parar antes que ele entre. Uma rajada de vento bate-me no rosto e de repente estou no controle de meus sentidos. Empurro-o com força, fazendo suas costas baterem contra a parede.

— Você me enoja. — Olho severamente dentro de seus olhos frios. — Você me enoja...

Ele me gira, prende-me contra a porta em que acabei de segurá-lo. Ele pega meu rosto com as mãos em concha, mãos enluvadas, retendo meus olhos na posição. As mesmas mãos que ele acabou de usar para matar um homem.

Estou imobilizada.

Paralisada.

Levemente apavorada.

Seu polegar pinta minha bochecha.

— A vida é um lugar frio — sussurra ele. — Às vezes você tem que saber atirar primeiro.

Warner acompanha-me até meu quarto.

— Você deveria dormir — diz ele para mim. É a primeira vez que ele falou desde que deixamos o terraço. — Vou mandar comida para o seu quarto, mas só se eu tiver certeza de que você não está perturbada.

— Onde está Adam? ~~Ele está seguro? Está saudável? Você vai machucá-lo?~~

Warner hesita antes de retomar a tranquilidade.

— Por que você se importa?

~~Eu me importo com Adam Kent desde a terceira série.~~

— Ele não devia estar me vigiando? Porque ele não está aqui? Isso quer dizer que você vai matá-lo também? — Estou me sentindo estúpida. Estou me sentindo valente porque estou me sentindo estúpida. Minhas palavras caem sem paraquedas de minha boca.

— Só mato pessoas se preciso.

— Generoso.

— Mais que a maioria.

Rio um riso triste, compartilhando-o apenas comigo mesma.

— Pode tirar o resto do dia para você. Nosso verdadeiro trabalho começará amanhã. Adam trará você para mim. — Ele retém meus olhos. Suprime um sorriso. — Nesse meio-tempo, tente não matar ninguém.

— Você e eu — digo-lhe, a raiva fluindo-me pelas veias — você e eu não somos iguais...

— Realmente não acredito nisso.

— Você pensa que pode comparar minha... minha doença... com a sua insanidade.

— Doença? — Ele se lança à frente, bruscamente exaltado, e eu me esforço para manter-me firme no chão. — Você acha que tem uma doença? — grita ele. — Você tem um dom! Você tem uma habilidade extraordinária que você não se preocupa em entender. Seu potencial...

— Não tenho potencial!

— Você está errada. — Ele está olhando furiosamente para mim. Não há outra maneira de descrever isso. Quase poderia dizer que neste momento ele me odeia. Odeia-me por eu odiar-me a mim mesma.

— Bem, você é o assassino — digo-lhe. — Então deve estar certo.

Seu sorriso está atado com dinamite.

— Vá dormir.

— Vá pro inferno.

Ele movimenta a mandíbula. Caminha até a porta.

— Estou trabalhando nisso.

19

A escuridão está me sufocando.

Meus sonhos são sangrentos e estão sangrando por toda minha mente e eu não posso dormir mais. Os únicos sonhos que costumavam me dar paz se foram e eu não sei como obtê-los de volta. Não sei como encontrar o pássaro branco. Não sei se ele algum dia vai voar. Tudo que sei é que agora, quando fecho os olhos, não vejo nada senão devastação. Fletcher está levando um tiro várias e várias vezes e Jenkins está morrendo em meus braços e Warner está disparando na cabeça de Adam e o vento está uivando do lado de fora de minha janela, mas ele é berrante e estranho, e eu não tenho coragem de ordenar que ele pare.

Estou congelando dentro das roupas.

A cama abaixo das minhas costas está repleta de pedaços de nuvens e neve caída há pouco; ela é tão macia, tão confortável. Ela me faz lembrar muito de dormir no quarto de Warner e não suporto isso. Estou com medo de enfiar-me debaixo destas cobertas.

Não consigo deixar de pensar se Adam está bem, se algum dia ele voltará, se Warner continuará machucando-o sempre que eu desobedecer. Realmente não devia me preocupar tanto.

A mensagem de Adam em meu caderno pode ser apenas uma parte do plano de Warner para me enlouquecer.

Engatinho no chão duro e confiro o pedaço de papel amassado que há dois dias aperto no punho. Ele é a única esperança que me restou e eu nem mesmo sei se é real.

Estou ficando sem opções.

— O que você está fazendo aqui?

Seguro um grito e cambaleio para os lados, quase batendo em Adam no ponto em que ele está deitado no chão perto de mim. Nem sequer o vi.

— Juliette? — Ele não se move um centímetro. Seu olhar está fixo em mim: calmo, imperturbável; dois baldes de água de rio à meia-noite. Gostaria de chorar em seus olhos.

Não sei por que lhe conto a verdade.

— Não conseguia dormir lá em cima.

Ele não me pergunta a razão. Ele se levanta e solta um gemido e eu me lembro de como ele está ferido. Pergunto-me que tipo de dor ele sente. Não faço perguntas enquanto ele apanha um travesseiro e o cobertor de minha cama. Ele coloca o travesseiro no chão.

— Deite-se — é tudo o que ele diz para mim. Calmamente, é como ele diz isso para mim.

~~Todos os dias, durante todo o dia, eternamente, quero que ele diga isso para mim.~~

É apenas uma palavra e eu não sei por que estou corando. Deito-me apesar das sirenes girando em meu sangue e descanso a cabeça no travesseiro. Ele coloca o cobertor sobre meu corpo. Deixo-o fazer isso. Observo enquanto seus braços curvam-se e flexionam-se à sombra da noite, o resplendor da Lua espreitando através da janela, iluminando sua figura com seu brilho. Ele se deita no chão, deixando apenas alguns centímetros de espaço entre nós. Ele não exige cobertor. Ele não usa travesseiro. Ele ainda dorme sem camisa e acabo de descobrir que não sei como respirar. Acabo de perceber que nunca irei soltar o ar na sua presença.

— Você não precisa mais gritar — sussurra ele.

O ar escapa-me por todos os poros do corpo.

Enrolo meus dedos em torno da possibilidade de Adam em minha mão e durmo o mais profundo que já dormi na vida.

Meus olhos são duas janelas arrombadas pelo caos deste mundo.

Uma brisa fresca surpreende minha pele e eu me sento, esfrego o sono de meus olhos e reparo que Adam não está mais do meu lado. Pisco os olhos e engatinho de volta para a cama, onde reponho o travesseiro e o cobertor.

Olho para a porta e me pergunto o que me espera do outro lado.

Olho para a janela e me pergunto se verei alguma vez um pássaro voar.

Olho para o relógio na parede e me pergunto o que significa viver, novamente, de acordo com os números. Pergunto-me o que 6h30 da manhã significam neste edifício.

Decido lavar o rosto. A ideia me alegra e estou um pouco envergonhada.

Abro a porta do banheiro e surpreendo o reflexo de Adam no espelho. Suas rápidas mãos puxam sua camisa para baixo antes que eu tenha a chance de pegar os detalhes, mas vi o suficiente para ver o que não podia ver na escuridão.

Ele está coberto de hematomas.

Fico sem pernas. Não sei como ajudá-lo. Gostaria de poder ajudá-lo.

— Me desculpe — diz ele rapidamente. — Não sabia que estava acordada. — Ele puxa a parte inferior da camisa como se ela não fosse comprida o bastante para eu fazer de conta que estou cega.

Aceno que sim em direção de coisa nenhuma. Olho o ladrilho debaixo de meus pés. Não sei o que dizer.

— Juliette. — Sua voz acaricia as letras de meu nome tão suavemente que morro cinco vezes nesse segundo. Seu rosto é uma floresta de emoções. Ele sacode a cabeça. — Me desculpe — diz ele tão calmamente que estou certa de que imaginei isso. — Não é... — Ele trava o maxilar e passa uma mão nervosa pelos cabelos. — Tudo isso... não é...

Abro a mão na direção dele. O papel é uma bolinha amarrotada de possibilidades.

O alívio inunda todas as feições de seu rosto e subitamente seus olhos são a única nova garantia de que vou eternamente precisar. Adam não me traiu. Não sei por que ou como ou o que ou nada mais exceto que ele ainda é meu amigo.

Ele ainda está de pé bem na minha frente e ele não quer que eu morra.

Aproximo-me e fecho a porta.

Abro a boca para falar.

— Não!

Meu queixo cai.

— Espere — diz ele com uma mão. Seus lábios se movem, mas não fazem som. Percebo na ausência de câmeras que ainda poderia haver microfones no banheiro. Adam olha em volta e de um lado para o outro por toda a parte.

Ele para de olhar.

O chuveiro é de quatro paredes de vidro em mármore e ele está abrindo o vidro antes que eu entenda o que está acontecendo. Ele vira a ducha na potência máxima e o som da água corre, ressoa pelo quarto, abafando tudo como se trovejasse no vazio ao nosso redor. O espelho já está embaçando por causa do vapor. Só quando penso estar começando a entender seu plano, ele me puxa para seus braços e me ergue para dentro do chuveiro.

Meus gritos são vapor, nuvens de suspiro que não consigo apreender.

A água quente ensopa minhas roupas. Cai em meus cabelos, escorrendo--me no pescoço, mas tudo o que sinto são suas mãos em volta de minha cintura. Quero gritar por todas as razões erradas.

Seus olhos me pregam no lugar. Sua urgência inflama meus ossos. Riachos de água serpenteiam pelos planos polidos de seu rosto e seus dedos me pressionam contra a parede.

Seus lábios seus lábios seus lábios seus lábios seus lábios.

Meus olhos lutam para não flutuar.

Minhas pernas ganharam o direito de tremer.

Minha pele está abrasada por todos os lugares em que ele não está me tocando.

Seus lábios estão tão próximos de meu ouvido que sou a água e nada e tudo e estou evaporando em um querer tão desesperado que queima à medida que engulo.

— Eu posso tocá-la — diz ele, e eu me pergunto por que há beija-flores no meu coração. — Não entendia até a outra noite — murmura ele, e estou embriagada demais para digerir o peso de qualquer coisa senão de seu corpo pairando tão próximo ao meu.

— Juliette... — Seu corpo espreme-se mais rente e eu percebo que não estou prestando atenção a nada senão aos dentes-de-leão que sopram desejos em meus pulmões. Meus olhos abrem-se abruptos e ele lambe seu lábio inferior durante o mais curto segundo e eu me maravilho com a gota gota gotas de água quente arranjadas em seus cílios como pérolas forjadas da dor. Seus dedos sobem vagarosamente pelas laterais de meu corpo como se ele se esforçasse para mantê-los em um só lugar, como se ele se esforçasse para não me tocar em todos os lugares todos os lugares todos os lugares e seus olhos estão absorvidos em meu 1,60 metro de físico e eu estou tão eu estou tão eu estou tão

arrebatada.

— Enfim agora compreendo — diz ele em meu ouvido. — Eu sei... eu sei por que Warner quer você. — As pontas de seus dedos são dez pontos de eletricidade me exterminando por meio de algo que jamais conheci. ~~Algo que sempre quis sentir.~~

— Então por que você está aqui? — sussurro, submissa, morrendo em seus braços. — Por que... — Uma. Duas tentativas de aspiração. — Por que você está me tocando?

— Porque eu posso. — Ele quase irrompe um sorriso e quase me desenvolve um par de asas. — Eu já toquei.

— O quê? — Pisco, subitamente saída da embriaguez. — O que você quer dizer?

— Aquela primeira noite na cela — suspira ele. Ele olha para baixo. — Você estava gritando enquanto dormia.

Eu espero.

Eu espero.

Eu espero eternamente.

— Toquei seu rosto. — Ele me fala ao ouvido. — Sua mão. Toquei de leve a extensão de seu braço... — Ele recua e seus olhos descansam em meu ombro, seguindo para o cotovelo, pousando em meu pulso. Estou suspensa na incredulidade. — Não sabia como acordá-la. Você não acordava. Então me sentei de braços cruzados e a observei. Esperei você parar de gritar.

— Não. É. Possível. — Três palavras são tudo o que consigo.

Mas suas mãos tornam-se braços em volta da minha cintura seus lábios tornam-se um rosto pressionado ao meu rosto e seu corpo é vigoroso contra o meu, sua pele me tocando me tocando me tocando e ele não está gritando ele não está morrendo ele não está fugindo de mim e eu estou chorando

estou sufocando

estou tremendo estremecendo estilhaçando-me em lágrimas

e ele está me segurando de um modo que nunca ninguém me segurou.

Exatamente como ele me quer.

— Vou tirá-la daqui — diz ele, e sua boca está se movendo diante de meus cabelos e suas mãos estão percorrendo meus braços e eu estou reclinando e ele está olhando-me dentro dos olhos e eu devo estar sonhando.

— Por que... por que você... eu não... — Estou sacudindo a cabeça e sacudindo porque isso não pode estar acontecendo e sacudindo do rosto as lágrimas nele coladas. Isso não pode ser real.

Seus olhos suavizam, seu sorriso desengonça minhas articulações e eu queria saber o gosto de seus lábios. Queria ter a coragem de tocá-lo.

— Tenho de ir — diz ele. — Você tem de se vestir e estar lá embaixo às 8 horas.

Estou me afogando em seus olhos e não sei o que dizer.

Ele tira a camisa e eu não sei para onde olhar.

Surpreendo-me a mim mesma no painel de vidro e aperto os olhos e pisco quando algo se agita bem próximo. Seus dedos estão a um instante de meu rosto e eu estou pingando queimando derretendo por antecipação.

— Você não tem de desviar o olhar — diz ele. Ele diz isso com um sorrisinho do tamanho de Júpiter.

Espio suas feições, o sorriso torto que eu quero provar, a cor de seus olhos que eu usaria para pintar um milhão de quadros. Sigo a linha de sua face, seu pescoço abaixo até o pico de sua clavícula; memorizo as colinas e os vales esculpidos em seus braços, a perfeição de seu torso. O pássaro no seu peito.

O pássaro no seu peito.

Uma tatuagem.

Um pássaro branco com listras de ouro igual a uma coroa sobre sua cabeça. Ele está voando.

— Adam — tento contar para ele. — Adam — tento botar para fora. — Adam — tento dizer tantas vezes e falho.

Tento achar seus olhos apenas para perceber que ele esteve me observando estudá-lo. As partes de seu rosto estão comprimidas em linhas de emoção tão profundas que me pergunto o que devo parecer para ele. Ele toca dois dedos em meu queixo, eleva meu rosto apenas o bastante e eu sou um fio elétrico na água.

— Encontrei uma maneira de falar com você — diz ele, e suas mãos estão me puxando e meu rosto está apertado contra seu peito e o mundo está de repente mais luminoso, mais amplo, bonito. O mundo de repente significa alguma coisa para mim, a possibilidade de humanidade significa alguma coisa para mim, o universo inteiro para no lugar e gira na outra direção e eu sou o pássaro.

Sou o pássaro e estou voando para longe.

20

São oito horas da manhã e eu estou vestindo um vestido na cor de florestas mortas e latas velhas.

O ajuste é mais apertado que qualquer coisa que já vesti em minha vida, o corte moderno e angular, quase casual; o tecido é rígido e grosso, mas de algum modo arejado. Olho para minhas pernas e me admiro que possua um par.

Sinto-me mais exposta do que já estive em toda a minha vida.

Por dezessete anos cuidei de cobrir cada centímetro de pele exposta e Warner está me forçando a descascar as camadas. Posso apenas supor que ele esteja fazendo isso de propósito. Meu corpo é uma flor carnívora, uma planta doméstica envenenada, uma arma carregada com um milhão de gatilhos e ele está mais que pronto a atirar.

Toque-me e sofra as consequências. Nunca houve exceções a essa regra.

Nunca, exceto Adam.

Ele me deixou em pé encharcada no chuveiro, absorvendo um aguaceiro torrencial de lágrimas quentes. Observei através do vidro embaçado enquanto ele se enxugava e entrava em seu uniforme.

Olhava enquanto ele saia furtivamente, perguntando-me a todo momento por que por que por quê.

Por que ele pode me tocar?

Por que ele me ajudaria?

~~Ele se lembra de mim?~~

Minha pele ainda está vaporosa.

Meus ossos estão enfaixados nas pregas apertadas deste estranho vestido, o zíper, a única coisa que me mantém coesa. Isso, e a esperança de algo com que ~~sempre~~ jamais ousei sonhar.

Meus lábios permanecerão eternamente costurados aos segredos desta manhã, mas meu coração está tão cheio de confiança e admiração e paz e possibilidade que está prestes a explodir, e eu me pergunto se isso rasgará o vestido.

A esperança está me abraçando, segurando-me em seus braços, enxugando minhas lágrimas e dizendo-me que hoje e amanhã e daqui a dois dias eu estarei bem e eu estou tão delirante que de fato me atrevo a acreditar nisso.

Estou sentada em um quarto azul.

As paredes são revestidas por tecido na cor de um perfeito céu de verão, o chão é coberto de um carpete de cinco centímetros de espessura, o quarto inteiro vazio exceto por duas cadeiras aveludadas expelidas de uma constelação delas. Todos os matizes variados são como uma ferida, como um belo engano, como um lembrete do que eles fizeram a Adam ~~por minha causa~~.

Estou sentada sozinha em uma cadeira aveludada em um quarto azul com um vestido feito de olivas. Sinto que o peso do caderno em meu bolso é como equilibrar uma bola de boliche no joelho.

— Você está linda.

Warner move-se rapidamente dentro do quarto como se esmagasse ar para viver. Ele não está acompanhado.

Meus olhos involuntariamente espiam meus tênis e eu me pergunto se quebrei alguma regra ao evitar as pernas de pau em meu *closet*, sobre as quais estou certa de que não são para os pés. Levanto os olhos e ele está de pé bem na minha frente.

— Verde fica incrível em você — diz ele com um sorriso estúpido. — Ele realmente salienta a cor de seus olhos.

— Qual é a cor de meus olhos? — pergunto à parede.

Ele ri.

— Não brinca.

— Quantos anos você tem?

Ele para de rir.

— Isso importa?

— Estou curiosa.

Ele se senta ao meu lado.

— Não responderei às suas perguntas se não olhar para mim quando falo com você.

— Você quer que eu torture pessoas contra minha vontade. Você quer que eu seja uma arma em sua guerra. Você quer que me torne um monstro para você. — Faço uma pausa. — Olhar para você me deixa enjoada.

— Você é muito mais teimosa do que eu pensei que você fosse.

— Estou usando seu vestido. Comi sua comida. Estou aqui. — Levanto os olhos para olhá-lo e ele já está olhando diretamente para mim. Estou momentaneamente surpreendida pelo poder de seu olhar.

— Você não fez nada disso para mim — diz ele calmamente.

Quase rio alto.

— Por que faria?

Seus olhos estão lutando com seus lábios pelo direito de falar. Desvio o olhar.

— O que você está fazendo neste quarto?

— Ah. — Ele respira fundo. — Café da manhã. Então lhe dou sua programação.

Ele aperta um botão no braço da cadeira e, quase que instantaneamente, carrinhos e bandejas são trazidos para o quarto por homens e mulheres que, claramente, não são soldados. O rosto deles é duro e craquelado e magro demais para ser saudável.

Isso quebra meu coração bem ao meio.

— Costumo comer sozinho — continua Warner, sua voz como uma ponta de gelo penetrando a carne de minhas memórias. — Mas imaginei que você e eu devêssemos nos familiarizar. Especialmente porque passaremos bastante tempo juntos.

~~Os criados~~ As pessoas-que-não-são-soldados saem e Warner me oferece algo em um prato.

— Não estou com fome.

— Isso não é uma opção.

Levanto os olhos e percebo que ele está seríssimo.

— Você não tem permissão para morrer de fome. Você não come o suficiente e eu preciso que você esteja saudável. Você não tem permissão para cometer suicídio. Você não tem permissão para fazer mal a si mesma. Você é muito valiosa para mim.

— Não sou seu brinquedo — quase cuspo.

Ele solta seu prato sobre o carrinho móvel e eu estou surpresa por não se quebrar em pedaços. Ele limpa a garganta e eu posso estar realmente assustada.

— Este processo seria muito mais fácil se você apenas cooperasse — diz ele, anunciando cada palavra.

Cinco cinco cinco cinco cinco batimentos do coração.

— O mundo está desgostoso com você — diz ele, seus lábios contorcendo-se em deboche. — Todo mundo que você conheceu detesta você. Correu de você. Abandonou você. Seus próprios pais desistiram de você e ofereceram, voluntariamente, sua existência às autoridades. Eles estavam desesperados para se livrar de você, para fazer de você problema de outro, para convencer a si mesmos de que a abominação que eles criaram não era, na realidade, filha deles.

Meu rosto foi esbofeteado por uma centena de mãos.

— E ainda... — Ele agora ri abertamente. — Você insiste em fazer de mim o cara mau. — Ele encontra meus olhos. — Estou tentando ajudá-la. Estou lhe dando uma chance que ninguém jamais ofereceria a você. Estou disposto a tratá-la como igual. Estou disposto a dar-lhe tudo o que você poderia querer e, acima de tudo, posso colocar poder em suas mãos. Posso fazê-los sofrer pelo que fizeram a você. — Ele se inclina apenas o suficiente. — Posso mudar seu mundo.

Ele está errado ele está muito errado ele está mais errado que um arco-íris de cabeça para baixo.

Mas tudo o que ele disse está certo.

— Não ouse me odiar tão prontamente — continua ele. — Você poderia desfrutar desta situação muito mais que o esperado. Para sua sorte, estou disposto a ser paciente. — Ele sorri. Inclina-se para trás. — Ainda que certamente não seja de todo mal a sua beleza alarmante.

Estou pingando tinta vermelha sobre o carpete.

Ele é um mentiroso e um horrível, horrível, horrível ser humano e eu não sei se me preocupo porque ele está certo, ou porque isso é tão errado, ou porque estou tão desesperada por alguma forma de reconhecimento neste mundo. Ninguém jamais disse para mim qualquer coisa desse tipo.

Isso me faz querer olhar-me no espelho.

— Você e eu não somos tão diferentes quanto você poderia esperar. — Seu sorriso é tão arrogante que quero torcê-lo com minhas mãos.

— Você e eu não somos tão parecidos quanto você poderia esperar.

Seu sorriso é tão largo que não tenho certeza de como reagir.

— Tenho 19, a propósito.

— Perdão?

— Tenho 19 anos — esclarece ele. — Sou um espécime bastante impressionante para minha idade, eu sei.

Apanho minha colher e cutuco a substância comestível em meu prato. Não sei mais que comida realmente é.

— Não tenho respeito por você.

— Você mudará de ideia — diz ele facilmente. — Agora se apresse e coma. Temos muito trabalho a fazer.

21

Matar tempo não é tão difícil quanto parece.

Posso atirar uma centena de números no peito e vê-los sangrar pontos decimais na palma de minha mão. Posso rasgar os números de um relógio e ver os ponteiros das horas fazer tique-taque tique-taque tique-taque, seu taque final pouco antes de eu pegar no sono. Posso sufocar os segundos apenas segurando minha respiração. Há horas ando assassinando minutos e ninguém parece prestar atenção.

Passou-se uma semana desde que falei a última palavra com Adam.

Virei-me para ele uma vez. Abri minha boca apenas uma vez, mas nunca tive uma chance de dizer qualquer coisa antes de Warner me deter.

— Você não tem permissão para falar com os soldados — disse ele. — Se tiver perguntas, pode fazê-las a mim. Sou a única pessoa com quem você precisa se preocupar enquanto estiver aqui.

Possessivo não é uma palavra forte o suficiente para Warner.

Ele me escolta em todos os lugares. Fala demais comigo. Minha programação consiste em encontrar-me com Warner e comer com Warner e escutar Warner. Se ele está ocupado, sou mandada para meu quarto. Se ele está livre, ele me encontra. Ele me conta sobre os livros que eles destruíram. Os artefatos que eles estão preparando para queimar. As ideias que ele tem para um mundo novo e como lhe serei de grande ajuda tão logo estiver pronta. Tão logo eu perceba o quanto quero isto, o quanto eu o quero, o quanto quero esta nova vida triunfante e poderosa. Ele está esperando que eu canalize meu potencial. Ele me diz quão grata deveria ser por sua paciência. Sua bondade. Sua vontade de compreender que esta transição deve ser difícil.

Não posso olhar para Adam. Não posso falar com ele. Ele dorme no meu quarto, mas nunca o vejo. Ele respira tão próximo ao meu corpo, mas não aparta os lábios em minha direção. Não me segue para o banheiro. Não deixa mensagens secretas em meu caderno.

Estou começando a me perguntar se eu imaginei tudo o que ele disse para mim.

Preciso saber se alguma coisa mudou. Preciso saber se estou louca por agarrar-me a essa esperança florescendo em meu coração e preciso saber o que a mensagem de Adam significa, mas todo dia em que ele me trata como uma estranha é outro dia em que começo a duvidar de mim mesma.

Preciso falar com ele, mas não posso.

Porque agora Warner está me vigiando.

As câmeras estão vigiando tudo.

— Quero que você retire as câmeras de meu quarto.

Warner para de mastigar a comida/lixo/café da manhã/absurdo em sua boca. Ele engole cuidadosamente antes de recostar-se e olhar-me no olho.

— Certamente não.

— Se você me trata como uma prisioneira — digo a ele — agirei como uma. Não gosto de ser vigiada.

— Você não pode ser confiada à própria sorte. — Ele pega novamente sua colher.

— Cada suspiro que eu dou é monitorado. Há guardas situados em intervalos de um metro e meio por todos os corredores. Nem mesmo tenho acesso ao meu próprio quarto — protesto. — As câmeras não vão fazer diferença.

Um estranho tipo de divertimento dança em seus lábios.

— Você não é exatamente estável, você sabe. Você está sujeita a matar alguém.

— Não. — Aperto meus dedos. — Não... não mataria... eu não matei Jenkins...

— Não estou falando de Jenkins. — Seu sorriso é um tonel de ácido gotejando em minha pele.

Ele não para de olhar para mim. Sorrir para mim. Torturar-me com seus olhos.

Esta sou eu, gritando silenciosamente com a mão cerrada.

— Aquilo foi um acidente. — As palavras despencam-se da boca tão calmamente, tão rapidamente, que nem mesmo sei se na verdade falei ou se na verdade ainda estou aqui ou se na verdade tenho 14 anos tudo de novo e mais uma vez e estou gritando e morrendo e mergulhando em um lago de lembranças que nunca jamais jamais jamais jamais...

Não consigo esquecer.

Eu a vi no supermercado. Suas pernas estavam cruzadas nos tornozelos, seu filho estava em uma coleira que ela pensava que ele pensava ser uma mochila. Ela pensava que ele era burro demais/jovem demais/imaturo demais para entender que a corda amarrando-o ao pulso dela fosse um instrumento destinado a aprisioná-lo em seu círculo desinteressado de autoaprovação. Ela é jovem demais para ter um filho, para ter essas responsabilidades, para ser enterrada por uma criança que tem necessidades que não se acomodam às suas. Sua vida é tão incrivelmente insuportável tão imensamente multifacetada tão glamorosa para a encoleirada herança de seus quadris, que é mesmo natural que não compreenda.

Crianças não são estúpidas, era o que eu queria dizer a ela.

Queria dizer a ela que o sétimo grito dele não significava que ele estava tentando ser insolente, que a décima quarta repreensão dela na forma de "pirralho/você é um pirralho/você está me envergonhando seu pirralho/não faça contar para o papai que você estava sendo um pirralho" era desnecessária. Eu não pretendia assistir, mas não pude me abster. Seu rosto de três anos de idade enrugava-se de dor, suas mãozinhas tentavam desfazer as correntes que ela amarrara a seu peito e ela o puxava tão forte que ele caía e chorava e ela lhe dizia que ele merecia isso.

Queria perguntar a ela por que fazia aquilo.

Queria perguntar a ela tantas coisas, mas não o fiz porque não falamos mais com as pessoas, porque dizer alguma coisa a um estranho é mais estranho que não dizer nada a um estranho. Ele caiu no chão e se contorceu até que larguei tudo das mãos e perdi cada expressão de meu rosto.

Lamento muito — é o que nunca disse para seu filho.

Pensei que minhas mãos estivessem ajudando.

Pensei que minhas mãos estivessem ajudando.

Pensei em tantas coisas.

Eu nunca

nunca
nunca
nunca
nunca pensei.
— Você matou um garotinho.

Estou pregada na cadeira aveludada por um milhão de memórias e sou assombrada por um horror que minhas mãos nuas criaram e recordo-me a todo momento de que sou desprezada por uma boa razão. Minhas mãos podem matar pessoas. Minhas mãos podem destruir tudo.

Não deveria ter permissão para viver.

— Eu quero — arquejo, lutando para engolir o punho alojado na garganta —, eu quero que você se livre das câmeras. Livre-se delas ou morrerei lutando com você por esse direito.

— Finalmente! — Warner levanta-se e entrelaça as mãos como a congratular a si mesmo. — Ficava me perguntando quando você acordaria. Andei esperando o fogo que sei que deve estar queimando-a todo santo dia. Você está enterrada em ódio, não é? Raiva? Frustração? Coçando para fazer alguma coisa? Para ser alguém?

— Não.

— Claro que você está. Você é exatamente como eu.

— Odeio você mais do que jamais entenderá.

— Faremos uma excelente equipe.

— Não somos nada. Você é nada para mim...

— Sei o que você quer. — Ele se inclina, baixa o tom de voz. — Sei o que seu coraçãozinho sempre almejou. Posso lhe dar a aceitação que você procura. Posso ser seu amigo.

Congelo. Hesito. Não consigo falar.

— Sei tudo sobre você, amor. — Ele sorri malicioso. — Há muito tempo quero você. Sempre esperei que estivesse pronta. Não vou deixá-la ir assim tão fácil.

— Não quero ser um monstro — digo, talvez mais por minha causa do que por ele.

— Não lute contra o que você nasceu para ser. — Ele pega meus ombros. — Pare de deixar todo mundo dizer o que é errado e certo.

Reivindique! Você se encolhe quando poderia conquistar. Você tem muito mais poder do que tem ideia e, muito francamente, estou — ele sacode a cabeça — fascinado.

— Não sou sua aberração — disparo. — Não vou representar para você.

Ele aperta os braços ao redor dos meus e eu não consigo me esquivar. Ele se inclina perigosamente próximo a meu rosto e eu não sei por que, mas não consigo respirar.

— Não tenho medo de você, minha querida — diz ele calmamente. — Estou completamente encantado.

— Ou você se livra das câmeras, ou encontrarei e quebrarei cada uma delas. — Sou uma mentirosa. Estou mentindo entredentes, mas estou com raiva e desesperada e amedrontada. Warner quer me transformar em um animal que se aproveita dos fracos. Dos inocentes.

Se ele quer que eu lute do seu lado, ele terá de lutar comigo primeiro.

Um sorriso lento estende-se por seu rosto. Ele toca minha bochecha com seus dedos enluvados e, pegando meu queixo, inclina minha cabeça para cima, quando então recuo.

— Você é absolutamente deliciosa quando está com raiva.

— Uma pena que meu gosto é tóxico para você. — Estou tremendo de nojo da cabeça aos pés.

— Esse detalhe torna este jogo ainda mais fascinante.

— Você é doente, você é muito doente...

Ele ri e solta meu queixo apenas para catalogar as partes de meu corpo. Seus olhos desenham um caminho preguiçoso por sua extensão e eu sinto a súbita vontade de arrebentar seu baço.

— Se eu me livrar de suas câmeras, o que você fará para mim? — Seus olhos são mal intencionados.

— Nada.

Ele sacode a cabeça.

— Isso não funciona assim. Eu posso concordar com sua proposta se você concordar com uma condição.

Travo o maxilar.

— O que você quer?

O sorriso é maior que antes.

— É uma questão perigosa.

— Qual é a sua condição? — Esclareço, impaciente.

— Toque em mim.

— O quê? — Meu arquejo é tão ruidoso que ele me surpreende na garganta apenas para correr ao redor do quarto.

— Quero saber exatamente do que você é capaz. — Sua voz é segura, suas sobrancelhas firmes, tensas.

— Não farei isso de novo! — explodo. — Viu o que você me fez fazer a Jenkins...

— Dane-se Jenkins — cospe ele. — Quero que você toque em mim... quero sentir isso por mim mesmo...

— Não... — Estou sacudindo a cabeça tão fortemente que fico zonza. — Não. Nunca. Você é louco... não vou...

— Na verdade, vai.

— Não vou...

— Você terá de... agir... em um ponto ou outro — diz ele, esforçando-se para moderar a voz. — Mesmo que renunciasse à minha condição, você está aqui por uma razão, Juliette. Convenci meu pai de que você seria um trunfo para O Restabelecimento. Que você seria capaz de reprimir quaisquer rebeldes que nós...

— Quer dizer torturar...

— Sim. — Ele sorri. — Perdoe-me, quero dizer torturar. Você será capaz de nos ajudar a torturar qualquer um que capturemos. — Uma pausa. — Infligir dor, veja você, é um método incrivelmente eficiente de tirar informação de qualquer pessoa. E quanto a você? — Ele passa os olhos em minhas mãos. — Bem, é barato. Rápido. Eficaz. — Ele sorri mais amplamente. — E, desde que a mantenhamos viva, você será vantajosa por pelo menos algumas décadas. Temos muita sorte por você não operar à bateria.

— Seu... seu... — esbravejo.

— Você devia estar me agradecendo. Salvei você daquele hospício... trouxe-a para uma posição de poder. Dei a você tudo o que você poderia precisar para ficar confortável. — Ele aponta seu olhar para mim. — Agora preciso que você se concentre. Preciso que você abdique de suas esperanças de viver como todos os outros. Você não é normal. Você nunca foi, e nunca será. Aceite quem você é.

— Eu... — engulo — eu não sou... eu não sou... eu sou...

— Uma assassina?

— Não...

— Um instrumento de tortura?

— Pare...

— Você está mentindo para si mesma.

Estou pronta para destruí-lo.

Ele inclina a cabeça e força um sorriso.

— Você esteve no limite da insanidade sua vida inteira, não esteve? Tantas pessoas chamaram-na maluca que você de fato começou a acreditar nisso. Você se perguntava se eles estavam certos. Você se perguntava se poderia consertar isso. Você pensou que, se pudesse apenas se esforçar um pouco mais, ser um pouco melhor, mais inteligente, mais agradável... você pensou que o mundo mudaria sua opinião sobre você. Você culpou a si mesma por tudo.

Arquejo.

Meu lábio inferior treme sem minha permissão. Mal consigo controlar a tensão no rosto.

~~Não quero lhe dizer que ele está certo.~~

— Você reprimiu toda a sua raiva e ressentimento porque queria ser amada — diz ele, já sem sorrir. — Talvez eu a entenda, Juliette. Talvez você devesse confiar em mim. Talvez devesse aceitar o fato de que tentou por muito tempo ser alguém que você não é e que, não importa o que tenha feito, aqueles canalhas nunca ficaram contentes. Nunca ficaram satisfeitos. Nunca deram a mínima, deram? — Ele olha para mim e, por um momento, ele quase parece humano. Por um momento, quero acreditar nele. Por um momento, quero sentar-me no chão e chorar convulsivamente o oceano alojado em minha garganta.

— Está na hora de parar de fingir — diz ele, muito suavemente. — Juliette... — Ele segura meu rosto em suas mãos enluvadas, com inesperada delicadeza. — Você não precisa mais ser bondosa. Você pode destruir todos eles. Você pode tirá-los de cima e assumir todo este mundo e...

Uma máquina a vapor atinge-me no rosto.

— Não quero destruir ninguém — digo a ele. — Não quero ferir pessoas...

— Mas elas merecem isso! — Ele se afasta de mim, subitamente frustrado. — Como poderia não querer retaliar? Como poderia não querer revidar...

Levanto-me lentamente, tremendo subitamente de raiva, esperando que minhas pernas não desmoronassem debaixo de mim.

— Você acha que, porque sou desprezada... porque sou negligenciada e... e descartada... — Minha voz eleva-se a cada palavra, as emoções desenfreadas de repente gritando através de meus pulmões. — Você acha que não tenho um coração? Você acha que não sinto? Acha que, só porque posso infligir dor, deveria fazer isso? Você é exatamente como os demais. Acha que eu sou um monstro como os demais. Você não me entende de modo algum...

— Juliette...

— Não.

Não quero isso. Não quero a vida dele.

Não quero ser algo para ninguém senão para mim mesma. Quero fazer minhas próprias escolhas e nunca quis ser um monstro. Minhas palavras são lentas e firmes quando falo.

— Valorizo a vida humana mais do que você, Warner.

Ele abre a boca para falar antes de se deter. Aparta seus lábios em surpresa. Ri alto e balança a cabeça.

Sorri para mim.

— O quê? — pergunto antes de me deter.

— Você acabou de dizer meu nome. — Ele sorri ainda mais. — Você nunca se dirigiu diretamente a mim. Isso deve significar que estou tendo progresso com você.

— Só disse que você não...

Ele me corta.

— Não estou preocupado com seus dilemas morais. Você só está tentando ganhar tempo porque está em negação. Não se preocupe — diz ele. — Você vai superar isso. Posso esperar um pouco mais.

— Não estou em negação...

— Claro que está. Você ainda não sabe isso, Juliette, mas você é uma garota muito má — diz ele, segurando seu coração. — Exatamente o meu tipo.

Esta conversa é impossível.

— Há um soldado morando em meu quarto. — Estou respirando com dificuldade. — Se você quer que eu fique aqui, você precisa se livrar das câmeras.

Os olhos de Warner escurecem apenas por um instante.

— Onde está seu soldado, afinal?

— Como vou saber? — Peço a Deus para não corar. — Foi você que o designou para mim.

— Sim. — Ele parece pensativo. — Gosto de vê-la sofrer. Ele a deixa desconfortável, não deixa?

Penso nas mãos de Adam sobre meu corpo e seus lábios tão próximos aos meus e o cheiro de sua pele banhada em um aguaceiro vaporoso que encharca nós dois juntos e repentinamente meu coração é como dois punhos golpeando minhas costelas e exigindo fuga.

— Sim. — Deus. — Sim. Ele me deixa muito... desconfortável.

— Você sabe por que o escolhi? — pergunta Warner, e eu sou atropelada por um caminhão de carga.

Adam foi escolhido.

É claro que ele foi. Ele não era apenas um soldado qualquer enviado para minha cela. Warner não faz nada sem uma razão. Ele deve saber que Adam e eu temos uma história. Ele é mais cruel e calculista do que eu pensava.

— Não. — Aspiro. — Não sei por quê. — Expiro. Não posso me esquecer de respirar.

— Ele se ofereceu — diz Warner simplesmente, e eu estou momentaneamente abismada. — Ele disse que estudou com você há muitos anos. Ele disse que você provavelmente não se lembraria dele, que ele está muito diferente do que naquela época. Ele montou um caso muito convincente. — Um som de suspiro. — Ele disse que ficou entusiasmado ao ouvir que você tinha sido trancafiada. — Warner finalmente olha para mim.

Meus ossos são como cubos de gelo tilintando em conjunto, resfriando-me até o coração.

— Estou curioso — continua ele, inclinando a cabeça enquanto fala. — Você se lembra dele?

— Não — minto, e não tenho certeza de que estou viva. Estou tentando desenredar a verdade do falso, dos pressupostos, das postulações, mas frases longas e desconexas torcem-me a garganta.

Adam me conhecia quando entrou naquela cela.

Ele já sabia meu nome.

Ah

Ah

Ah

Foi tudo uma armadilha.

— Esta informação a deixa... zangada? — pergunta ele, e eu quero costurar seus lábios sorridentes em uma carranca permanente.

Não digo nada e de algum modo é pior.

Warner está radiante.

— Nunca disse a ele, é claro, por que você tinha sido trancafiada... achei que a experiência no hospício não devesse ser contaminada por informação extra... mas ele disse que você sempre foi uma ameaça para os alunos. Que todo mundo sempre era avisado para ficar longe de você, embora as autoridades nunca tivessem explicado o porquê. Ele disse que queria dar uma olhada mais de perto na aberração que você se tornou.

Meu coração parte. Meus olhos flamejam. Estou tão ferida tão furiosa tão chocada tão humilhada e queimando de indignação tão crua que é como um fogo enfurecendo-se dentro de mim, um incêndio de esperanças dizimadas. Quero esmagar a espinha dorsal de Warner com a minha mão. Quero que ele saiba o que é ferir, infligir uma agonia tão insuportável aos outros. Quero que ele conheça minha dor e a dor de Jenkins e a dor de Fletcher e quero que ele sofra. Porque talvez Warner esteja certo.

Talvez algumas pessoas mereçam isso.

— Tire a camisa.

Por toda sua postura, Warner parece genuinamente surpreso, mas ele não perde tempo desabotoando o casaco, removendo as luvas e tirando a camisa de algodão fino que lhe adere o mais próximo à pele.

Seus olhos são brilhantes, repugnantemente ávidos; ele não mascara sua curiosidade.

Warner deixa cair as roupas no chão e olha para mim quase íntimo. Tenho de engolir a repulsa que borbulha em minha boca. Seu rosto perfeito. Seu corpo perfeito. Seus olhos tão duros e belos quanto pérolas congeladas. Ele me causa repugnância. Quero que seu exterior corresponda ao seu interior doente e sombrio. Quero mutilar sua ousadia com a palma de minha mão.

Ele caminha até mim até que haja poucos centímetros de distância entre nós. Sua altura e seu físico fazem com que me sinta como um galho caído.

— Você está pronta? — pergunta ele, arrogante e insensato.

Contemplo a ideia de quebrar seu pescoço.

— Se eu fizer isso, você se livrará de todas as câmeras em meu quarto.

Todos os microfones. Tudo.

Ele se aproxima. Curva a cabeça. Ele está fitando meus lábios, estudando--me de um modo inteiramente novo.

— Minhas promessas não valem muito, amor — sussurra ele. — Ou já se esqueceu? — Alguns centímetros para a frente. Sua mão na minha cintura. Seu hálito puro e cálido no meu pescoço. — Sou um mentiroso excepcional.

A compreensão bate em mim como duzentas pancadas de senso comum. Não deveria estar fazendo isso. Não deveria estar fazendo acordos com ele. Não deveria estar considerando a tortura. Deus, eu perdi a cabeça. Meus punhos estão cerrados ao lado do corpo e eu estou tremendo por toda parte. Mal consigo encontrar força para falar.

— Pode ir pro inferno.

Estou fraca.

Tropeço para trás contra a parede e caio em um monte de inutilidades; desespero. Penso em Adam e meu coração esvazia.

Não posso mais ficar aqui.

Corro até as portas duplas de frente ao quarto e abro-as com um puxão antes que Warner possa me deter. Em vez dele, porém, é Adam quem me detém. Ele está de pé bem do lado de fora. Esperando. Protegendo-me aonde quer que eu vá.

Pergunto-me se ele escutou tudo e meus olhos se rebaixam tristes ao chão, o rubor de meu rosto, meu coração despedaçado na mão. É claro que ele escutou tudo. É claro que ele agora sabe que sou uma assassina. Um monstro. Uma alma sem valor empalhada em um corpo venenoso.

Warner fez isso de propósito.

E estou de pé entre eles. Warner sem camisa. Adam olhando para sua arma.

— Soldado. — Warner fala. — Leve-a de volta ao quarto e desative todas as câmeras. Ela pode almoçar sozinha se quiser, mas vou esperá-la para o jantar.

Adam vacila por um momento bastante longo.

— Sim, senhor.

— Juliette?

Congelo. Estou de costas para Warner e não me viro.

— Espero que você cumpra sua parte no acordo.

22

Leva-se cinco anos para andar até o elevador. Mais 15 para subir. Tenho um milhão de anos no momento em que entro no meu quarto. Adam está imóvel, em silêncio, perfeitamente sincronizado e mecânico em seus movimentos. Não há nada em seus olhos, em seus membros, nos gestos de seu corpo, que indiquem que ele sequer sabe meu nome.

Observo-o mover-se rapidamente, ligeiramente, cuidadosamente ao redor do quarto, buscando os pequenos aparelhos que pretendiam monitorar meu comportamento e desativando-os um a um. Se alguém perguntar por que minhas câmeras não estão funcionando, Adam não entrará em apuros. Esta ordem veio de Warner. Isso a torna oficial.

Isso me torna possível ter alguma privacidade.

Pensei que precisaria de privacidade.

Sou uma tola.

Adam não é o garoto de que me lembro.

Estava na terceira série.

Acabara de me mudar para a cidade depois de ser ~~expulsa~~ convidada a sair da minha antiga escola. Meus pais estavam sempre se mudando, sempre fugindo das bagunças que eu fazia, das brincadeiras de criança que eu arruinava, das amizades que nunca tive. Ninguém sequer falou sobre meu "problema", mas o mistério que envolve minha existência de algum modo piorou as coisas. A imaginação humana é muitas vezes desastrosa quando abandonada à própria sorte. Somente ouvia os fragmentos de seus sussurros.

— Aberração!

— Você ouviu o que ela fez...?

— Que perdedora.

— ... foi expulsa de sua antiga escola...

— Psicopata!

— Ela pegou algum tipo de doença...

Ninguém falava comigo. Todo mundo encarava. Era jovem o bastante para ainda chorar. Almoçava isolada por uma cerca de tela de arames e nunca olhava no espelho. Nunca quis ver o rosto que todo mundo tanto odiava. As meninas costumavam me chutar e fugir. Os garotos costumavam jogar pedras em mim. Ainda tenho cicatrizes em alguns lugares.

Assistia ao mundo passar através daquelas cercas de tela de arames. Fitava os carros e os pais deixando seus filhos e os momentos dos quais nunca faria parte. Isso foi antes de as doenças se tornarem tão comuns e a morte ser parte natural das conversas. Isso foi antes de percebermos que as nuvens estavam na cor errada, antes de percebermos que todos os animais estavam morrendo ou infectados, antes de percebermos que todo mundo ia morrer de fome, e rápido. Isso foi na época em que ainda pensávamos que nossos problemas tinham solução. Naqueles tempos, Adam era o garoto que costumava ir a pé para a escola. Adam era o garoto que se sentava a três fileiras de mim. Suas roupas eram piores que as minhas, seu almoço, inexistente. Nunca o vi comer.

Certa manhã, ele chegou à escola em um carro.

Sei porque o vi sendo empurrado para fora dele. Seu pai estava bêbado e dirigindo, gritando e agitando as mãos por algum motivo. Adam permaneceu imóvel e encarou o chão como à espera de algo, preparando-se para o inevitável. Observei um pai esbofetear seu filho de oito anos na cara. Observei Adam cair no chão e ficar lá, imóvel, enquanto era chutado repetidamente nas costelas.

— É tudo culpa sua! É culpa sua, seu merda imprestável — gritou seu pai uma vez, outra, e mais outra vez, até que vomitei ali mesmo.

Adam não chorou. Ele ficou enrolado no chão até que seu pai desistiu, até que ele foi embora. Somente quando teve certeza de que todo mundo tinha ido embora, ele fez seu corpo romper em soluços arfantes, seu pequeno rosto manchado na sujeira, seus braços segurando o abdome machucado.

Não consegui tirar os olhos.

Jamais consegui tirar aquele som da cabeça, aquela cena da cabeça.

Foi quando comecei a prestar atenção em Adam Kent.

— Juliette.

Engulo a respiração e queria que minhas mãos não estivessem tremendo. Queria não ter olhos.

— Juliette — diz ele novamente, desta vez ainda mais suave e meu corpo está em um liquidificador e eu sou feita de mingau. Meus ossos estão cobiçando cobiçando cobiçando seu calor.

Não vou me virar.

— Você sempre soube quem eu era — sussurro.

Ele não diz nada e fico subitamente desesperada por ver seus olhos. Subitamente preciso ver seus olhos. Viro-me para vê-lo de frente apesar de tudo, somente para ver que ele está encarando minhas mãos.

— Lamento — é tudo o que ele diz.

Recosto-me contra a parede e fecho as pálpebras. Tudo era uma encenação. Roubar minha cama. Perguntar meu nome. Perguntar sobre minha família. Ele estava encenando para Warner. Para os guardas. Para quem quer que estivesse assistindo. Nem mesmo sei mais no que acreditar.

Preciso dizer isso. Preciso botar isso para fora. Preciso abrir minhas feridas e sangrar para ele.

— É verdade — digo a ele. — Sobre o garotinho. — Minha voz está tremendo muito mais do que pensei que fosse. — Eu fiz aquilo.

Ele fica calado por muito tempo.

— Nunca entendi. Na primeira vez em que escutei sobre isso. Não compreendia até agora o que tinha acontecido.

— O quê? — Nunca soube que eu pudesse piscar tanto.

— Isso nunca fez sentido para mim — diz ele, e cada palavra chuta-me nas vísceras. Ele levanta os olhos e parece mais angustiado que já quis que ele estivesse. — Quando escutei sobre isso. Todos nós escutamos sobre isso. A escola toda...

— Foi um acidente — digo a duras penas, cuidando para não desmoronar. — Ele... E-le caiu... e eu estava tentando ajudá-lo... e eu só... eu não... eu pensei...

— Eu sei.

— O quê? — Solto um arquejo tão alto que é como ter engolido o quarto inteiro em uma só respiração.

— Acredito em você — diz ele para mim.

— O quê... por quê? — Meus olhos estão piscando para conter as lágrimas, minhas mãos, hesitantes, meu coração, cheio de esperança nervosa.

Ele morde o lábio inferior. Desvia o olhar. Caminha até a parede. Abre e fecha a boca várias vezes antes de as palavras irromperem.

— Porque conheci você, Juliette... eu... Deus... eu só... — Ele cobre a boca com a mão, pousa os dedos no pescoço. Coça a testa, fecha os olhos, aperta os lábios. Força-os a abrir.

— Era o dia em que eu ia falar com você. — Um estranho tipo de sorriso. Um estranho tipo de risada. Ele passa a mão pelos cabelos. Ergue os olhos para o teto. Dá as costas para mim. — Finalmente estava indo falar com você. Finalmente estava indo falar com você e eu... — Ele sacode a cabeça, insistentemente, e tenta outra risada penosa. — Deus, você não se lembra de mim.

Centenas de milhares de segundos passam e eu não consigo parar de morrer.

Quero rir e chorar e gritar e correr e não consigo escolher qual fazer primeiro.

Confesso.

— Claro que me lembro de você. — Minha voz é um sussurro estrangulado. Fecho os olhos. ~~Lembro-me de você todos os dias, eternamente em cada simples momento de minha vida.~~ Você foi o único que olhou para mim como um ser humano.

Ele nunca falou comigo. Ele nunca falou uma só palavra para mim, mas ele foi o único que ousou se sentar perto de minha cerca. Ele foi único que sempre me apoiou, a única pessoa que brigava por mim, o único que esmurrara alguém no rosto por ter jogado uma pedra na minha cabeça. Nem mesmo sei como agradecer.

Ele foi a coisa mais próxima de um amigo que já tive.

Abro os olhos e ele está de pé bem na minha frente. Meu coração é um campo de lírios que florescem sob um painel de vidro, tamborilando à vida tal como na precipitação de gotas de chuva. Seu maxilar está tão rígido quanto seus olhos tão rígidos quanto seus punhos tão rígidos quanto a tensão de seus braços.

— Você sempre soube? — Três palavras sussurradas e ele quebrou minha represa, arrombou meus lábios e roubou meu coração mais uma vez. Mal consigo sentir as lágrimas escorrendo pelo meu rosto.

— Adam. — Tento rir e meus lábios erram em um soluço abafado. — Reconheceria seus olhos em qualquer lugar do mundo.

E é isso.

Desta vez não há autocontrole.

Desta vez estou em seus braços e contra a parede e estou tremendo por toda parte e ele é tão gentil, tão cuidadoso, tocando-me como se eu fosse feita de porcelana e eu quero me estilhaçar.

Ele está passando as mãos pelo meu corpo, passando os olhos em meu rosto, dando voltas com seu coração e eu estou correndo maratonas com minha mente.

Tudo está pegando fogo. Minhas bochechas minhas mãos o buraco de meu estômago e eu estou afogando-me em ondas de emoção e uma tempestade de chuva fresca e tudo o que sinto é a força de sua silhueta contra a minha e eu nunca jamais jamais jamais quero esquecer este momento. Quero estampá-lo em minha pele e guardá-lo para sempre.

Ele toma minha mão e a aperta em seu rosto e eu sei que eu nunca entendi a beleza do sentimento humano antes disso. Sei que ainda estou chorando quando meus olhos tremulam cerrados.

Sussurro seu nome.

E ele está respirando mais forte do que eu e de repente seus lábios estão no meu pescoço e estou arfando e morrendo e agarrando-me em seus braços e ele está me tocando me tocando me tocando e eu sou trovão e relâmpago e estou me perguntando quando vou acordar.

Uma, duas, uma centena de vezes seus lábios provam da minha nuca e eu me pergunto se é possível morrer de euforia. Ele encontra meus olhos apenas para tomar meu rosto com as mãos em concha e eu estou corando de prazer e dor e impossibilidade através destas paredes.

— Há tanto tempo quero beijá-la. — Sua voz é rouca, irregular, profunda em meu ouvido.

Estou congelada por antecipação pela expectativa e estou tão preocupada com o fato de que ele vai me beijar, tão preocupada com o fato de que ele não vai. Estou fitando seus lábios e não percebo quão próximos estamos até nos separarmos.

Três nítidos gritos eletrônicos reverberam por todo o quarto e Adam olha por cima de mim como se por um momento não soubesse onde está. Ele pisca. E corre em direção a um interfone para apertar os botões. Reparo que ele ainda está respirando com dificuldade.

Estou tremendo.

— Nome e número — pede a voz do interfone.

— Kent, Adam. 45B-86659.

Uma pausa.

— Soldado, você está ciente de que as câmeras em seu quarto foram desativadas?

— Sim, senhor. Tive ordens diretas para desmontar os aparelhos.

— Quem autorizou esta ordem?

— Warner, senhor.

Uma pausa mais longa.

— Vamos verificar e confirmar. Mexer sem autorização em aparelhos de segurança pode resultar em dispensa imediata e desonrosa, soldado. Espero que esteja ciente disso.

— Sim, senhor.

A linha fica em silêncio.

Adam desaba contra a parede, seu peito arfando. Não tenho certeza, mas poderia jurar que seus lábios se contorciam no menor dos sorrisos. Ele fecha os olhos e expira.

Não tenho certeza do que fazer com o alívio caindo em minhas mãos.

— Venha cá — diz ele, seus olhos ainda fechados.

Avanço na ponta dos pés e ele me puxa para seus braços. Inala o perfume de meus cabelos e beija minha cabeça. Nunca senti algo tão incrível na minha vida. Nem mais sou humana. Sou muito mais. O Sol e a Lua fundiram-se e a Terra virou de cabeça para baixo. Sinto que posso ser exatamente quem eu quero ser em seus braços.

Ele me faz esquecer o terror de que sou capaz.

— Juliette — sussurra em meu ouvido. — Precisamos dar o fora daqui.

23

Tenho novamente 14 anos e estou fitando sua nuca em uma pequena sala de aula. Tenho 14 anos de idade e há anos sou apaixonada por Adam Kent. Tento ser ainda mais cuidadosa, de ser ainda mais calada, de ser ainda mais prestativa, pois não queria me mudar novamente. Não queria deixar a escola com o único rosto amigável que já conheci. Eu o vi crescer um pouco a cada dia, ficar maior a cada dia, um pouco mais forte, um pouco mais rígido, um pouco mais calado a cada dia. Ele, no final das contas, ficou grande demais para ser espancado por seu pai, mas ninguém realmente sabia o que acontecera com sua mãe. Os alunos o evitavam, o molestavam, até que ele começou a não deixar por menos, até a pressão do mundo finalmente o enlouquecer.

Mas seus olhos sempre permaneceram os mesmos.

Sempre os mesmos quando ele olhava para mim. Bondosos. Compassivos. Desesperados por compreensão. Mas ele nunca fazia perguntas. Ele nunca me puxou para dizer uma palavra. Ele apenas se certificava de que estava próximo o bastante para espantar todo mundo.

Eu pensava que talvez não fosse tão má. Talvez.

Eu pensava que talvez ele visse algo em mim. Eu pensava que talvez eu não fosse tão horrível quanto todo mundo dizia que eu era. Fazia anos que eu não tocava em ninguém. Não me atrevia a aproximar-me das pessoas. Não poderia arriscar.

Até que um dia me aproximei e arruinei tudo.

Matei um garotinho em um supermercado simplesmente por ajudá-lo a ficar de pé. Por agarrar suas mãozinhas. Não entendia por que ele estava chorando. Era minha primeira experiência em tocar alguém por um período tão longo e eu não entendia o que estava acontecendo comigo. As poucas vezes em que acidentalmente colocara as mãos em alguém eu sempre me afastara. Afastava-me quando me lembrava de que eu não deveria tocar qualquer um. Assim que escutava o primeiro grito escapar de seus lábios.

O garotinho foi diferente.

Queria ajudá-lo. Senti um surto repentino de raiva por sua mãe negligenciar seus gritos. Sua falta de compaixão como mãe me devastou ~~e isso me fez recordar demais minha própria mãe.~~ Só queria ajudá-lo. Queria que ele soubesse que alguém estava ouvindo... que alguém se importava. Não entendia por que era tão estranho e estimulante tocá-lo. Não sabia que eu estava drenando sua vida e não poderia compreender por que ele se tornara mole e calado em meus braços. Pensei que a carga de poder e o sentimento positivo talvez significassem que eu tivesse sido curada da minha horrível doença. Pensei tantas coisas estúpidas e arruinei tudo.

Pensei que estava ajudando.

Passei os três anos seguintes de minha vida em hospitais, escritórios de advocacia, centros de detenção juvenil e sofri com comprimidos e terapia de eletrochoque. Nada funcionava. Nada ajudava. Fora me matar, trancafiar-me em uma instituição era a única solução. O único jeito de proteger o povo do terror de Juliette.

Até entrar na minha cela, fazia três anos que não via Adam Kent.

E ele parece diferente. Mais rígido, maior, mais vigoroso, mais astuto, tatuado. Ele é musculoso, maduro, sereno e rápido. É quase como se ele não pudesse se permitir ser frágil ou vagaroso ou descontraído. Como se não pudesse ser qualquer coisa senão musculoso, qualquer coisa senão força e eficiência. As linhas de seu rosto são suaves, precisas, esculpidas por anos de vida dura e treinamento e na tentativa de sobreviver.

Ele não é mais um menino. Ele não está com medo. Ele está no exército.

Mas ele também não está tão diferente. Ele ainda tem os olhos mais extraordinariamente azuis que já vi. Sombrios e profundos e saturados de paixão. Sempre me perguntava como seria ver o mundo através de lentes tão belas. Perguntava-me se a cor do olho era indício de que a pessoa enxergava o mundo de maneira diferente. Se o mundo, como resultado, enxergava a pessoa de maneira diferente também.

Eu devia saber que era ele quando apareceu na minha cela.

Uma parte de mim sabia. Mas tentara com tanto esforço reprimir as lembranças de meu passado que recusei acreditar que isso seria possível. Porque uma parte de mim não queria lembrar. Uma parte de mim estava assustada demais para ter esperanças. Uma parte de mim não sabia se faria alguma diferença saber que era ele, apesar de tudo.

Muitas vezes me pergunto qual seria minha aparência.

Pergunto-me se sou apenas uma sombra perfurada da pessoa que eu era antes. Não me olho no espelho faz três anos. Fico assustada demais com o que vou encontrar.

Alguém bate à porta.

Sou catapultada ao outro lado do quarto à força de meu próprio medo. Adam fecha os olhos comigo antes de abrir a porta e eu decido escapar para um canto distante do quarto.

Aguço meus ouvidos apenas para escutar sussurros, vozes abafadas, e alguém limpando a garganta. Não estou certa do que fazer.

— Descerei em um minuto — diz Adam em voz um pouco alta. Percebo que ele está tentando dar fim à conversa.

— Qual é, cara, só quero vê-la...

— Ela não é um maldito espetáculo, Kenji. Dê o fora daqui.

— Pera... só me fala: ela lança chamas com os olhos? — Kenji ri e eu me encolho, caindo no chão debaixo da cama. Enrolo-me toda e tento não escutar o restante da conversa.

Falho.

Adam suspira. Posso imaginá-lo coçando a testa.

— Só dê o fora.

Kenji tenta abafar seu riso.

— Caramba, ficou sensível de repente, né? Passar o tempo com uma garota está mudando você, cara...

Adam diz algo que não consigo ouvir.

A porta se fecha com uma batida.

Espio do meu esconderijo. Adam parece constrangido.

Minhas bochechas enrubescem. Estudo os intrincados fios do tapete finamente tecido que está sob meus pés. Toco o tecido que reveste a parede e aguardo que Adam fale. Levanto-me para olhar para fora do quadradinho de uma janela apenas para ser recebida pelo cenário desolador de uma cidade arruinada. Encosto minha testa no vidro.

Cubos de metal estão agrupados a distância: aglomerados de habitação civil envoltos em múltiplas camadas, buscando refúgio contra o frio. Uma mãe segurando a mão de uma criança pequena. Soldados de olho neles, imóveis como estátuas, rifles posicionados e prontos a atirar. Montes e montes e montes de lixo, perigosas sucatas de ferro e aço cintilando no chão. Árvores solitárias tremulando ao vento.

As mãos de Adam deslizam ao redor da minha cintura.

Seus lábios estão no meu ouvido e ele não diz absolutamente nada, mas eu derreto até ser um punhado de manteiga quente pingando de sua mão. Quero devorar cada minuto deste momento.

Permito que meus olhos se fechem à verdade do lado de fora de minha janela. Só por pouco tempo.

Adam respira fundo e me puxa para ainda mais perto. Estou moldada à forma de sua silhueta; suas mãos estão circundando minha cintura e seu rosto está apertado contra minha cabeça.

— Seu toque é incrível.

Tento rir, mas pareço ter esquecido como.

— São palavras que nunca pensei que escutaria.

Adam me gira, de modo que estou de frente para ele e de repente estou olhando e não olhando para seu rosto, sou lambida por um milhão de labaredas e engolindo mais um milhão. Ele está me fitando como se nunca tivesse me visto antes. Quero banhar minha alma no azul insondável de seus olhos.

Ele se inclina até sua testa repousar sobre a minha e nossos lábios ainda não estão próximos o bastante. Ele sussurra: — Como você está? — e eu quero beijar cada belo batimento de seu coração.

“Como você está?” — Três palavras que ninguém jamais me pergunta.

— Quero dar o fora daqui — é tudo em que consigo pensar.

Ele me aperta contra seu peito e eu fico maravilhada com o poder, a glória, o milagre em um movimento tão simples. Ele parece um bloco de força, 1,80 metro de altura.

Minha barriga se torna uma placa de gelo.

— Juliette.

Inclino-me para trás, de modo a ver seu rosto.

— Você está falando sério sobre ir embora? — ele me pergunta. Seus dedos roçam meu rosto. Ele enfia uma trança desgarrada de cabelo atrás de minha orelha. — Você compreende os riscos?

Respiro fundo. Sei que o único risco real é a morte.

— Sim.

Ele assente com a cabeça. Baixa os olhos, a voz.

— As tropas estão se mobilizando para algum tipo de ataque. Houve muitos protestos de grupos que antes se mantinham em silêncio, e nosso trabalho é destruir a resistência. Penso que eles queiram que este ataque seja o último — acrescenta ele, calmamente. — Tem alguma coisa grande acontecendo, e não estou certo do que seja, não ainda. Mas, seja o que for, temos de estar prontos para ir quando eles estiverem.

Congelo.

— O que quer dizer?

— Quando as tropas estiverem prontas para combater, você e eu devemos estar prontos para fugir. É o único modo de termos tempo para desaparecer. Todos estarão focados no ataque... isso nos dará tempo antes de repararem que estamos desaparecidos ou poderem reunir gente o bastante para procurar por nós.

— Mas... quer dizer... você virá comigo...? Você estaria disposto a fazer isso por mim?

Ele sorri um sorriso miúdo. Divertido. Seus lábios se contorcem como se ele tentasse não rir. Seus olhos se abrandam conforme estudam os meus.

— Há muito pouco que eu não faria por você.

Respiro fundo e fecho os olhos, tocando meus dedos em seu peito, imaginando o pássaro levantando voo através de sua pele, e eu faço a ele a única pergunta que me assusta mais:

— Por quê?

— Como assim? — Ele recua.

— Por que, Adam? Por que você se importa? Por que você quer me ajudar?

Não compreendo... não sei por que você estaria disposto a arriscar sua vida...

Mas então seus braços estão em volta de minha cintura e ele está me puxando para mais perto e seus lábios estão no meu ouvido e ele diz meu nome, uma, duas vezes e eu não fazia ideia de que podia pegar fogo tão rapidamente. Sua boca está sorrindo contra minha pele.

— Você não?

Eu não sei nada, é o que eu diria a ele se eu tivesse a menor ideia de como falar.

Ele ri um pouco e recua. Toma minha mão e a examina.

— Lembra-se na quarta série — diz ele — quando Molly Carter se inscreveu tarde demais para a viagem de campo da escola? Todos os lugares foram preenchidos, e ela ficou do lado de fora do ônibus, chorando porque queria ir?

Ele não espera por mim para responder.

— Lembro que você desceu do ônibus. Você ofereceu seu assento para ela e ela nem sequer disse obrigado. Observei você em pé na calçada enquanto nos afastávamos.

Não estou mais respirando.

— Lembra-se na quinta série? Aquela semana em que os pais de Dana quase se divorciaram? Ela chegou sem o lanche todos os dias à escola. E você ofereceu o seu para ela. — Ele faz uma pausa. — Assim que aquela semana acabou, ela voltou a fingir que você não existia.

Ainda não estou respirando.

— Na sétima série, Shelly Morrison foi pega colando na prova de matemática. Ela ficou gritando que, se reprovasse, seu pai a mataria. Você disse para a professora que era você que estava colando da prova dela. Você ganhou um zero no exame e retenção durante uma semana. — Ele levanta a cabeça, mas não olha para mim. — Você ficou com machucados nos braços durante pelo menos um mês depois disso. Sempre me perguntei de onde eles vieram.

Meu coração está batendo rápido demais. Perigosamente rápido. Aperto meus dedos para evitar que tremam. Travo a mandíbula e apago a emoção de meu rosto, mas não consigo diminuir a vibração em meu peito, não importa o quanto tente.

— Um milhão de vezes — diz ele, sua voz agora tão serena. — Vi você fazer coisas como essas um milhão de vezes. Mas você nunca dizia uma palavra a menos que fosse forçada. — Ele ri novamente, desta vez uma espécie de risada dura, pesada. Ele está fitando um ponto para além de meu ombro. — Você nunca pediu nada a ninguém. — Ele finalmente encontra meus olhos. — Mas ninguém nunca lhe deu uma chance.

Engulo em seco, tento desviar o olhar, mas ele pega meu rosto.

Ele sussurra:

— Você não faz ideia do quanto pensei em você. De quantas vezes sonhei — ele respira com firmeza —, de quantas vezes sonhei em estar tão perto de você. — Ele se move para passar uma mão pelos cabelos, antes de mudar de ideia. Baixa os olhos. Ergue os olhos. — Céus, Juliette, eu a seguiria para qualquer lugar. Você é a única coisa boa que sobrou neste mundo.

Estou implorando a mim mesma para não romper em lágrimas e não sei se isso está funcionando. Estou toda quebrada e colada de volta e ruborizando por toda parte e mal consigo encontrar forças para encará-lo.

Seus dedos encontram meu queixo. Inclina-me para cima.

— Temos três semanas no máximo — diz ele, muito suavemente. — Não acho que eles possam controlar as multidões por muito mais tempo.

Faço que sim com a cabeça. Pisco os olhos. Descanso meu rosto contra seu peito e finjo que não estou chorando.

Três semanas.

24

Duas semanas se passam.

Duas semanas de vestidos e banhos e comida que quero jogar longe. Duas semanas de Warner sorrindo e tocando em minha cintura, rindo e guiando-me com seus dedos sobre meus quadris, certificando-se de que estou impecável enquanto caminho ao seu lado. Ele pensa que sou seu troféu. Sua arma secreta.

Tenho de conter o desejo de quebrar seus dedos no concreto.

No entanto, ofereço-lhe duas semanas de cooperação, uma vez que, em uma semana, nós teremos partido.

Tenho esperança disso.

Mas então, mais que qualquer outra coisa, descobri que não odeio Warner tanto quanto pensava que odiava.

Lamento por ele.

Ele encontra um estranho tipo de conforto em minha companhia; ele acha que posso me relacionar com ele e suas noções distorcidas, sua educação cruel, seu pai ausente e ao mesmo tempo exigente.

Mas ele nunca diz uma palavra sobre sua mãe.

Adam diz que ninguém sabe nada sobre a mãe de Warner... que nunca se discutiu sobre ela e que ninguém faz ideia de quem ela seja. Ele diz que só se sabe que Warner é consequência de uma criação implacável, e de um desejo frio e calculado de poder. Ele odeia crianças felizes e pais felizes e suas vidas felizes.

Acho que Warner pensa que eu entendo. Que eu o entendo.

E eu entendo. E não entendo.

Porque não somos os mesmos.

Quero ser melhor.

Adam e eu temos pouco tempo juntos fora a noite. E, mesmo assim, não é muito. Warner me observa mais perto a cada dia; desativar as câmeras apenas o tornou mais desconfiado. Ele sempre entra de modo inesperado no meu quarto, levando-me a passeios desnecessários pelo edifício, falando sobre nada senão sobre seus planos e seus planos de fazer mais planos e de como juntos conquistaremos o mundo. Não finjo me interessar.

Talvez seja eu quem esteja piorando as coisas.

— Não acredito que Warner concordou mesmo em dar um fim às câmeras — disse-me Adam uma noite.

— Ele é louco. Não é racional. Ele é doente de um modo que nunca vou entender.

Adam suspirou.

— Ele é obcecado por você.

— O quê? — Quase quebro meu pescoço na surpresa.

— Ele só fala em você. — Adam fica em silêncio por um momento, seu maxilar bem apertado. — Ouvia histórias sobre você antes mesmo de você chegar aqui. Foi por isso que me envolvi... por isso me ofereci para ir pegá-la. Warner passou meses coletando informações sobre você: endereços, prontuários médicos, histórias pessoais, relações familiares, certificados de nascimento, testes de sangue. O exército inteiro falava sobre seu novo projeto; todos sabiam que ele estava procurando uma garota que tinha matado um garotinho em um supermercado. Uma garota chamada Juliette.

Prendo a respiração.

Adam sacode a cabeça.

— Sabia que era você. Tinha que ser. Perguntei a Warner se podia ajudar em seu projeto... disse a ele que tinha estudado com você, que tinha escutado sobre o garotinho, que a tinha visto em pessoa. — Ele riu um riso duro. — Warner ficou entusiasmado. Ele achou que isso tornaria o experimento mais interessante — acrescentou ele, revoltado. — E eu sabia que, se ele quisesse reivindicá-la como uma espécie de projeto doentio... — Ele hesitou. Desviou o olhar. Passou a mão pelo cabelo. — Só sabia que tinha de fazer alguma coisa. Pensei que pudesse tentar ajudar. Mas agora o negócio ficou pior. Warner não para de falar sobre do que você é capaz ou o quanto você é valiosa para seus esforços e o quanto ele está animado por ter você aqui. Todos estão começando a reparar. Warner é implacável... ele não tem misericórdia por ninguém. Ele ama o poder, a emoção de destruir pessoas. Mas ele está começando a rachar, Juliette. Ele está muito desesperado para que você... se junte a ele. E, apesar de todas as suas ameaças, ele não quer forçá-la. Ele quer que você o queira. Escolha-o, de certo modo. — Ele olha para o chão, respira firme. — Ele está perdendo sua superioridade. E, sempre que vejo seu rosto, fico a alguns passos de fazer alguma estupidez. Adoraria quebrar sua cara.

Sim. Warner está perdendo sua superioridade.

Ele está paranoico, embora por uma boa razão. Mas depois ele é paciente e impaciente comigo. Excitado e nervoso o tempo todo. Ele é um paradoxo ambulante.

Ele desativa minhas câmeras, mas em algumas noites ele ordena que Adam durma do lado de fora do quarto para certificar-se de que eu não escape. Ele diz que posso almoçar sozinha, mas sempre acaba me chamando para comer do seu lado. As poucas horas que Adam e eu teríamos juntos são roubadas de nós, mas as noites ainda menos corriqueiras em que Adam tem permissão para dormir dentro de meu quarto eu consigo passar aconchegada em seus braços.

Nós dois agora dormimos no chão, enrolados um no outro para nos aquecer, mesmo com o cobertor sobre nossos corpos. Todo momento que ele toca em mim é como uma explosão de fogo e eletricidade que incendeia meus ossos do jeito mais incrível. É o tipo de sentimento que eu gostaria de poder segurar na mão.

Adam me faz novas revelações, boatos que ele escutou de outros soldados. Ele me conta que são vários os centros de comando no que restou do país. Que o pai de Warner está no Capitólio, que ele deixou seu filho encarregado do setor inteiro. Ele diz que Warner odeia o pai, mas ama o poder. A destruição. A devastação. Ele acaricia meus cabelos e conta-me histórias e achega-me como tivesse medo que eu desaparecesse. Ele pinta o retrato de pessoas e lugares até que eu adormeça, até que esteja mergulhando em uma droga de sonhos para escapar de um mundo sem refúgio, sem alívio, sem liberdade senão em suas palavras que me restauram a confiança ao pé do ouvido. O sono é a única coisa pela qual estou ansiosa por esses dias. Mal consigo lembrar por que costumava gritar.

As coisas estão ficando cômodas demais e estou começando a entrar em pânico.

— Vista este — diz Warner para mim.

Café da manhã no quarto azul tornou-se rotina. Eu como e não pergunto de onde a comida vem, se os empregados estão sendo pagos pelo que fazem ou não, como este edifício consegue sustentar tantas vidas, bombear tanta água, ou usar tanta eletricidade. Agora espero minha hora. Coopero.

Warner não me pediu para tocá-lo novamente, e eu não me ofereço.

— Para que servem? — Vejo pequenos pedaços de pano em suas mãos e sinto uma pontada nervosa na barriga.

Ele sorri um sorriso lento e furtivo. — Um teste de aptidão. — Ele agarra meu pulso e coloca a trouxa em minha mão. — Vou me virar, só desta vez.

Quase fico nervosa demais até para sentir nojo dele.

Minhas mãos tremem enquanto visto a roupa que se releva ser um top minúsculo e *shorts* ainda mais curtos. Estou praticamente nua. Estou praticamente tendo convulsões pelo medo do que isso possa significar. Limpo a garganta e Warner dá meia-volta.

Ele demora muito tempo para falar; seus olhos estão ocupados viajando pelo mapa de meu corpo. Quero rasgar o tapete e costurá-lo em minha pele. Ele sorri e estende sua mão.

Sou granito e calcário e vidro de mármore. Não me movo.

Ele baixa a mão. Ele inclina a cabeça.

— Acompanhe-me.

Warner abre a porta. Adam está em pé do lado de fora. Ele ficou tão bom em mascarar suas emoções que eu mal registro a aparência de choque que aparece e desaparece de suas feições. Nada exceto a deformação em sua testa, bem como a tensão em suas têmporas, o trai. Ele sabe que algo não está certo. Ele na verdade vira o pescoço para assimilar minha aparência. Ele pisca os olhos.

— Senhor?

— Fique aqui, soldado. Assumo daqui.

Adam não responde não responde não responde...

— Sim, senhor — diz ele, sua voz subitamente rouca.

Sinto seus olhos sobre mim quando dobro o corredor.

Warner me leva para algum lugar novo. Estamos caminhando por corredores que nunca vi, mais escuros, mais frios e mais estreitos à medida que avançamos. Percebo que estamos descendo.

Para um porão.

Passamos uma, duas, quatro portas de metal. Soldados por todos os lados, seus olhos por todos os lados, apreciando-me ao mesmo tempo com medo e com alguma coisa a mais que prefiro não levar em conta. Reparei que há pouquíssimas mulheres neste edifício.

Se existe um lugar onde devo ser grata por ser intocável é este aqui.

É a única razão para eu ter segurança contra os olhos predadores de centenas de homens solitários. É a única razão para Adam permanecer comigo... porque Warner pensa que Adam é um boneco de papelão e regurgitações de baunilha. Ele pensa que Adam é uma máquina oleada por ordens e exigências. Ele pensa que Adam é uma recordação do meu passado, e ele usa isso para me deixar desconfortável. Ele nunca imaginaria que Adam pudesse colocar um dedo sobre mim.

Ninguém colocaria. Todos que encontro estão completamente petrificados.

A escuridão é como uma lona negra perfurada por uma faca cega, com feixes de luz espreitando pelos furos. Isso me faz recordar bastante da minha antiga cela. Minha pele enruga-se de medo incontrolável.

Estou cercada por armas.

— Entre — diz Warner. Sou empurrada para uma sala vazia com ligeiro cheiro de mofo. Alguém liga o interruptor e luzes fluorescentes acendem-se trêmulas para revelar paredes de amarelo pálido e tapete da cor de grama morta. A porta fecha atrás de mim com uma pancada.

Não há nada senão teias de aranha e um enorme espelho neste quarto. O espelho é da metade do tamanho da parede. Instintivamente sei que Warner e seus cúmplices devem estar me observando. Só não sei por quê.

Há segredos por todos os lugares.

Não há respostas em lugar nenhum.

Tinidos/estalos/rangidos e movimentos mecânicos sacodem o espaço em que me coloco. O chão treme à vida. O teto estremece com a promessa de caos. Pregos de metal de repente estão por todos os lugares, espalhados pelo quarto, perfurando toda e qualquer superfície em todos os diferentes níveis. A cada poucos segundos, eles desaparecem, apenas para reaparecerem com um repentino abalo de terror, cortando o ar como agulhas.

Percebo que estou em uma câmara de tortura.

Ruídos e o *feedback* de alto-falantes mais antigos que meu agonizante coração crepitam à vida. Sou um cavalo de corrida galopando rumo a uma falsa linha de chegada, arfando para que algum outro ganhe.

— Você está pronta? — A voz amplificada de Warner ecoa pela sala.

— Para o que deveria estar pronta? — Grito no espaço vazio, certa de que alguém pode me ouvir. ~~Estou calma. Estou calma. Estou calma.~~ Estou paralisada.

— Tínhamos um acordo, lembra-se? — responde.

— O que...

— Desativei suas câmeras. Agora é sua vez de cumprir sua parte no acordo.

— Não tocarei em você! — berro, girando em torno de meu eixo, apavorada, horrorizada, preocupada com que pudesse desmaiar a qualquer momento.

— Está bem — diz ele. — Estou enviando outro em meu lugar.

A porta guincha ao se abrir e um bebê anda em passos curtos e bambos, vestindo apenas uma fralda. Ele está vendado e soluçando, tremendo de medo.

Um prego estoura minha existência inteira e a transforma em nada.

— Se você não o salvar — as palavras de Warner crepitam pela sala —, nós também não vamos.

Esta criança.

Ele deve ter uma mãe um pai alguém que o ama esta criança esta criança esta criança cambaleando avante no terror. Ele poderia ser atravessado por uma estalactite de metal a qualquer segundo.

Salvá-lo é simples: preciso pegá-lo, encontrar um lugar seguro no chão e segurá-lo em meus braços até que o experimento esteja acabado.

Só existe um problema.

Se eu tocar nele, ele pode morrer.

25

Warner sabe que eu não tenho escolha. Ele quer me forçar a outra situação em que possa ver o impacto de minhas habilidades, e ele não se importa de torturar uma criança inocente para conseguir exatamente o que quer.

Neste momento eu não tenho opção.

Tenho de arriscar, antes que este garotinho avance na direção errada.

Rapidamente memorizo o tanto quanto consigo das armadilhas e desvio/salto/por pouco escapo dos pregos, até que estou o mais perto possível.

Respiro fundo, vacilante, e concentro-me nos membros trêmulos do menino na minha frente e peço a Deus para estar tomando a decisão certa. Estou prestes a tirar minha blusa para usá-la como barreira entre nós, quando percebo a leve vibração no chão. O tremor que precede o terror. Sei que tenho metade de um segundo antes de os pregos cortarem o ar e ainda menos tempo para reagir.

Puxo-o para os meus braços.

Seus gritos penetram-me como se eu estivesse sendo morta a tiros, uma bala a cada segundo. Ele está arranhando meus braços, meu peito, chutando meu corpo tão forte quanto pode, gritando de agonia, até que a dor o paralisa. Ele fica fraco em meus braços e eu estou sendo rasgada em pedaços, meus olhos, meus ossos, minhas veias, tudo saindo do lugar, tudo se virando contra mim para me torturar com memórias de horrores pelos quais sou responsável.

Dor e poder estão vazando através de seu corpo para o meu, produzindo um abalo tão intenso ao atravessar seus membros e ir de encontro a mim que quase o derrubo. ~~É como reviver um pesadelo que passei três anos tentando esquecer.~~

— Absolutamente incrível — suspira Warner pelos alto-falantes, e eu percebo que ele estava certo. Ele deve estar assistindo a tudo através de um espelho bilateral. — Brilhante, amor. Estou completamente impressionado.

Estou desesperada demais para me concentrar em Warner neste momento. Não faço ideia de quanto tempo este jogo doentio vai durar, e eu preciso diminuir a quantidade de pele a que estou expondo o corpo deste garotinho.

Meus trajes minúsculos fazem muito sentido agora.

Reacomodo-o em meus braços e consigo agarrar a sua fralda. Estou sustentando-o com a palma de minha mão. Estou desesperada por acreditar que eu não pude tê-lo tocado tempo suficiente para causar-lhe lesões graves.

Ele soluça uma vez; seu corpo vibra de volta à vida.

Poderia chorar de felicidade.

Mas então os gritos recomeçam, não mais gritos de tortura, mas de medo. Ele está desesperado por escapar de mim e eu estou perdendo a força nos braços, meu pulso quase se quebrando por causa do esforço. Não me arrisco em remover sua venda. Prefiro morrer a permitir que ele veja este espaço, que ele veja meu rosto.

Aperto meu maxilar tão rápido que temo quebrar meus dentes. Se eu colocá-lo no chão, ele começará a correr. E, se começar a correr, ele está acabado. Tenho de continuar segurando-o.

O ronco de uma máquina velha ressuscita meu coração. Os pregos ressurgem no chão, um a um, até que todos desaparecem. É tão depressa que a sala volta a ser inofensiva que temo que possa ter imaginado o perigo. Solto o menino de volta ao chão e mordo o lábio para absorver a dor brotando em meu pulso.

A criança começa a correr e acidentalmente esbarra em minhas pernas desnudas.

Ele grita e treme e cai no chão, encolhido, soluçando, até que eu considero a ideia de me destruir, de me livrar deste mundo. As lágrimas estão escorrendo rápido pelo meu rosto e eu quero estender-lhe a mão e ajudá-lo, abraçá-lo, beijar suas lindas bochechas e dizer-lhe que cuidarei dele para sempre, que fugiremos juntos, que brincarei com ele e lerei histórias à noite e eu sei que não posso. Sei que nunca poderei. Sei que isso nunca será possível.

E de repente o mundo fica de fora.

Sou dominada por uma raiva, uma força, uma fúria tão potente que quase me elevo do chão. Estou fervendo de ódio cego e náusea. Nem mesmo entendo como meus pés se movem no instante seguinte. Não entendo minhas mãos e o que elas estão fazendo ou como elas decidiram lançar-se para a frente, dedos afastados, investindo rumo à janela. Só sei que quero sentir o pescoço de Warner quebrar entre as minhas duas mãos. Quero que ele experimente o mesmo terror que ele acabou de infligir a uma criança. Quero vê-lo morrer. Quero vê-lo implorar por misericórdia.

Lanço-me às paredes de concreto.

Quebro o vidro com dez dedos.

Estou segurando um punhado de cascalhos e um punhado de pano no pescoço de Warner e há cinquenta armas diferentes apontadas para minha cabeça. O ar é pesado de cimento e enxofre, o vidro ruindo em uma sinfonia agonizante de corações estilhaçados.

Bato Warner contra a pedra corroída.

— Não ousem atirar nela — diz Warner para os guardas, bufando. Ainda não toquei em sua pele, mas tenho a mais forte suspeita de que poderia esmagar seu coração na caixa torácica se eu apenas apertasse um pouco mais forte.

— Devia matá-lo. — Minha voz é um sopro profundo, uma exalação descontrolada.

— Você... — Ele tenta engolir. — Você acabou... você acabou de quebrar o concreto usando apenas as mãos.

Pisco. Não me atrevo a olhar atrás de mim. Mas eu sei, sem olhar para trás, que ele não pode estar mentindo. Devo ter quebrado. Minha mente é um labirinto de possibilidades.

Perco o foco por um instante.

As armas

clicam

clicam

clicam

Cada instante está carregado.

— Se algum de vocês feri-la, eu mesmo trato de atirar em vocês — brada Warner.

— Mas, senhor...

— Relaxe, soldado...

A raiva se foi. A súbita fúria incontrolável se foi. Minha mente já se rendeu à descrença. Confusão. Não sei o que eu fiz. Obviamente não sei do que sou capaz, pois não fazia ideia de que modo poderia destruir qualquer coisa e, de repente, estou tão apavorada tão apavorada tão apavorada com as minhas duas mãos. Cambaleio para trás, estupefata, e surpreendo Warner observando-me faminto, ávido, seus olhos de esmeralda com o brilho da fascinação infantil. Ele está praticamente tremendo de excitação.

Há uma cobra na minha garganta e não consigo engoli-la. Cruzo com o olhar de Warner.

— Se me colocar em uma situação como esta de novo, mato você. E terei prazer em fazer isto.

Nem mesmo sei se estou mentindo.

26

Adam me encontra encolhida no piso do chuveiro.

Estou chorando há tanto tempo que tenho certeza de que a água quente de nada é feita senão de minhas lágrimas. Minhas roupas estão grudadas à pele, molhadas e inúteis. Quero tirá-las. Quero afogar-me na ignorância. Quero ser estúpida, idiota, muda, completamente desprovida de cérebro. Quero decepar meus próprios membros. Quer livrar-me desta pele que pode matar e destas mãos que destroem e deste corpo que não sei sequer como compreender.

Tudo está desmoronando.

— Juliette... — Ele pressiona a mão contra o vidro. Mal consigo escutá-lo.

Como não respondo, ele abre a porta do chuveiro. Ele é atingido por chuviscos rebeldes e tira as botas antes de cair de joelhos no chão de ladrilhos. Ele chega a tocar meus braços e a sensação só me faz ficar mais desesperada por morrer. Ele suspira e me puxa para cima, apenas o suficiente para levantar minha cabeça. Suas mãos seguram meu rosto e seus olhos me perscrutam, perscrutam através de mim, até que desvio o olhar.

— Sei o que aconteceu — diz ele baixinho.

Minha garganta é um réptil, coberto de escamas.

— Alguém devia simplesmente me matar — pronuncio confusamente, fendendo-me a cada palavra.

Os braços de Adam me envolvem, até que ele me puxa para cima e eu estou com as pernas bambas e nós dois estamos de pé. Ele entra no chuveiro e fecha a porta atrás de si.

Meu peito arfa.

Ele me apoia contra a parede e eu não vejo nada senão sua camiseta branca encharcada, nada senão a água escorrendo dançante pelo seu rosto, nada senão seus olhos cheios de um mundo do qual estou morrendo para fazer parte.

— Isso não foi sua culpa — sussurra ele.

— Isso é o que eu sou — custo para respirar.

— Não. Warner está errado sobre você — diz Adam. — Ele quer que você seja alguém que você não é, e você não pode permitir que ele a corrompa. Não permita que ele entre em sua mente. Ele quer que você pense que é um monstro. Ele quer que você pense que não tem escolha a não ser se juntar a ele. Ele quer que você pense que nunca será capaz de viver uma vida normal...

— Mas eu não vou viver uma vida normal. — Engulo um soluço. — Nunca... eu nunca vou...

Adam está sacudindo a cabeça.

— Você vai. Vamos sair daqui. Não vou deixar isso acontecer com você.

— C-como você pode se importar com alguém... como eu? — Mal respiro, nervosa e petrificada, mas de algum modo fito seus lábios, estudando seu corpo, contando as gotas d'água despencando das colinas e vales de sua boca.

— Porque estou apaixonado por você.

Engulo meu estômago. Meus olhos se levantam bruscamente para ler seu rosto, mas eu sou uma confusão de eletricidade, zunindo com vida e relâmpago, quente e fria, e meu coração é errante. Estou tremendo em seus braços e meus lábios se apartaram por nenhuma razão.

Sua boca atenua-se em um sorriso. Meus ossos desapareceram.

Estou girando de desejo.

Seu nariz está tocando meu nariz, seus lábios a um suspiro de distância, seus olhos já me devorando e eu sou uma poça d'água sem braços e sem pernas. Posso cheirá-lo por toda parte. Sinto cada ponto de sua figura pressionado contra a minha. Suas mãos na minha cintura, agarrando meus quadris, suas pernas ardendo contra as minhas, seu peito dominando-me com força, seu corpo edificado por tijolos de desejo. O gosto de suas palavras demora-se em meus lábios.

— Sério...? — Tenho um sussurro de incredulidade, um esforço de consciência para acreditar no que nunca foi realizado. Sofro uma enxurrada de emoções e fico sem palavras.

Ele me olha com tanta emoção que quase racho ao meio.

— Deus, Juliette...

E ele está me beijando.

Uma, duas vezes, até que eu tenha tido a sensação do gosto e perceba que nunca terei o bastante. Ele está por toda parte acima das minhas costas e sobre os meus braços e de repente ele está me beijando com mais força, com mais intensidade, com uma necessidade urgente e fervorosa que jamais conheci. Ele interrompe para respirar somente para enterrar seus lábios no meu pescoço, ao longo de minha clavícula, acima de meu queixo e bochechas, e eu estou arfando por oxigênio e ele está me destruindo com suas mãos e nós estamos encharcados na água e na beleza e na euforia de um momento que nunca pensei que fosse possível.

Ele recua com um gemido em voz baixa e eu quero que ele tire a camisa.

Preciso ver o pássaro. Preciso contar a ele sobre o pássaro.

Meus dedos estão puxando a bainha de suas roupas molhadas e seus olhos arregalam-se por apenas um segundo antes de ele mesmo rasgar o tecido. Ele agarra minhas mãos e ergue meus braços sobre minha cabeça e me prende contra a parede, beijando-me até eu ter certeza de que estou sonhando, bebendo em meus lábios com os seus lábios e ele tem gosto de chuva e almíscar doce e eu estou prestes a explodir.

Meus joelhos estão batendo um contra o outro e meu coração tão rápido que não entendo como ele ainda funciona. Ele está me beijando e com os beijos fazendo passar a dor, a ferida, os anos de autodepreciação, as inseguranças, as esperanças frustradas por um futuro que sempre pintei obsoleto. Ele está me iluminando no fogo, extinguindo nas chamas a tortura dos jogos de Warner, a angústia que me envenena a cada dia. A intensidade de nossos corpos poderia estilhaçar estas paredes de vidro.

Quase o faz.

Por um momento, estamos apenas encarando um ao outro, respirando com dificuldade até que vou enrubescendo, até ele fechar os olhos e tomar um fôlego irregular que se vai firmando, e eu coloco minha mão sobre seu peito. Atrevo-me a traçar o contorno do pássaro que paira em sua pele, atrevo-me a dedilhar a extensão de seu abdome.

— Você é meu pássaro — digo a ele. — Você é meu pássaro e vai me ajudar a voar para longe.

Adam já se foi quando saio do chuveiro.

Ele arrancou suas roupas e secou-se e saiu para que eu tivesse privacidade para me trocar. Privacidade com a qual não sei se me importo mais. Toco dois dedos em meus lábios e sinto seu gosto por toda parte.

Mas, quando entro no quarto, ele não está mais em nenhum lugar. Ele tinha de se apresentar no andar de baixo.

Encaro as roupas no meu *closet*.

Sempre escolho um vestido com bolsos porque não sei mais onde guardar meu caderno. Ele não carrega qualquer informação incriminatória, e o único pedaço de papel que usava a caligrafia de Adam já foi destruído e mandado embora pelo vaso sanitário, mas eu gosto de mantê-lo próximo de mim. Ele representa muito mais do que algumas palavras rabiscadas no papel. Ele é um pequeno símbolo de minha resistência.

Enfio o caderno em um bolso e decido finalmente que estou pronta para ficar frente a frente comigo mesma. Respiro fundo, afasto dos olhos as mechas molhadas de cabelo e entro no banheiro. O vapor do chuveiro nublou o espelho. Estendo a mão em uma tentativa de fazer um pequeno círculo no vidro embaçado. Apenas grande o suficiente.

Um rosto assustado me devolve o olhar.

Toco minhas bochechas e estudo a superfície refletida, estudo a imagem de uma jovem que é ao mesmo tempo estranha e familiar para mim. Meu rosto é mais magro, mais pálido, as maçãs do rosto mais altas do que me lembro, minhas sobrancelhas soerguidas acima de dois olhos arregalados nem azuis nem verdes, mas algo entre essas duas cores. Minha pele está corada de calor e algo chamado Adam. Meus lábios estão muito rosa. Meus dentes estão extraordinariamente alinhados. Meu dedo traça a extensão de meu nariz, seguindo a forma de meu queixo, quando vejo um movimento pelo canto do olho.

— Você é tão linda — diz ele para mim.

Estou rosa e vermelha e marrom, tudo de uma vez. Baixo a cabeça e tiro os olhos do espelho apenas para que ele me tome em seus braços.

— Tinha esquecido meu próprio rosto — sussurro.

— Apenas não esqueça quem você é — diz ele.

— Eu não sei mesmo.

— Sim, você sabe. — Ele ergue meu rosto. — Eu sei.

Fito a força de seu rosto, de seus olhos, de seu corpo. Tento compreender a confiança que ele tem em quem ele acha que eu sou e percebo que seu apoio é a única coisa que me impede de mergulhar no lago de minha própria loucura. Ele sempre acreditou em mim. Mesmo furtivamente, em silêncio, ele lutou por mim. Sempre.

Ele é meu único amigo.

Ele toma minha mão e a detém em meus lábios.

— Eu sempre amei você — digo a ele.

O Sol nasce, descansa, brilha em seu rosto, e ele quase sorri, quase não consegue enfrentar meus olhos. Seus músculos relaxam, seus ombros encontram alívio no peso de um novo tipo de milagre e ele solta o ar dos pulmões. Ele toca meu rosto, toca meus lábios, toca a ponta de meu queixo e eu pisco e ele está me beijando, ele está me puxando para seus braços e para o ar e de algum modo estamos na cama e enroscados um no outro e estou entorpecida de emoção, entorpecida por todo o momento de ternura. Seus dedos deslizam em meu ombro, traçam minha silhueta, descansam em meus quadris. Ele me puxa para mais perto, sussurra meu nome, derrama beijos por minha garganta e luta com o grosso tecido de meu vestido. Suas mãos tremem muito levemente, seus olhos estão cheios de sentimento, seu coração vibra de dor e afeto e eu quero morar aqui, em seus braços, em seus olhos, pelo resto de minha vida.

Deslizo minhas mãos sob sua camisa e ele engasga com um gemido que se transforma em um beijo que necessita de mim e quer a mim e tem de me possuir tão desesperadamente que é ele a mais aguda forma de tortura. Seu peso está pressionado ao meu, em cima do meu, pontos infinitos de sentimento por todas as terminações nervosas de meu corpo e sua mão direita está atrás de meu pescoço e sua mão esquerda está me atraindo e seus lábios estão descendo minha blusa e eu não entendo por que ainda preciso usar roupas e eu sou uma nuvem carregada de trovões e relâmpagos e a possibilidade de explodir em lágrimas a qualquer momento inoportuno. Êxtase êxtase êxtase está batendo em meu peito.

Não lembro o que significa respirar.

Eu nunca

jamais

jamais

soube
o que significava sentir.

Um alarme está martelando através das paredes.

O quarto dispara um sinal sonoro barulhento e Adam endurece, recua; seu rosto entra em colapso.

— Este é um "código sete". Todos os soldados devem se apresentar ao Quadrante imediatamente. Este é um "código sete". Todos os soldados devem se apresentar ao Quadrante imediatamente. Este é um "código sete". Todos os soldados devem se apresentar ao Quadra...

Adam está de pé e me puxando para cima e a voz ainda está gritando ordens por meio de um sistema de alto-falantes instalado no edifício.

— Houve uma violação — diz ele, sua voz quebrada e em sopro, seus olhos lançando-se entre mim e a porta. — Jesus, não posso simplesmente deixá-la aqui...

— Vá... — digo a ele. — Você tem de ir... ficarei bem...

Passos retumbam pelos corredores e os soldados gritam tão alto uns com os outros que posso ouvi-los através das paredes. Adam ainda está em serviço. Ele tem de representar. Ele tem de manter as aparências até que consigamos sair. Eu sei disso.

Ele me puxa para perto.

— Isso não é uma piada, Juliette... não sei o que está acontecendo... pode ser qualquer coisa...

Um clique metálico. Uma chave mecânica. A porta se abre deslizando e Adam e eu nos afastamos três metros em um pulo.

Adam corre para a saída ao mesmo tempo que Warner está entrando. Ambos congelam.

— Tenho absoluta certeza de que esse alarme está disparando há pelo menos um minuto, soldado.

— Sim, senhor. Não estava certo do que fazer com ela. — Ele, de repente, está contido, uma estátua perfeita. Ele acena com a cabeça para mim como se eu fosse algo secundário, mas eu sei que ele está apenas um pouco mais rígido nos ombros. Respirando apenas um batimento mais rápido.

— Sorte sua, estou aqui para cuidar disso. Você pode se apresentar ao seu comandante.

— Senhor. — Adam concorda com a cabeça, vira-se em um só salto e sai pela porta. Espero que Warner não tenha reparado nessa hesitação.

Warner se vira para mim com um sorriso tão calmo e casual que eu começo a perguntar se o edifício está de fato em desordem. Ele estuda meu rosto. Meu cabelo. Olha para os lençóis amarrotados atrás de mim e eu sinto como se tivesse engolido uma aranha.

— Você tirou uma soneca?

— Não consegui dormir noite passada.

— Você rasgou seu vestido.

— O que você está fazendo aqui? — Preciso que ele pare de me encarar, preciso que ele pare de se absorver dos detalhes de minha existência.

— Se você não gosta do vestido, pode sempre escolher um diferente, você sabe. Eu mesmo o escolhi.

— Está tudo bem. O vestido é bonito. — Olho sem razão nenhuma para o relógio. São quase 4h30min da tarde. — Por que você não me diz o que está havendo?

Ele está próximo demais. Ele está tão próximo e olhando para mim e meus pulmões não estão conseguindo se expandir.

— Você realmente devia se trocar.

— Eu não quero me trocar. — Não sei por que estou tão nervosa. Por que ele está me deixando tão nervosa. Por que o espaço entre nós está se estreitando tão rapidamente.

Ele engancha um dedo no rasgo próximo à cintura baixa de meu vestido e eu contenho um grito.

— Isso é inaceitável.

— Está bem...

Ele dá um puxão tão forte no rasgo que o tecido se abre e cria-se uma fenda do lado de minha perna.

— Assim está um pouco melhor.

— O que você está fazendo...

Suas mãos serpenteiam-me cintura acima e prendem meus braços no lugar e eu sei que preciso me defender, mas estou congelada e quero gritar, mas minha voz está quebrada quebrada quebrada. Sou um sopro entrecortado de desespero.

— Tenho uma pergunta — diz ele, e eu tento chutá-lo de dentro deste vestido desprezível e ele apenas me aperta contra a parede, o peso de seu corpo me pressionando, cada centímetro dele coberto de roupa, uma camada protetora entre nós. — Eu disse que tenho uma pergunta, Juliette.

Sua mão escorrega para dentro de meu bolso tão rapidamente que levo um instante para perceber o que ele fez. Estou ofegante contra a parede, tremendo e tentando recobrar o raciocínio.

— Estou curioso — diz ele. — O que é isto?

Ele está segurando meu caderno entre dois dedos.

Ah, Deus.

Este vestido é apertado demais para esconder o contorno do caderno e eu estava ocupada demais olhando meu rosto para conferir meu vestido no espelho. ~~É tudo culpa minha tudo culpa minha tudo culpa minha~~ Não posso acreditar nisso. É tudo culpa minha. Eu já devia saber.

Não digo nada.

Ele inclina a cabeça.

— Não me recordo de ter lhe dado um caderno. Certamente também não me lembro de ter lhe dado permissão para possuir qualquer bem.

— Eu trouxe isso comigo — minha voz trava.

— Agora você está mentindo.

— O que você quer de mim? — entro em pânico.

— Que pergunta estúpida, Juliette.

O suave som de metal polido deslizando. Alguém abriu a porta.

Clique.

— Tire suas mãos dela antes que eu enterre uma bala na sua cabeça.

27

Os olhos de Warner se fecham muito lentamente. Ele se afasta muito lentamente. Seus lábios se contorcem em um sorriso perigoso.

— Kent.

As mãos de Adam estão firmes, o cano de sua arma pressionado sobre a parte posterior do crânio de Warner.

— Você vai autorizar nossa saída daqui.

Warner verdadeiramente ri. Ele abre os olhos e retira uma arma de dentro do bolso para apontá-la diretamente na minha testa.

— Vou matá-la agora mesmo.

— Você não é tão estúpido — diz Adam.

— Se ela se mover um milímetro sequer, eu atiro. E então corto você em pedaços.

Adam se desloca rapidamente, batendo com a coronha de sua arma na cabeça de Warner. A arma de Warner erra o alvo e Adam pega seu braço e torce seu pulso até que seu controle vacila. Apanho a arma de sua mão frouxa e bato com a coronha em sua cara. Estou surpresa com meus próprios reflexos. Jamais segurei uma arma, mas suponho que exista a primeira vez para tudo.

Aponto a arma para os olhos de Warner.

— Não me subestime. — Grito para ele.

— Cacete. — Adam não se dá ao trabalho de esconder sua surpresa.

Warner tosse ao rir, firma-se, e tenta sorrir enquanto limpa o sangue do nariz.

— Nunca subestimo você — diz ele para mim. — Nunca subestimei.

Adam sacode a cabeça por menos de um segundo, antes de seu rosto cindir-se em um enorme sorriso. Ele está sorrindo de alegria para mim, ao passo que pressiona com mais força a arma no crânio de Warner.

— Vamos sair daqui.

Apanho as duas mochilas de acampamento arrumadas no armário e jogo uma para Adam. Havíamos arrumado as malas já fazia uma semana. Se ele quisesse tentar escapar mais cedo do que o esperado, eu não faria restrições.

A sorte de Warner é que fomos misericordiosos com ele.

Mas temos sorte porque o edifício todo fora evacuado. Ele não tem ninguém em quem confiar.

Warner limpa a garganta. Ele está olhando diretamente para mim quando fala.

— Posso lhe assegurar, soldado, que seu triunfo terá vida curta. Talvez você também pudesse me matar agora, porque, quando encontrá-lo, terei todo o prazer de destruir cada osso de seu corpo. Você é um tolo se pensa que pode ir longe com isso.

— Eu não sou seu soldado. — O rosto de Adam é de pedra. — Nunca fui. Você estava tão envolvido com os detalhes de suas próprias fantasias que falhou em perceber os perigos bem diante do seu nariz.

— Ainda não podemos matá-lo — acrescentei. — Você tem de nos tirar daqui.

— Você está cometendo um grande erro, Juliette — diz ele para mim. Sua voz realmente amolecida. — Você está jogando fora todo um futuro. — Ele suspira. — Como sabe que pode confiar nele?

Olho para Adam. Adam, o garoto que sempre me defendeu, até quando não tinha nada a ganhar. Sacudo a cabeça para deixar claro isso. Lembro a mim mesma que Warner é um mentiroso. Um lunático desvairado. Um assassino psicopata. Ele nunca tentaria me ajudar.

Penso eu.

— Vamos antes que seja tarde demais — digo para Adam. — Ele está apenas tentando nos atrasar até os soldados voltarem.

— Ele nem mesmo se importa com você! — explode Warner. Recuo à súbita e descontrolada intensidade em sua voz. — Ele só quer um jeito de sair daqui e está usando você! — Ele avança. — Eu poderia amá-la, Juliette... Eu a trataria como uma rainha...

Adam lhe dá uma rápida chave de braço e aponta a arma para sua têmpora.

— Você obviamente não entende o que está acontecendo aqui — diz ele muito cuidadosamente.

— Então me ensine, soldado — arqueja Warner. Seus olhos estão flamejantes; perigosos. — Diga-me o que estou deixando de entender.

— Adam — Sacudo a cabeça.

Ele encontra meus olhos. Faz que sim com a cabeça. Volta-se para Warner.

— Faça a ligação — diz ele, apertando seu pescoço um pouco mais firme. — Tire-nos daqui agora.

— Só o meu cadáver permitiria que ela saísse por aquela porta. — Warner cospe sangue no chão. — Você, eu mataria por prazer — diz para Adam. — Mas Juliette é a única que quero para sempre.

— Eu não sou seu querer. — Respiro com dificuldade. Estou ansiosa por sair daqui. Estou com raiva por ele não parar de falar, porém, por mais que eu adorasse quebrar sua cara, ele não nos seria útil inconsciente.

— Você poderia me amar, você sabe. — Ele sorri estranhamente. — Ninguém poderia nos deter. Mudaríamos o mundo. Eu poderia fazê-la feliz — diz ele para mim.

Adam parece que pode quebrar o pescoço de Warner. Seu rosto está tão firme, tão tenso, tão furioso. Nunca o vi assim antes.

— Você não tem nada a oferecer a ela, seu canalha doentio.

Warner fecha os olhos por um segundo, apertando-os.

— Juliette. Não seja apressada. Não tome uma decisão irrefletida. Fique comigo. Serei paciente com você. Darei tempo para que você se ajuste. Vou tomar conta de você...

— Você é louco. — Minhas mãos tremem, mas eu miro a arma novamente para seu rosto. Preciso tirá-lo da minha cabeça. Preciso me lembrar do que ele fez comigo. — Você quer que eu seja um monstro para você...

— Quero que você viva à altura de seu potencial!

— Deixe-me ir — digo calmamente. — Não quero ser sua criatura. Não quero ferir pessoas.

— O mundo já feriu você — rebate ele. — O mundo colocou você aqui. Você está aqui por causa deles! Acha que indo embora eles vão aceitar você? Acha que pode fugir e viver uma vida normal? Ninguém vai se importar com você. Ninguém chegará perto de você... você será uma excluída como sempre foi! Nada mudou! Você pertence a mim!

— Ela pertence a mim. — A voz de Adam poderia atravessar o aço.

Warner recua. Pela primeira vez ele parece estar entendendo o que achei que era óbvio. Seus olhos estão arregalados, chocados, incrédulos, fitando-me com um novo tipo de angústia.

— Não. — Um riso curto, enlouquecido. — Juliette. Por favor. Por favor. Não me diga que ele encheu sua cabeça com ideias românticas. Por favor, não me diga que você cedeu às suas falsas declarações...

Adam joga o joelho na coluna de Warner. Ele cai no chão com um estrondo abafado e uma tomada de fôlego acentuada. Adam dominou-o por completo. Sinto como se devesse aplaudir.

Mas estou ansiosa demais. Estou suspensa demais na descrença. Estou insegura demais para estar confiante nas minhas próprias decisões. Preciso me recompor.

— Adam...

— Eu te amo — diz ele para mim, seus olhos exatamente tão sinceros quanto me lembro deles, suas palavras exatamente tão urgentes quanto deveriam ser. — Não deixe ele confundir você...

— Você a ama? — Warner praticamente cospe. — Você nem sequer...

— Adam. — O quarto entra e sai de foco. Estou encarando a janela. Olho novamente para ele.

Ele fica perplexo.

— Você quer pular?

Faço que sim com a cabeça.

— Mas estamos no 15º andar...

— Que escolha temos se ele não coopera? — Olho para Warner. Inclino a cabeça. — Não há "código sete", não é?

Os lábios de Warner se contorcem. Ele não diz nada.

— Por que você fez isso? — pergunto a ele. — Por que você acionou um alarme falso?

— Por que você não pergunta ao soldado por quem se afeiçoou tão de repente? — diz Warner rispidamente, indignado. — Por que você não pergunta a si mesma por que está confiando sua vida a alguém que não consegue sequer distinguir entre uma ameaça real e uma ameaça ilusória?

Adam pragueja em um sussurro.

Nossos olhares se cruzam e ele me joga sua arma.

Ele sacode a cabeça. Pragueja novamente. Abre e fechas as mãos.

— Era só um treino.

Warner agora ri de verdade.

Adam olha para a porta, para o relógio, para meu rosto.

— Não temos muito tempo.

Estou segurando a arma de Warner na mão esquerda e a arma de Adam na direita e apontando as duas para a testa de Warner, fazendo o possível para ignorar os olhos com que ele está me perfurando. Adam usa sua mão desocupada para vasculhar seu bolso em busca de algo. Ele retira um par de cordões de plástico com fecho e chuta Warner nas costas pouco antes de atar seus braços e pernas. As botas e as luvas de Warner estão inutilizadas no chão. Adam mantém um bota pressionada em seu estômago.

— Um milhão de alarmes vão disparar no minuto em que pularmos por aquela janela — diz ele para mim. — Teremos de correr, de tal modo que não podemos arriscar quebrar as pernas. Não podemos pular.

— Então o que fazemos?

Ele passa a mão pelo cabelo e morde o lábio inferior e, por um momento delirante, tudo o que quero fazer é prová-lo. Obrigo-me a voltar para o foco da situação.

— Eu tenho uma corda — diz ele. — Teremos de descer por ela. E rápido.

Ele começa a trabalhar tirando um rolo de cordas preso a um pequeno gancho em forma de garra. Perguntei-lhe um milhão de vezes por que raios ele precisaria disso, por que ele colocaria isso em sua mochila de fuga. Ele me disse que corda nunca é demais para uma pessoa. Agora, quase quero rir.

Ele se vira para mim.

— Vou descer primeiro, de modo que possa pegá-la do outro lado...

Warner ri alto, muito alto.

— Você não pode pegá-la, seu idiota. — Ele se contorce em suas algemas de plástico. — Ela não está usando quase nada. Ele vai se matar e matá-la na queda!

Meus olhos se lançam a Warner e a Adam. Não tenho tempo para cogitar as charadas de Warner nem mais um minuto. Tomo uma decisão rápida.

— Vai. Estarei logo atrás de você.

Warner parece louco, confuso.

— O que você está fazendo?

Eu o ignoro.

— Espere...

Eu o ignoro.

— Juliette.

Eu o ignoro.

— Juliette! — Sua voz é mais tensa, mais alta, atada com raiva e terror e recusa e traição. A compreensão é uma nova peça em sua mente confusa.

— Ele pode tocar você?

Adam está enrolando a mão com o lençol.

— Maldição, Juliette, me responda! — Warner está se retorcendo no chão, louco de um modo que nunca pensei ser possível. Ele parece desordenado, seus olhos, incrédulos, horrorizados. — Ele tocou você?

Não consigo entender por que as paredes repentinamente estão no teto. Tudo está cambaleando para o lado.

— Juliette...

Adam quebra o vidro com uma pancada rápida, um soco firme, e num instante a sala inteira está ressoando o som da histeria como nenhum alarme que jamais escutei. O quarto está retumbando debaixo de meus pés, passos estão trovejando pelos corredores, e eu sei que estamos a cerca de um minuto de ser descobertos.

Adam joga a corda pela janela e atira seu fardo sobre as costas.

— Jogue sua mochila para mim! — grita ele e eu mal posso escutá-lo. Atiro minha mochila e ele a pega logo antes de escorregar pela janela. Corro para me juntar a ele.

Warner tenta agarrar minha perna.

Sua tentativa frustrada quase me derruba, mas eu consigo cambalear até a janela sem perder muito tempo. Olho para a porta atrás de mim e sinto meu coração disparar pelos meus ossos. O som dos soldados correndo e gritando está ficando mais ruidoso, mais próximo, mais claro a cada segundo.

— Corra! — Adam está me chamando.

— Juliette, por favor...

Warner tenta pegar minha perna novamente e meu sobressalto é tão ruidoso que quase o escuto através das sirenes que rompem meus tímpanos. ~~Não vou olhar para ele. Não vou olhar para ele. Não vou olhar para ele.~~

Passo uma perna pela janela e agarro-me à corda. Minhas pernas nuas vão fazer disso uma experiência dolorosa. Ambas as pernas atravessam a janela. Minhas mãos estão no lugar. Adam está me chamando lá de baixo, e eu não sei quão longe ele está. Warner está gritando meu nome e eu levanto os olhos, apesar de meus melhores esforços.

Seus olhos são dois disparos de verde atravessando a vidraça. Penetrando em mim.

Respiro fundo e espero que eu não morra.

Respiro fundo e desço lentamente a corda.

Respiro fundo e espero que Warner não perceba o que acabou de acontecer.

Espero que ele não saiba que ele acabou de tocar minha perna.

E nada aconteceu.

28

Estou queimando.

O atrito da corda está tornando minhas pernas uma massa de fogo tão dolorosa que estou surpresa por não haver fumaça. Contenho a dor porque não tenho escolha. A histeria em massa do edifício intimida meus sentidos, chovendo perigo ao nosso redor. Adam está gritando para mim lá de baixo, dizendo-me para pular, prometendo que vai me pegar. Estou tão envergonhada de admitir que estou com medo da queda.

Nunca tenho uma chance de tomar minhas decisões.

Os soldados já estão confluindo para o que costumava ser meu quarto, aos berros e aturdidos, provavelmente chocados por encontrar Warner em posição tão frágil. Foi realmente fácil demais dominá-lo. Isso me preocupa.

Isso me faz achar que fizemos algo errado.

Alguns soldados enfiam a cabeça para fora da janela estilhaçada e eu estou louca para descer a corda, mas eles já estão se movendo para soltar o gancho que a prende. Preparo-me para a sensação nauseante de queda livre apenas para perceber que eles não estão tentando fazer que eu caia. Eles estão tentando me içar de volta para dentro.

Warner deve estar lhes dizendo o que fazer.

Olho para Adam abaixo e finalmente cedo a seus gritos. Fecho os olhos e largo a corda.

E caio exatamente em seus braços abertos.

Desmoronamos no chão, mas só por um momento ficamos sem fôlego. Adam agarra minha mão e então estamos correndo.

Não há nada senão espaço estéril e vazio estendendo-se à nossa frente. Asfalto quebrado, pavimentação irregular, estradas de terra, árvores nuas, plantas agonizantes, uma cidade amarelecida, abandonada aos elementos, imersa em folhas mortas que esmigalham sob nossos pés. Os aglomerados civis são pequenos e baixos, agrupados sem nenhuma ordem particular, e Adam faz questão de ficar o mais longe possível deles. Os alto-falantes já estão operando contra nós. O som de uma voz jovem e feminina, harmoniosamente mecânica, abafa as sirenes.

"Toque de recolher em vigor. Todos retornem imediatamente a suas casas. Há rebeldes à solta. Eles estão armados e prontos para atirar. Toque de recolher em vigor. Todos retornem imediatamente a suas casas. Há rebeldes à solta. Eles estão armados e prontos para at..."

Meu corpo está com cãibras, minha pele está tensa, minha garganta, seca, desesperada por água. Não sei o quanto corremos. Tudo o que sei é sobre o som de botas esmagando a calçada, de pneus "cantando" ao sair de depósitos subterrâneos, de alarmes gemendo ao nosso encalço.

Olho para trás para ver as pessoas gritando e correndo em busca de proteção, esquivando-se dos soldados que correm por suas casas, arrombando as portas para ver se encontramos refúgio em algum lugar. Adam me afasta da civilização e se dirige rumo às ruas há uma década abandonadas: lojas e restaurantes antigos, ruas laterais estreitas e parques infantis abandonados. O solo não regulamentado de nossas vidas passadas tornou-se, terminantemente, zona fora dos limites. É território proibido. Tudo fechado. Tudo quebrado, enferrujado, sem vida. Ninguém tem permissão para atravessar aqui. Nem mesmo os soldados.

E estamos carregando armas por estas ruas, tentando permanecer fora de vista.

O Sol está deslizando pelo céu e descendo rumo ao limite da Terra. A noite chegará rapidamente, e eu não faço ideia de onde estamos. Nunca esperei que acontecesse tão depressa e nunca esperei que tudo isso acontecesse no mesmo dia. Apenas tenho de ter esperança de sobreviver, mas não faço a menor ideia de para onde podemos ir. Nunca me ocorreu perguntar a Adam sobre nosso destino.

Estamos andando em um milhão de direções. Virando bruscamente, avançando alguns passos apenas para seguir novamente pelo caminho oposto.

Minha melhor hipótese é a de que Adam está tentando confundir ou distrair nossos seguidores o máximo possível. Não posso fazer nada senão tentar não ficar para trás.

E eu falho.

Adam é um soldado treinado. Ele foi treinado exatamente para esse tipo de situação. Ele entende de como fugir, de como manter-se discreto, de como mover-se silenciosamente em qualquer espaço. Eu, por outro lado, sou uma garota que não sabe há muito tempo o que são exercícios. Meus pulmões estão ardendo pelo esforço de inalar oxigênio, ofegando pelo esforço de exalar dióxido de carbono.

De repente estou arfando tão desesperadamente que Adam é obrigado a me puxar até uma rua lateral. Ele está respirando com um pouco mais de dificuldade do que o habitual, mas eu estou sem ar de uma maneira integral, sufocando-me com a fraqueza de meu corpo fraco.

Adam toma meu rosto em suas mãos e tenta focar meus olhos.

— Quero que você respire como eu, está bem?

Ofego um pouco mais.

— Concentre-se, Juliette. — Seus olhos estão muito determinados. Infinitamente pacientes. Ele parece não ter medo, e eu invejo sua tranquilidade.

— Acalme seu coração — diz ele. — Respire exatamente como eu.

Ele toma três fôlegos curtos, segura-os por alguns segundos e libera-os em uma única exalação. Tento imitá-lo. Não tenho muito sucesso nisso.

— OK. Quero que você continue respirando como... — Ele para. Seus olhos se lançam ao redor da rua abandonada durante uma fração de segundo. Sei que temos de nos mexer.

Tiros rompem a atmosfera. Nunca percebera exatamente quão ruidosos eles são ou exatamente quantos ossos esse barulho me fratura. Um calafrio penetra meu sangue e eu sei, de imediato, que eles não estão tentando me matar. Eles estão tentando matar Adam.

Fico asfixiada por uma nova espécie de ansiedade. Não posso deixar que eles o machuquem.

Não por mim.

Mas Adam não tem tempo para que eu tome fôlego e recobre o raciocínio. Ele me toma nos braços e sai correndo em disparada por outro beco.

E nós estamos correndo.

E eu estou respirando.

E ele grita:

— Envolva seus braços no meu pescoço! — e eu largo sua camiseta e sou estúpida o bastante para me sentir tímida enquanto deslizo meus braços em torno dele. Ele me ajeita de tal modo que estou mais alta, mais próxima a seu peito. Ele me carrega como se eu pesasse menos que nada.

Fecho os olhos e aperto meu rosto contra seu pescoço.

Os tiros estão em algum lugar atrás de nós, mas até posso dizer, a partir do som, que eles estão muito longe e longe demais na direção errada. Parece que os enganamos momentaneamente. Seus carros não conseguem nos encontrar, pois Adam evitou todas as ruas principais. Ele parecer ter um mapa da cidade. Ele parece saber exatamente o que está fazendo... como se estivesse planejando isso há muito tempo.

Depois de inalar exatamente 594 vezes, Adam me coloca em pé no chão em frente de um trecho com cerca de tela de arame. Percebo que ele está fazendo um grande esforço para inalar oxigênio, mas ele não está ofegante como eu. Ele sabe como regular sua respiração. Ele sabe como firmar a pulsação, acalmar o coração, manter o controle de seus órgãos. Ele sabe como sobreviver. Espero que ele também me ensine.

— Juliette — diz ele depois de um momento esbaforido. — Você consegue pular esta cerca?

Estou tão ávida por ser mais que um agregado inútil que quase corro e salto a barreira de metal. Mas sou imprudente. E apressada demais. Praticamente rasgo meu vestido e arranho minhas pernas no processo. Faço cara de dor e, já quando reabro os olhos, Adam está de pé ao meu lado.

Ele olha para minhas pernas e suspira. Ele quase ri. Me pergunto com que devo estar parecendo, surrada e descomposta neste vestido rasgado. A fenda que Warner criou agora para no osso do quadril. Devo estar parecendo um animal desvairado.

Adam não parece se importar.

Ele também reduziu a velocidade. Estamos agora em ligeira caminhada, não mais correndo pelas ruas. Entendo que devemos estar mais próximos de alguma aparente segurança, mas não sei se devo fazer perguntas agora, ou guardá-las para mais tarde. Adam responde a meus pensamentos silenciosos.

— Eles não serão capazes de me rastrear aqui — diz ele, e ocorre-me que todos os soldados devem ter em si algum tipo de dispositivo de rastreamento. Pergunto-me por que nunca tive um.

Não deveria ser tão fácil escapar.

— Nossos rastreadores não são evidentes — explica ele. Viramos à esquerda em outro beco. O Sol está imergindo no horizonte. Gostaria de saber onde estamos. Quão longe devemos estar dos assentamentos restabelecidos, uma vez que não há pessoas aqui.

— É um soro especial injetado em nossa corrente sanguínea — continua ele — e é projetado para funcionar por meio dos processos naturais de nosso corpo. Saberiam, por exemplo, se eu morresse. É um excelente modo de manter o controle dos soldados perdidos em combate. — Ele me olha de canto de olho. Ele sorri um sorriso torto que tenho vontade de beijar.

— Então como você confundiu o rastreador?

Seu sorriso fica maior. Ele me envolve em seus braços.

— Este lugar em que estamos pisando? Foi usado para uma usina de energia nuclear. Um dia a coisa toda explodiu.

Meus olhos estão tão grandes quanto meu rosto.

— Quando isso aconteceu?

— Cerca de cinco anos atrás. Eles limparam muito rápido. Ocultaram o fato da mídia, da população. Ninguém realmente sabe o que aconteceu aqui. Mas a radiação é suficiente para matar. — Ele interrompe. — Já matou.

Ele para de andar. — Já passei por esta área um milhão de vezes, e não fui afetado por ela. Warner costumava me mandar aqui para coletar amostras de solo. Ele queria estudar os efeitos. — Ele passa uma mão pelos cabelos. — Acho que ele tinha esperanças de manipular a toxicidade em algum tipo de veneno.

— A primeira vez em que vim aqui, Warner pensou que eu tinha morrido. O rastreador é conectado a todos os nossos principais sistemas de processamento... um alerta dispara sempre que um soldado está perdido. Ele sabia que havia um risco em me enviar aqui, então não acho que ele ficou muito surpreso ao escutar que eu tinha morrido. Ele ficou mais surpreso em me ver retornar. — Ele encolhe os ombros como se sua morte tivesse sido um detalhe insignificante. — Tem alguma coisa com relação às substâncias químicas daqui que neutralizam a composição molecular do rastreador. Então, em suma... todo mundo agora pensa que estou morto.

— Warner não pode suspeitar de que você esteja aqui?

— Talvez. — Ele encara com os olhos semicerrados a luz desvanecente do Sol. Nossas sombras são compridas e imóveis. — Ou poderia ter sido baleado. Em qualquer caso, isso nos dará tempo.

Ele pega minha mão e sorri para mim antes de algo acudir-me à consciência.

— E quanto a mim? — pergunto. — Esta radiação não pode me matar? — Espero não soar tão nervosa quanto me sinto. Nunca quis tanto estar viva. Não quero perder tudo tão cedo.

— Ah... não. — Ele sacode a cabeça. — Desculpe, esqueci de lhe contar... uma das razões por que Warner quis que eu coletasse estas amostras? É porque você também é imune a ela. Ele estava estudando você. Ele disse que encontrou a informação em seus registros hospitalares. Que você tinha sido testada...

— Mas ninguém nunca...

— ... provavelmente sem o seu conhecimento, e apesar do teste positivo para a radiação, você estava perfeita, biologicamente. Não havia basicamente nada de errado com você.

"Basicamente nada de errado com você."

A observação é tão flagrantemente falsa que eu começo a rir de verdade. Tento conter minha incredulidade.

— Não há nada de errado comigo? Você está brincando, certo?

Adam me encara por tanto tempo que começo a corar. Ele inclina meu queixo para cima de tal modo que encontro seus olhos. Azuis azuis azuis perfurando-me. Sua voz é profunda, firme.

— Acho que nunca escutei você rir.

Ele é preciso de modo tão excruciante que eu não sei como responder exceto com a verdade. Meu sorriso se comprime em uma linha reta.

— O riso vem da vida. — Encolho os ombros, tento soar indiferente. — Realmente nunca estive viva antes.

Seus olhos não hesitaram em seu foco. Ele está me segurando na posição com a força de uma atração poderosa que vem de dentro dele. Quase posso sentir seu coração batendo contra minha pele. Quase posso sentir seus lábios respirando contra meus pulmões. Quase posso sentir seu gosto em minha língua.

Ele respira pouco firme e me puxa para perto. Beija-me no alto da cabeça.

— Vamos para casa — sussurra.

29

Casa.

"Casa."

O que isso significa?

Separo os lábios para fazer a pergunta e seu sorriso furtivo é a única resposta que recebo. Estou constrangida e excitada e ansiosa e ávida. Meu estômago está repleto de tambores que batem em sincronia pelo meu coração. Estou praticamente zunindo em decorrência de nervos elétricos.

Cada passo é um passo longe do manicômio, longe de Warner, longe da futilidade da existência que sempre conheci. Cada passo é um passo que dou porque eu quero. Pela primeira vez na minha vida, avanço porque eu quero, porque sinto esperança e amor e a euforia da beleza, porque eu quero saber o que é viver. Poderia saltar para pegar uma brisa e viver para sempre nos caminhos traçados pelo vento.

Sinto-me como se tivesse ganhado asas.

Adam me conduz a um galpão abandonado às margens deste campo selvagem, coberto por vegetação inútil e tentáculos de arbustos desordenados, ásperos e hediondos, provavelmente venenosos. Fico me perguntando se este é o lugar onde Adam pretendia que ficássemos. Entro pelo espaço escuro e aperto os olhos. Um esboço chega-me ao foco.

Há um carro aqui dentro.

Pisco.

Não apenas um carro. Um tanque.

Adam quase não consegue controlar o próprio entusiasmo. Ele olha para o meu rosto esperando uma reação e parece satisfeito com meu assombro. Suas palavras despencam.

— Convenci Warner de que tinha conseguido quebrar um dos tanques que eu trouxe até aqui. Essas coisas são projetadas para funcionar à eletricidade... então eu lhe disse que o mecanismo principal fritou em contato com os resquícios químicos. Que ele foi corrompido por alguma coisa na atmosfera. Ele, depois disso, arranjou um carro para mandar me buscar, e disse que devíamos deixar o tanque onde estava. — Ele quase sorri. — Warner estava me mandando aqui contra a vontade do pai, e não queria que ninguém descobrisse que ele tinha quebrado um tanque de 500 mil dólares. O relato oficial diz que ele foi raptado por rebeldes.

— Alguém não poderia ter aparecido e visto o tanque colocado aqui?

Adam abre a porta do passageiro.

— Os civis ficam longe, muito longe deste lugar, e nenhum outro soldado esteve aqui. Ninguém mais quis correr o risco da radiação. — Ele inclina a cabeça. — Essa é uma das razões por que Warner confiava em mim ao seu lado. Ele apreciava o fato de que eu estava disposto a morrer pelo dever.

— Ele nunca pensou que você sairia da linha — murmuro, compreendendo o que ele diz

Adam sacode a cabeça.

— Não. E, depois do que aconteceu com o soro rastreador, ele não tinha razão para duvidar de que coisas malucas pudessem acontecer aqui. Eu desativei o mecanismo elétrico do tanque, só para o caso de que ele quisesse verificar. — Ele acena a cabeça para o veículo monstruoso. — Tive um pressentimento de que isso seria útil um dia. É sempre bom estar preparado.

Preparado. Ele esteve sempre preparado. Para correr. Para escapar.

Fico me perguntando por quê.

— Venha cá — diz ele, sua voz notadamente mais gentil. Ele me estende a mão à luz fraca e eu finjo ser uma feliz coincidência que suas mãos rocem minhas coxas nuas. Finjo não ser incrível a sensação de vê-lo lutando com os rasgos de meu vestido enquanto me ajuda a entrar no tanque. Finjo não poder ver o modo como ele está olhando para mim quando o último raio de Sol se despede no horizonte.

— Preciso cuidar de suas pernas — diz ele, um sussurro contra minha pele, elétrico em meu sangue. Por um momento, sequer entendo o que ele quer dizer. Sequer me importo. Meus pensamentos são tão impraticáveis que me surpreendo. Jamais tivera a liberdade de tocar alguém. Certamente ninguém jamais quisera minhas mãos sobre si. Adam é uma experiência absolutamente nova.

Tocá-lo é tudo em que quero pensar.

— Os cortes não estão tão ruins — continua ele, as pontas de seus dedos correndo pelas minhas panturrilhas. Sorvo a respiração. — Mas teremos de lavá-los, só para garantir. Às vezes é mais seguro ser cortado por uma faca de açougueiro do que ser arranhado por um pedaço qualquer de metal. Você não quer que isso infeccione.

Ele levanta os olhos. Suas mãos estão agora sobre meu joelho.

Estou acenando com a cabeça e não sei por quê. Pergunto-me se estou tremendo externamente tanto quanto estou por dentro. Espero que esteja escuro demais para que ele veja quanto meu rosto está corado, como é embaraçoso o fato de ele não poder tocar meu joelho sem que me deixe louca. Preciso dizer algo.

— Podemos ir, Adam?

— Sim. — Ele respira fundo, para retornar a si mesmo. — Sim. Temos de ir. — Ele espreita através da luz da noite. — Temos algum tempo antes que eles percebam que ainda estou vivo. E temos de usar isso a nosso favor.

— Mas, assim que deixarmos este lugar... o rastreador não vai voltar a funcionar? Eles não vão saber que você não está morto?

— Não. — Ele pula para o lado do motorista e mexe na ignição. Não há chave, apenas um botão. Pergunto-me se ele identifica a impressão digital de Adam como autorização. Uma pequena explosão, e a máquina ronca. — Warner tinha de renovar o meu soro rastreador toda vez que eu chegava. Uma vez destruído? Já era. — Ele sorri. — Então agora podemos realmente dar o fora daqui.

— Mas para onde vamos? — pergunto finalmente.

Ele muda a marcha antes de responder.

— Minha casa.

30

— Você tem uma casa? — Estou chocada demais para boas maneiras.

Adam ri e se afasta do campo. O tanque é surpreendentemente rápido, surpreendentemente ligeiro e discreto. O motor aquietou-se em um zunido apaziguador, e eu me pergunto se é por isso que eles trocaram os tanques a gás pelos elétricos. É certamente menos chamativo desse modo.

— Não exatamente — responde ele. — Mas uma espécie de casa. Sim.

Quero perguntar e não quero perguntar e preciso perguntar e nunca quero perguntar. Tenho de perguntar. Tomo coragem.

— Seu pai...

— Já faz um tempo que ele morreu. — Adam não está mais sorrindo. O aperto em sua voz somente eu saberia reconhecer. Dor. Amargura. Raiva.

— Ah.

Viajamos em silêncio, cada um absorvido em seus pensamentos. Não me atrevo a perguntar o que veio a ser de sua mãe. Apenas me pergunto como ele se saiu tão bem apesar de ter um pai tão desprezível. E me pergunto por que ele entrou para o exército se ele o odeia tanto. Neste momento, sinto-me tímida demais para perguntar. Não quero ultrapassar suas fronteiras emocionais.

Deus sabe que eu mesma tenho um milhão delas.

Espio para fora da janela e estico os olhos para ver pelo que estamos passando, mas não consigo discernir muito mais que as tristes extensões de terra deserta com que cresci acostumada. Não há civis onde estamos: estamos muito longe dos assentamentos restabelecidos e dos aglomerados civis. Reparo em outro tanque patrulhando a área a 30 metros de distância, mas não acho que ele nos veja. Adam está dirigindo sem faróis, presumidamente para atrair menos atenção possível para nós. Pergunto-me como ele é capaz de pilotar. A Lua é a única lâmpada a iluminar nosso caminho.

Está misteriosamente silencioso.

Por um momento permito que meus pensamentos sejam levados de volta para Warner, perguntando-me o que deve estar acontecendo neste momento, perguntando-me quantas pessoas devem estar procurando por mim, perguntando-me até onde ele irá para ter-me de volta. Ele quer Adam morto. Ele me quer viva. Ele não vai parar até que eu esteja presa ao lado dele.

Ele nunca nunca nunca pode saber que eu posso tocá-lo.

Só posso imaginar o que ele faria se tivesse acesso a meu corpo.

Tomo um só fôlego, rápido e vacilante, e considero dizer a Adam o que aconteceu. Não. Não. Não. Não. Fecho os olhos e avalio que posso ter julgado mal a situação. Ela foi caótica. Meu cérebro estava perturbado. Talvez eu tenha imaginado isso. Sim.

"Talvez eu tenha imaginado isso."

É estranho o bastante que Adam possa me tocar. A probabilidade de haver duas pessoas neste mundo que sejam imunes ao meu toque não me parece possível. Na realidade, quanto mais penso nisso, mais fico determinada de que devo ter cometido um erro. Qualquer coisa poderia ter tocado minha pele. Talvez um pedaço do lençol que Adam abandonou depois de usá-lo para esmurrar a janela. Talvez um travesseiro que caíra da cama. Talvez as luvas de Warner caídas no chão. Sim.

Não havia como ele ter me tocado, porque, se o tivesse, ele teria gritado de agonia.

Assim como todos os outros.

As mãos de Adam escorregam silenciosamente até as minhas e eu agarro seus dedos com as duas mãos, subitamente desesperada para confirmar a mim mesma que ele é imune a mim. Fico ansiosa por beber cada gota de seu ser, por saborear cada momento que nunca conheci antes. Subitamente me preocupo de que haja uma data para este fenômeno expirar. Um relógio batendo à meia-noite. Uma carruagem de abóbora.

A possibilidade de perdê-lo.

A possibilidade de perdê-lo.

A possibilidade de perdê-lo é como 100 anos de solidão que não quero imaginar. Não quero que meus braços sintam falta de seu calor. Seu toque. Seus lábios, Deus, seus lábios, sua boca em meu pescoço, seu corpo envolto ao meu, ligando-me como a afirmar que minha existência na Terra não é em vão.

A compreensão é um pêndulo da dimensão da Lua. Ele não para de bater em mim.

— Juliette?

Engulo a bala em minha garganta.

— Por que você está chorando...? — Sua voz é quase tão gentil quanto sua mão conforme esta se liberta de meu domínio. Ele toca as lágrimas que me escorrem a face e eu me sinto tão humilhada que quase não sei o que dizer.

— Você pode tocar em mim — digo pela primeira vez, reconheço em voz alta pela primeira vez. Minhas palavras desvanecem em um sussurro. — Você pode tocar em mim. Você se importa e eu não sei por quê. Você é bondoso comigo e você não tem que ser. Minha própria mãe não se importava o suficiente para... para... — Minha voz fica presa e eu aperto meus lábios. Colo-os um no outro. Forço-me a ficar tranquila.

Sou uma pedra. Uma estátua. Um movimento congelado no tempo. Gelo não sente absolutamente nada.

Adam não responde, não diz uma única palavra até ele ir para a margem da estrada e entrar em uma antiga garagem subterrânea. Entendo que chegamos a alguma aparente civilização, mas o subsolo é escuro como o breu. Não consigo enxergar nada próximo e mais uma vez admiro a forma como Adam está dirigindo. Meus olhos pousam sobre a tela iluminada em seu painel apenas para me dar conta de que o tanque tem visão noturna. É claro.

Adam desliga o motor. Eu o escuto suspirar. Mal consigo distinguir sua silhueta antes de sentir sua mão na minha coxa, sua outra mão subindo meu corpo para encontrar meu rosto. O calor se espalha pelos meus membros tal lava derretida. As pontas dos dedos de meus pés e mãos estão formigando e eu tenho de conter o arrepio que faz questão de estremecer meu corpo.

— Juliette — sussurra ele, e eu percebo o quão próximo ele está. Não estou certa do porquê de eu não ter evaporado. — Tem sido sempre eu e você contra o mundo — diz ele. — Sempre foi desse jeito. A culpa é minha por ter levado tanto tempo para fazer algo sobre isso.

— Não. — Sacudo a cabeça. — Não é sua culpa...

— É sim. Eu me apaixonei por você muito tempo atrás. Só não tive a coragem de agir motivado por isso.

— Porque eu poderia ter matado você.

Ele ri tranquilamente.

— Porque eu não achava que merecia você.

Sou um pedaço de assombro forjado em ser.

— O quê?

Ele toca seu nariz no meu. Recosta-se no meu pescoço. Enrola uma porção de meu cabelo em volta dos dedos e eu não consigo não consigo não consigo respirar.

— Você é... demais — sussurra ele.

— Mas minhas mãos...

— Nunca fizeram nada para machucar alguém.

Estou prestes a protestar quando ele se corrige.

— Não de propósito.

Ele se inclina para trás. Mal posso vê-lo esfregar a lateral de seu pescoço.

— Você nunca revidou — diz ele depois de um momento. — Sempre me perguntava por quê. Você nunca gritou ou ficou brava ou tentou dizer qualquer coisa para quem quer que fosse — diz ele, e eu sei que nós dois estamos de volta à terceira quarta quinta sexta sétima oitava nona série mais uma vez. — Mas, caramba, você deve ter lido um milhão de livros. — Sei que ele está sorrindo quando diz isso. Uma pausa. — Você não aborrecia ninguém, mas todos os dias você era um alvo ambulante. Você poderia ter revidado. Você poderia ter ferido todos se quisesse.

— Não quero ferir ninguém. — Minha voz é menos que um sussurro. Não consigo tirar de minha mente a imagem do Adam aos oito anos. Deitado no chão. Arruinado. Abandonado. Chorando em meio à sujeira.

As coisas que as pessoas fazem por poder.

— É por isso que você nunca será o que Warner quer que você seja.

Estou fitando um ponto na escuridão, minha mente torturada por possibilidades.

— Como pode ter certeza?

Seus lábios estão muito próximos aos meus.

— Porque você ainda se preocupa com o mundo.

Sobressalto-me e ele está me beijando, profundo e poderoso e irrefreável. Seus braços envolvem minhas costas, curvando meu corpo até que estou praticamente na posição horizontal e não me importo. Minha cabeça está no assento, seu corpo pairando sobre o meu, suas mãos segurando meus quadris por debaixo de meu vestido surrado e eu sou lambida por um milhão de labaredas de desejo tão desesperado que mal consigo inalar. Ele é um banho quente, uma falta de ar, cinco dias de verão calcados em cinco dedos que escrevem histórias em meu corpo. Sou uma constrangedora confusão de nervos indo de encontro a ele, controlados por uma corrente de eletricidade que flui através de meu íntimo. Sua essência está assaltando meus sentidos.

Seus olhos
Suas mãos
Seu peito
Seus lábios
estão ao meu ouvido quando ele fala.

— Estamos aqui, por sinal. — Ele está respirando com mais dificuldade agora do que quando ele estava correndo por sua vida. Sinto seu coração batendo contra minhas costelas. Suas palavras são um sussurro entrecortado. — A gente talvez devesse ir lá para dentro. É mais seguro. — Mas ele não se move.

Quase não entendo sobre o que ele está falando. Só concordo com a cabeça, balançando-a no pescoço, até que lembro que ele não pode me ver. Tento lembrar como se fala, mas estou concentrada demais nos dedos que ele está descendo por minhas coxas para ser capaz de formular frases. Existe algo na escuridão absoluta, em não ser capaz de ver o que está acontecendo que me deixa embriagada de uma vertigem deliciosa.

— Sim — é tudo o que falo.

Ele ajuda a me sentar novamente, recosta sua testa na minha.

— Desculpa — diz ele. — É tão difícil me segurar. — Sua voz está perigosamente rouca; suas palavras vibram sobre minha pele.

Permito que minhas mãos deslizem sob sua camisa e sinto-o firmar-se, engolir. Traço as linhas perfeitamente esculpidas de seu corpo. Ele não é nada senão músculo, massa magra.

— Você não tem que se segurar — digo a ele.

Seu coração está batendo tão rápido que não consigo distingui-lo do meu. O ar entre nós está em 5.000 graus. Seus dedos estão na curva logo abaixo do osso de meu quadril, provocando o pedacinho de pano que me mantém, até certo ponto, decente.

— Juliette...

— Adam?

Meu pescoço se ergue bruscamente em surpresa. Medo. Ansiedade. Adam para de se mover, congelado na minha frente. Não sei se ele está respirando. Olho em volta, mas não consigo encontrar um rosto para comparar com a voz que chamou por seu nome e começo a entrar em pânico antes que Adam esteja abrindo a porta com força, voando para fora antes que eu escute seu nome de novo.

— Adam... é você?

É um garoto.

— James!

O som abafado de impacto, dois corpos colidindo, duas vozes felizes demais para ser perigosas.

— Não posso acreditar que é mesmo você! Digo, bem, achei que era você porque pensei ter escutado alguma coisa e de início imaginei que não era nada, mas então decidi que talvez devesse verificar só para ter certeza porque se fosse você e... — Ele faz uma pausa. — Espera... o que você está fazendo aqui?

— Estou em casa. — Adam ri um pouco.

— Sério? — James grita. — Está em casa para sempre?

— Sim. — Ele suspira. — Caramba, como é bom ver você.

— Senti sua falta — diz James, de repente tranquilo.

Uma respiração profunda.

— Eu também, garoto. Eu também.

— Ei, então, você já comeu alguma coisa? Benny acabou de entregar meu jantar, e eu poderia dividir um pouco com vo...

— James?

Ele interrompe.

— Sim?

— Tem alguém que quero que você conheça.

Minhas palmas estão suadas. Meu coração está na garganta. Escuto Adam andar de volta até o tanque e não percebo que ele enfiou a cabeça ali dentro até que ele acione um botão. Uma fraca luz de emergência ilumina a cabine.

Pisco algumas vezes e vejo um jovem garoto em pé, a cerca de um metro e meio de distância, cabelos loiros imundos emoldurando um rosto redondo com olhos azuis que parecem bastante familiares. Ele apertou os lábios para se concentrar. Ele está me encarando.

Adam está abrindo minha porta. Ele me ajuda a ficar de pé, mal capaz de controlar o sorriso no rosto e eu fico chocada com o nível de meu próprio nervosismo. Não sei por que estou tão nervosa, mas, Deus, estou nervosa. Este garoto é, sem sombra de dúvidas, importante para Adam. Não sei por que, mas também sinto que este momento é importante. Estou tão preocupada que eu possa estragar tudo. Tento arrumar as pregas rasgadas de meu vestido, tento suavizar as rugas no pano. Passo os dedos ao acaso pelos cabelos. É inútil.

A pobre criança está paralisada.

Adam me conduz adiante. James está um punhado de dedos abaixo da minha altura, mas é óbvio em seu rosto que ele é jovem, imaculado, intocado pelas mais duras realidades do mundo. Quero me deleitar com a beleza de sua inocência.

— James? Esta é Juliette. — Adam olha para mim.

— Juliette, este é meu irmão, James.

31

Seu irmão.

Tento controlar o ataque de nervos. Tento sorrir para o garoto que estuda meu rosto, estuda os patéticos pedaços de pano que pouco cobrem meu corpo. Como não sabia que Adam tinha um irmão? Como poderia nunca ter sabido?

James volta-se para Adam.

— Esta é Juliette?

Estou paralisada. Não me lembro das boas maneiras.

— Você sabe quem eu sou?

James vira-se de novo em minha direção.

— Ah, sim. Adam fala muito de você.

Enrubesço e não consigo evitar de olhar para Adam. Ele está encarando um ponto no chão. Ele limpa a garganta.

— É muito bom conhecer você — consigo dizer.

James inclina a cabeça.

— Então você sempre se veste assim?

Fico com um pouco de vontade de morrer.

— Ei, garoto — interrompe Adam. — Juliette ficará conosco por um tempinho. Por que você não vai dar uma olhada para ver se não deixou nenhuma cueca pelo chão, hein?

James parece amedrontado. Ele se lança à escuridão sem dizer uma palavra.

O silêncio toma tantos segundos que perco a conta. Ouço, a distância, uma espécie de goteira.

Respiro fundo. Mordo o lábio inferior. Tento encontrar as palavras certas. Fracasso.

— Não sabia que você tinha um irmão.

Adam hesita.

— Tudo bem... para você? Vamos todos dividir o mesmo espaço e eu...

Meu estômago embrulha.

— É claro que está tudo bem! Eu só... digo... você tem certeza de que está tudo bem... para ele? Se eu ficar aqui?

— Não tem mais nenhuma cueca — anuncia James, caminhando para a luz. Me pergunto para onde ele desapareceu, onde é a casa. Ele olha para mim. — Então você vai ficar com a gente?

Adam intervém.

— Sim. Ela vai morar com a gente um pouco.

James passa os olhos de mim para Adam, e volta-os para mim. Ele estica a mão.

— Bem, é bom finalmente conhecer você.

Todas as cores fogem de meu rosto. Meu coração está batendo em meus ouvidos. Meus joelhos estão prestes a quebrar. Não consigo parar de encarar esta mãozinha estendida, oferecida a mim.

— James — diz Adam um pouco secamente.

James começa a rir.

— Só estava brincando. — Ele baixa a mão.

— O quê? — Mal consigo respirar. Minha cabeça está girando, confusa.

— Não esquenta — diz James, ainda rindo. — Não vou tocar em você. Adam me contou tudo sobre seus poderes mágicos. Ele revira os olhos.

— Adam... contou... ele... o quê?

— Ei, talvez a gente deva ir para dentro. — Adam limpa a garganta um tanto ruidosamente. — Vou só apanhar bem rápido nossas mochilas... — E ele corre em direção ao tanque. Sou deixada ainda com os olhos fixos em James. Ele não esconde sua curiosidade.

— Quantos anos você tem? — pergunta para mim.

— Dezessete.

Ele concorda com a cabeça.

— Foi o que Adam disse.

Eu me irrito.

— O que mais Adam lhe contou sobre mim?

— Ele disse que você também não tem pais. Ele disse que você é como a gente.

Meu coração é um pedaço de manteiga, derretendo temerariamente em um dia quente de verão. Minha voz se acalma.

— Quantos anos você tem?

— Faço onze anos ano que vem.

Sorrio.

— Então você tem dez anos?

Ele cruza os braços. Fecha a cara.

— Terei doze daqui dois anos.

Acho que já amo este garoto.

A luz da cabine desliga e por um momento estamos imersos na absoluta escuridão. Um suave clique, e um fraco brilho circular ilumina o campo de visão. Adam tem uma lanterna.

— Ei, James? Por que você não vai na frente e nos mostra o caminho?

— Sim, senhor! — Ele derrapa até parar diante dos pés de Adam, faz para nós uma exagerada saudação, e sai correndo de maneira tão veloz que fica impossível segui-lo. Não consigo evitar um sorriso no rosto.

A mão de Adam desliza para dentro da minha enquanto avançamos.

— Você está bem?

Aperto seus dedos.

— Você contou pro seu irmão de dez anos sobre meus poderes mágicos?

Ele ri.

— Contei um monte de coisas para ele.

— Adam?

— Sim?

— Sua casa não é o primeiro lugar em que Warner vai procurar por você? Isso não é perigoso?

— Seria. Mas, de acordo com os registros públicos, eu não tenho uma casa.

— E seu irmão?

— Seria o primeiro alvo de Warner. É mais seguro para ele ficar onde eu possa protegê-lo. Warner sabe que tenho um irmão, ele só não sabe onde. E, até que ele descubra... e ele irá... temos de nos preparar.

— Para lutar?

— Para nos defender. Sim. — Mesmo sob a luz fraca deste espaço estranho eu posso enxergar a determinação que o mantém resoluto. Isso me faz querer cantar.

Fecho os olhos.

— Ótimo.

— O que tanto está segurando vocês? — James grita a distância.

E partimos.

A garagem está localizada sob um prédio comercial velho e abandonado, oculto pelas sombras. A saída de incêndio leva diretamente até o piso principal.

James está tão entusiasmado que vai pulando as escadas, correndo na frente só para, depois de alguns passos, correr de volta e reclamar que não estamos indo rápido o bastante. Adam pega-o por trás e ergue-o do chão. Ele ri.

— Vamos quebrar seu pescoço.

James protesta, mas só para fazer graça. Ele está muito feliz por ter seu irmão de volta.

Uma angústia aguda, nascida de algum tipo de emoção distante, me aperta no coração. É uma dor tão doce e amarga que não consigo reconhecer. Sinto-me estranhamente aquecida e paralisada ao mesmo tempo.

Adam digita uma senha no teclado ao lado de uma porta de aço maciço. Há um clique suave, um breve bipe e ele vira a alavanca.

Fico impressionada com o que vejo.

32

É uma sala de estar completa, aberta e luxuosa. Um tapete grosso, cadeiras macias, um sofá vai de uma ponta à outra da parede. Lâmpadas quentes, em tons verde, amarelo e laranja, clareiam suavemente o amplo espaço. A sensação de lar é mais forte do que qualquer coisa que já vi. As lembranças frias e solitárias da minha infância sequer se comparam. Sinto-me tão segura que repentinamente isso me assusta.

— Gosta? — Adam está sorrindo para mim, sem dúvida satisfeito com o aspecto de meu rosto.

— Amo — digo em voz alta para afugentar a incerteza.

— Adam que fez — diz James, orgulhoso, estufando o peito um pouco mais que o necessário. — Ele fez para mim.

— Eu não fiz isso — protesta Adam, rindo. — Só dei... uma ajeitada.

— Você mora aqui sozinho? — pergunto a James.

Ele enfia as mãos nos bolsos e faz que sim com a cabeça.

— Benny fica bastante comigo, mas na maior parte do tempo fico sozinho aqui. Mas tenho sorte.

Adam está colocando nossas mochilas sobre o sofá. Ele passa a mão pelos cabelos e eu observo enquanto os músculos de suas costas se flexionam, tensos, em esforço conjunto. Observo enquanto ele exala a tensão de seu corpo. Eu sei por que, mas mesmo assim pergunto.

— Por que você tem sorte?

— Porque eu tenho um hóspede. Nenhuma das outras crianças tem hóspedes.

— Há outras crianças aqui? — Espero não aparentar tanto medo quanto sinto.

James está balançando a cabeça tão rápido que ela está tremendo sobre o pescoço.

— Ah, sim. Esta rua toda. Todas as crianças estão aqui. Mas sou o único com o próprio quarto. — Ele faz gestos ao redor do espaço. — Isso é tudo meu porque Adam comprou para mim. Mas todo mundo tem que dividir. Temos mais ou menos uma escola. E Benny me traz pacotes de comida. Adam diz que eu posso brincar com as outras crianças, mas não posso trazê-las para dentro. — Ele encolhe os ombros. — Está tudo bem.

A realidade do que ele está dizendo se espalha como veneno na boca de meu estômago.

"Uma rua dedicada a crianças órfãs."

Me pergunto como seus pais morreram, mas não por muito tempo.

Faço o inventário da sala e reparo em uma geladeira pequena e um micro-ondas pequeno colocado em cima, ambos encostados a um canto, vejo alguns armários colocados ao lado para despensa. Adam trouxe o máximo de produtos que conseguiu... todos os tipos de comida enlatada e itens não perecíveis. Nós dois trouxemos nossos produtos de higiene pessoal e vários conjuntos de roupas. Fizemos as malas para sobreviver por algum tempo.

James retira um pacote de papel-alumínio da geladeira e o enfia no micro-ondas.

— Espere... James... não... — Tento impedi-lo.

Seus olhos estão arregalados, congelados.

— O quê?

— O papel-alumínio... você não pode... você não pode colocar metal no micro-ondas...

— O que é um micro-ondas?

Pisco tantas vezes que a sala gira.

— O quê...?

Ele tira a tampa do recipiente de papel-alumínio para revelar um pequeno quadrado. Ele parece um caldo de carne. Ele aponta para o cubo e então acena com a cabeça para o micro-ondas.

— Está tudo bem. Sempre o coloco no Automático. Nada acontece.

— Ele pega a composição molecular da comida e a multiplica. — Adam está de pé ao meu lado. — Não acrescenta nenhum valor nutricional, mas faz você se sentir mais saciado, por mais tempo.

— E é barata! — diz James, sorrindo enquanto enfia a comida de volta ao aparelho.

Causa-me espanto ver como tudo mudou. As pessoas ficaram tão desesperadas que estão falsificando comida.

Tenho tantas perguntas que estou sujeita a explodir. Adam aperta meu ombro, delicadamente. Ele sussurra:

— Conversaremos mais tarde, prometo. — Mas eu sou uma enciclopédia com muitas páginas em branco.

James adormece com a cabeça no colo de Adam.

Ele não parou de falar desde que terminou sua comida, contando-me tudo sobre sua escola "mais ou menos", e seus "mais ou menos amigos", e Benny, a senhora idosa que cuida dele porque "eu acho que ela gosta mais de Adam do que de mim, mas ela me dá açúcar então está tudo bem". Todos têm toque de recolher. Ninguém, exceto soldados, tem permissão para ficar do lado de fora depois do pôr do sol, cada soldado é armado e instruído a disparar a seu critério.

— Algumas pessoas pegam mais comida e produtos que outras — disse James, mas isso porque as pessoas são classificadas de acordo com o que elas podem fornecer para O Restabelecimento, e não porque elas são seres humanos com o direito a não morrer de fome.

Meu coração partiu-se um pouco mais a cada informação que ele compartilhou comigo.

— Você não liga que eu fale muito, né? — Ele mordeu o lábio inferior e me estudou.

— De modo algum eu ligo.

— Todo mundo diz que eu falo demais. — Ele encolhe os ombros. — Mas o que eu devo fazer quando tenho tanto a dizer?

— Ei... falando nisso... — interrompe Adam. — Você não pode contar para ninguém que estamos aqui, está bem?

A boca de James parou no lugar. Ele piscou algumas vezes. Ele olhou severamente para seu irmão.

— Nem pra Benny?

— Ninguém — disse Adam.

Por um momento infinitesimal eu vi algo que parecia um lampejo de dolorosa compreensão em seus olhos. Um garoto de dez anos em quem se pode confiar, totalmente. Ele assentiu com a cabeça várias vezes.

— Beleza. Vocês nunca estiveram aqui.

Adam tira da testa de James fios rebeldes de cabelo. Ele está olhando para o rosto adormecido de seu irmão como se tentasse memorizar cada pincelada de uma pintura a óleo. Estou fitando Adam fitando James.

Pergunto-me se ele sabe que ele está segurando meu coração em sua mão. Respiro, trêmula.

Adam levanta os olhos e eu baixo os olhos e ambos estamos constrangidos por diferentes razões.

Ele sussurra:

— Devia botá-lo na cama — mas não faz esforço para se mover. James está profunda profunda profundamente adormecido.

— Quando foi a última vez que você o viu? — pergunto, com cuidado para manter meu tom de voz baixo.

— Há cerca de seis meses. — Uma pausa. — Mas falei muito com ele por telefone. — Sorri um pouco. — Contei a ele muito sobre você.

Ruborizo. Conto meus dedos para me certificar de que eles estão todos ali.

— Warner não monitorava suas ligações?

— Sim. Mas Benny tem uma linha que não pode ser rastreada, e eu sempre fui cauteloso para restringi-la apenas a relatórios oficiais. Em todo caso, James sabe sobre você há muito tempo.

— Sério...? — Odeio precisar saber, mas mal consigo conter-me. Estou inquieta.

Ele levanta os olhos, desvia o olhar. Ele cruza com meus olhos. Suspira.

— Juliette, estive procurando por você desde o dia em que partiu.

Meu queixo cai em meu colo.

— Fiquei preocupado com você — diz ele calmamente. — Não sabia o que eles iam fazer com você.

— Como? — engasgo, engulo, tropeço nas palavras. — Como poderia se importar?

Ele recosta no sofá. Passa a mão livre pelo rosto. Estações mudam. Estrelas explodem. Alguém está caminhando sobre a Lua.

— Sabia que ainda me lembro do primeiro dia em que você apareceu na escola? — Sua risada é afável, triste. — Talvez eu fosse muito jovem, e talvez eu não soubesse muito do mundo, mas havia alguma coisa em você pela qual fui imediatamente atraído. Era como se só quisesse ficar perto de você... como se você tivesse essa... essa bondade... que eu nunca encontrei na vida. Essa doçura que nunca encontrei em casa. Só queria ouvir você falar. Queria que você me visse, sorrisse para mim. Todo santo dia eu me prometia que falaria com você. Eu queria conhecer você. Mas dia a dia eu era um covarde. E um dia você simplesmente desapareceu.

— Tinha escutado os rumores, mas sabia mais. Sabia que você nunca faria mal a ninguém. — Ele baixa os olhos. A Terra racha e eu estou caindo dentro da fissura. — Parece loucura — diz ele. — Pensar que me importei tanto sem nunca falar com você. — Ele hesita. — Mas eu não conseguia parar de pensar em você. Não conseguia parar de me perguntar para onde você tinha ido. O que aconteceria com você. Tive medo que você nunca se defendesse.

Ele fica em silêncio por tanto tempo que quero morder minha língua.

— Eu tinha de encontrá-la — sussurra ele. — Perguntei por toda parte e ninguém tinha respostas. O mundo continuava desmoronando. As coisas pioravam e eu não sabia o que fazer. Eu tinha de cuidar de James e tinha de encontrar um meio de vida e eu não sabia se ingressar no exército ajudaria, mas nunca me esqueci de você. Sempre tive esperanças — ele hesita — de que um dia voltaria a vê-la.

Fiquei sem palavras. Meus bolsos estão cheios de letras e eu não consigo concatenar e eu estou tão desesperada por dizer alguma coisa que nada digo e meu coração está a ponto de explodir no meu peito.

— Juliette...?

— Você me encontrou. — Seis sílabas. Um sussurro de admiração.

— Você está... triste?

Levanto os olhos e pela primeira vez percebo que ele está nervoso. Angustiado. Incerto de como reagirei a essa revelação. Não sei se devo rir ou gritar ou beijar cada centímetro de seu corpo. Quero adormecer ao som de seu coração batendo na atmosfera. Quero saber que ele está vivo e bem, inspirando e expirando, forte e lúcido e saudável.

— Você é o único que sempre se importou. — Meus olhos se enchem de lágrimas e eu pisco para contê-las e sinto o fogo na garganta e tudo tudo tudo dói. O peso do dia inteiro estatela em mim, ameaça quebrar meus ossos. Quero chorar de felicidade, de agonia, de alegria e pela falta de justiça. Quero apalpar o coração da única pessoa que sempre se importou.

— Eu te amo — sussurro. — Muito mais do que você jamais saberá.

Seus olhos são um instante de escuridão repleto de memórias, as únicas janelas para o meu mundo. Seu rosto está tenso. Sua boca está tensa. Ele levanta os olhos e tenta limpar a garganta e eu sei que ele precisa de um momento para se recuperar. Digo a ele que talvez fosse bom colocar James na cama. Ele concorda. Aconchega seu irmão ao peito. Levanta-se e carrega James até o quartinho do depósito transformado em quarto.

Observo-o sair com a única família que ele deixou e eu sei por que Adam ingressou no exército.

Eu sei por que ele sofreu por ser bode expiatório de Warner. Eu sei por que ele lidou com a horripilante realidade da guerra, porque ele estava tão desesperado por fugir, tão pronto a fugir o mais breve possível. Por que ele está tão determinado a revidar.

Ele está lutando por muito mais do que por si próprio.

33

— Por que você não dá uma olhada nesses machucados?

Adam está de pé na frente da porta de James, suas mãos enfiadas nos bolsos. Ele está vestindo uma camiseta vermelho-escura que lhe aperta o corpo. Seus braços são habilmente esculpidos, pintados com tatuagens profissionais. Ele me surpreende olhando para elas. Encontro-o do outro lado da sala, toco os desenhos sobre sua pele. Balanço a cabeça.

Ele quase sorri. Sacode a cabeça um milímetro apenas.

— O quê? — Tiro minha mão.

— Nada. — Ele sorri. Desliza os braços ao redor de minha cintura. — Só não consigo acreditar ainda. Você está mesmo aqui. Na minha casa.

O calor sobe-me o pescoço e eu caio de uma escada sobre um pincel mergulhado no vermelho. Elogios não são coisas que eu saiba como processar. Mordo o lábio.

— Onde você conseguiu a tatuagem?

— Estas? — Ele olha novamente para os braços.

— Não. — Estendo a mão para sua camiseta, puxando-a para cima de modo tão desastroso que ele quase perde o equilíbrio. Ele cambaleia para trás e recosta na parede. Levanto o tecido até o colarinho. Resisto ao rubor. Toco seu peito.

— Onde você conseguiu esta?

— Ah. — Ele está olhando para mim, mas de repente sou distraída pela beleza de seu corpo e as calças cargo estão situadas um pouco abaixo demais da cintura. Percebo que ele deve ter tirado o cinto. Forço meus olhos para cima. Permito que meus dedos apalpem-lhe descendo o abdome. Sua respiração é tensa.

— Eu não sei... — diz ele. — Eu só... fiquei sonhando com este pássaro branco. Os pássaros costumavam voar, você sabe.

— Você costumava sonhar com ele?

— Sim. O tempo todo. — Ele sorri um pouco, expira um pouco, a relembrar. — Era bom. Sentia-me bem... esperançoso. Quis me agarrar a essa memória porque não tinha certeza se duraria. Então a tornei permanente.

Cubro a tatuagem com a palma de minha mão.

— Costumo sonhar com este pássaro o tempo todo.

— Este pássaro? — Suas sobrancelhas poderiam tocar o céu.

Faço que sim com a cabeça.

— Exatamente este. — A compreensão toma seu devido lugar. — Até o dia em que você apareceu na cela. A partir de então não sonhei mais. — Olho para ele.

— Você está brincando? — Mas ele sabe que não estou.

Baixo sua camiseta e recosto minha testa em seu peito. Inalo seu perfume. Ele não perde tempo puxando-me para mais perto. Descansa o queixo na minha cabeça, suas mãos nas minhas costas.

E permanecemos assim até que estou velha demais para me lembrar de um mundo sem o seu calor.

Adam limpa meus cortes em um banheiro ao lado. Trata-se de uma salinha com um toalete, um espelho pequeno e um chuveiro minúsculo. Amo tudo isso. Quando saio do banheiro, depois de finalmente me trocar e lavar as mãos e o rosto para dormir, Adam está me esperando no escuro. Há cobertores e travesseiros dispostos no chão e isso parece o paraíso. Estou tão exausta que poderia dormir durante alguns séculos.

Deslizo até o seu lado e ele me encaixa em seus braços. A temperatura neste lugar é bem mais baixa, e Adam é a perfeita fornalha. Enterro meu rosto no seu peito e ele me puxa firme. Meus dedos descem suas costas nuas, sinto os músculos tensos sob meu toque. Pouso minha mão na cintura de suas calças. Engancho meu dedo em um passador do cinto. Experimento o gosto das palavras na minha língua.

— Eu pretendia isso, você sabe.

— Pretendia o quê...? — Embora ele saiba exatamente o que pretendo.

Fico tão tímida assim de repente. Tão cega, tão desnecessariamente atrevida. Não sei nada sobre o assunto em que estou me aventurando. Tudo o que sei é que eu não quero em mim as mãos de mais ninguém senão as dele. Eternamente.

Adam inclina-se para trás e eu posso apenas distinguir o contorno de seu rosto, seus olhos sempre brilhando na escuridão. Olho para seus lábios quando digo:

— Nunca pedi para você parar. — Meus dedos pousam sobre o botão que prende suas calças. — Nenhuma vez.

Ele está me encarando, seu peito subindo e descendo algumas vezes por minuto. Ele parece quase paralisado de tão incrédulo.

Inclino-me ao seu ouvido.

— Toque em mim.

E ele está quase desvanecido.

Meu rosto está em suas mãos e meus lábios estão em seus lábios e ele está me beijando e eu sou oxigênio e ele está morrendo para respirar. Seu corpo está quase em cima do meu, uma mão em meu cabelo, a outra descendo minha silhueta, deslizando para trás de meu joelho para me puxar para mais perto, mais alto, mais firme. Ele derrama beijos por minha garganta como êxtase, energia elétrica queimando em mim, incendiando-me. Estou à beira da combustão causada pela emoção absoluta de cada momento. Quero mergulhar em seu ser, experimentá-lo com todos os cinco sentidos, afogar-me nas ondas de mistério que envolvem minha existência.

Quero provar a paisagem de seu corpo.

Ele toma minhas mãos e pressiona-as contra seu peito, guiando meus dedos conforme estes trilham a extensão de seu corpo antes que seus lábios encontrem os meus de novo e de novo e mais uma vez, embriagando-me em um delírio de que nunca desejei escapar. Mas não é o bastante. Ainda não é o bastante. Quero me fundir nele, traçar a forma de sua figura unicamente com meus lábios. Meu coração está correndo pelo meu sangue, destruindo meu autocontrole, fazendo tudo girar em um ciclone de intensidade. Ele faz uma pausa para tomar ar e eu o puxo de volta, ávida de desejo, desesperada, morrendo por seu toque. Suas mãos deslizam sob minha blusa, contornando minhas curvas, tocando-me como ele nunca antes ousou, e minha blusa está quase sobre minha cabeça quando uma porta se abre rangendo. Nós dois congelamos.

— Adam...?

Ele mal consegue respirar. Ele tenta se abaixar deitando-se em um travesseiro ao meu lado, mas ainda posso sentir seu calor, sua forma, seu coração batendo aos meus ouvidos. Estou reprimindo um milhão de gritos. Adam inclina sua cabeça para cima, apenas um pouco. Tenta parecer normal.

— James?

— Posso vir dormir aqui com vocês?

Adam senta-se ereto. Ele está respirando com dificuldade, mas fica alerta de repente.

— Claro que pode. — Uma pausa. Seu tom de voz diminuiu, amolece. — Teve sonhos ruins?

James não responde.

Adam está de pé.

Escuto o soluço abafado de lágrimas de dez anos de idade, mas mal consigo distinguir o contorno do corpo de Adam abraçando James.

— Achei que você disse que estava melhorando — escuto-o sussurrar, mas suas palavras são afáveis, não acusadoras.

James diz algo que não consigo ouvir.

Adam levanta James, e eu percebo quão pequeno James é em comparação a ele. Eles desaparecem dentro do quarto apenas para retornarem com o colchão e as roupas de cama. Somente quando James está aconchegado em um lugar a alguns centímetros de Adam é que ele finalmente se entrega à exaustão. Sua respiração pesada é o único ruído na sala.

Adam vira-se para mim. Tenho sido uma fatia do silêncio, impressionada, chocada, ferida profundamente por esta lembrança. Não faço ideia do que James testemunhou em tão tenra idade. Não faço ideia do que Adam teve de suportar ao deixá-lo para trás. Não faço mais ideia de como as pessoas vivem. De como elas sobrevivem.

~~Não sei o que aconteceu com meus pais.~~

Adam toca meu rosto. Encaixa-me em seus braços. Diz:

— Lamento — e eu o beijo, como a responder que as desculpas não são necessárias.

— Quando for a hora certa — digo a ele.

Ele engole. Recosta-se em meu pescoço. Aspira. Suas mãos estão sob minha blusa. Sobem minhas costas.

Contenho um suspiro.

— Breve.

34

Adam e eu tentamos manter um metro e meio de distância um do outro na noite passada, mas de algum modo acordei em seus braços. Ele está respirando baixinho, de maneira constante e firme, um zunido quente no ar da manhã. Pisco, olhando para a luz do dia apenas para ser surpreendida por um par de grandes olhos azuis em um rosto de dez anos.

— Como é que você pode tocar nele? — James está em pé por cima de nós, com os braços cruzados, sendo novamente o menino teimoso de que me lembro. Não há sinal de medo, não há indício de lágrimas ameaçando escorrer em seu rosto. É como se a noite passada não tivesse acontecido. — E então? — Sua impaciência me assusta.

Afasto-me de Adam dando um pulo tão rápido que ele, metade superior do corpo descoberta, acorda com o sobressalto. Um pouco.

Ele procura por mim.

— Juliette...?

— Você está tocando uma garota!

Adam senta-se ereto tão rapidamente que ele se complica nos lençóis e cai para trás sobre os cotovelos.

— Jesus, James...

— Você estava dormindo do lado de uma garota!

Adam abre e fecha a boca várias vezes. Ele olha para mim. Olha para seu irmão. Fecha os olhos e por fim suspira. Passa uma mão por seus cabelos da manhã.

— Não sei o que você quer que eu diga.

— Pensei que você tinha dito que ela não podia tocar em ninguém. — James está me encarando agora, desconfiado.

— Ela não pode.

— Exceto em você?

— Isso. Exceto em mim.

~~E Warner.~~

— Ela não pode tocar em ninguém exceto em você.

~~E Warner.~~

— Isso.

— Isso é bem conveniente. — James encolhe os olhos.

Adam ri em voz alta.

— Onde você aprendeu a falar desse jeito?

James franze as sobrancelhas.

— Benny fala muito isso. Ela diz que minhas desculpas são "bem convenientes". — Ele faz as aspas com dois dedos. — Ela diz que isso é quando você não acredita na pessoa. E eu não acredito em você.

Adam fica de pé. A luz da manhã infiltra-se através das pequenas janelas pelo ângulo perfeito, no momento perfeito. Ele está banhado em ouro, seus músculos tensos, as calças ainda um pouco baixas nos quadris e eu tenho de me forçar para não desviar o pensamento. Estou chocada com a minha própria falta de autocontrole, e não estou certa de que sei como conter estes sentimentos. Adam me deixa ávida por coisas que eu nunca soube que pudesse ter.

Observo-o enquanto ele coloca um braço nos ombros do irmão, antes de se agachar para encontrar seus olhos.

— Posso falar com você sobre uma coisa? Em particular?

— Só eu e você? — James olha para mim de canto de olho.

— Sim. Só eu e você.

— OK.

Observo os dois desaparecendo dentro do quarto de James e fico me perguntando o que Adam vai dizer a ele. Leva um momento para eu entender que James deve se sentir ameaçado por minha repentina aparição. Ele finalmente vê seu irmão depois de quase seis meses só para tê-lo em casa na companhia de uma garota esquisita com poderes mágicos malucos. Quase rio com a ideia. Se fosse só a mágica que tivesse me tornado assim...

Não quero que James pense que estou tomando Adam dele.

Enfio-me novamente debaixo da coberta e aguardo. A manhã é fria e fresca e meus pensamentos começam a desviar-se para Warner. Preciso me lembrar de que não estamos a salvo. Não ainda, talvez nunca. Preciso me lembrar de nunca ficar à vontade demais. Sento-me ereta. Trago meus joelhos até o peito e cruzo meus braços nos tornozelos.

Pergunto-me se Adam tem um plano.

A porta do quarto de James abre-se rangendo. Os dois irmãos saem, o mais novo antes do mais velho. James parece um pouco corado e ele mal consegue me olhar nos olhos. Ele parece constrangido e fico pensando se Adam o puniu.

Meu coração falha por um momento.

Adam dá um tapinha no ombro de James. Aperta-o.

— Você está bem?

— Eu sei o que é uma namorada...

— Nunca disse que não soubesse...

— Então você é namorada dele? — James cruza os braços, olha para mim.

Há 400 bolas de algodão presas na minha traqueia. Olho para Adam porque não sei mais o que fazer.

— Ei, talvez você devesse se aprontar pra escola, hã? — Adam abre a geladeira e entrega a James um novo pacote de alumínio. Presumo que seja seu café da manhã.

— Não tenho que ir — protesta James. — Não é uma escola de verdade, ninguém tem que...

— Eu quero que você vá — corta Adam. Ele se volta para o irmão com um sorrisinho. — Relaxa. Vou estar aqui quando você voltar.

James hesita.

— Promete?

— Sim. — Outro sorriso. Faz sinal para ele se aproximar. — Venha cá.

James corre a seu encontro e agarra-se a Adam como se tivesse medo de que ele fosse desaparecer. Adam coloca o pacote de alumínio dentro do Automático e aperta um botão. Ele bagunça os cabelos de James. — Você precisa de um corte, garoto.

James franze o nariz.

— Gosto assim.

— Está um pouco comprido, não acha?

James baixa o tom de voz.

— Acho que é o cabelo dela que está muito comprido.

James e Adam olham de volta para mim e eu me transformo em uma massinha de modelar rosa. Toco meu cabelo por reflexo, repentinamente autoconsciente. Olho para baixo. Nunca tive motivo para cortar o cabelo. Nunca sequer tive os instrumentos. Ninguém me oferece objetos afiados.

Arrisco uma olhada e vejo que Adam ainda está me olhando. James está olhando para o Automático.

— Gosto do cabelo dela — diz Adam, e não estou certa de para quem ele está falando.

Observo os dois enquanto Adam ajuda seu irmão a se aprontar para a escola. James é tão cheio de vida, tão cheio de energia, tão empolgado por ter seu irmão por perto. Isso me faz perguntar o que deve ser para um garoto de dez anos viver por conta própria. O que deve ser para todos os garotos que vivem nesta rua.

Estou louca de vontade de me levantar e trocar de roupa, mas não estou certa do que devo fazer. Não quero ocupar o banheiro no caso de James precisar dele, ou se Adam precisar dele. Não quero ocupar mais nenhum espaço além do que já ocupo. Parece tão particular, tão pessoal, este relacionamento entre Adam e James. É o tipo de laço que nunca tive, que nunca terei. Mas estar rodeada de tanto amor conseguiu derreter minhas partes congeladas e transformá-las em algo humano. Sinto-me humana. Como se talvez pudesse fazer parte deste mundo. Como se talvez eu não tivesse de ser um monstro. Talvez eu não seja um monstro.

Talvez as coisas possam mudar.

35

James está na escola, Adam está no chuveiro, e eu estou olhando para uma tigela de granola que Adam deixou para que eu comesse. Parece tão errado estar comendo esta comida, quando James tem de comer a substância não identificável do recipiente de alumínio. Mas Adam diz que é reservada a James certa porção para cada refeição, e ele é obrigado a comê-la por lei. Se ele for pego desperdiçando ou jogando fora a refeição, ele pode ser punido. Espera-se que os órfãos comam a comida de alumínio que vai ao Automático. James alega que ela "não é assim tão ruim".

Tremo levemente no ar frio da manhã e aliso com uma mão meu cabelo, ainda úmido do banho. A água aqui não é quente. Nem mesmo morna. É muito gelada. Água quente é um luxo.

Alguém está batendo à porta.

Estou de pé.
Virando-me.
Sondando.
Assustada.

Eles nos encontraram — é a única coisa em que consigo pensar. Meu estômago é um crepe fino, meu coração, um pica-pau furioso, meu sangue, um rio de ansiedade.

Adam está no chuveiro.
James está na escola.

~~Estou totalmente indefesa.~~

Vasculho dentro da mochila de acampamento de Adam até encontrar o que estou procurando. Duas armas, uma para cada mão. Duas mãos, para o caso de as armas falharem. Estou finalmente usando o tipo de roupa dentro da qual seria confortável lutar. Respiro fundo e imploro para que minhas mãos não tremam.

A batida fica mais forte.

Aponto as armas para a porta.

— Juliette...?

Viro-me para trás para ver Adam encarando a mim, as armas, a porta. Seu cabelo está molhado. Seus olhos estão arregalados. Ele acena com a cabeça para a arma extra em minha mão e sem dizer uma palavra jogo-a para ele.

— Se fosse Warner ele não estaria batendo — diz ele, embora ele não abaixe sua arma.

Sei que ele está certo. Warner teria arrombado a porta, usado explosivos, matado uma centena de pessoas para chegar a mim. Ele certamente não esperaria que eu abrisse a porta. Algo dentro de mim se acalma, mas não me permito relaxar.

— Quem você pensa...?

— Deve ser Benny... ela costuma dar uma olhada em James...

— Mas ela não saberia que agora ele está na escola?

— Ninguém mais sabe onde eu moro...

A batida está ficando mais fraca. Mais lenta. Há um som baixo e gutural de agonia.

Meus olhos se cruzam com os de Adam.

Mais um punho batendo na porta. Uma queda. Outro gemido. A pancada de um corpo contra a porta.

Recuo.

Adam passa a mão pelos cabelos.

— Adam! — grita alguém. Tosse.

— Por favor, cara, se você estiver aí dentro...

Congelo. A voz soa vagamente familiar.

A coluna de Adam se endireita em um instante. Seus lábios estão apartados, seus olhos, atônitos. Ele digita o código e vira o trinco. Aponta a arma para a porta enquanto a abre lentamente.

— Kenji?

Um chiado curto. Um gemido abafado.

— Porra, cara, por que demorou tanto?

— Que diabo você está fazendo aqui? — Clique. Mal consigo ver através da pequena brecha da porta, mas está claro que Adam não está feliz por ter companhia. — Quem mandou você aqui? Com quem você está?

Kenji pragueja mais algumas vezes em sussurro.

— Olha pra mim — exige ele, embora soe mais como um apelo. — Acha que vim aqui para te matar?

Adam respira. Hesita.

— Não tenho problema nenhum em enfiar uma bala nas suas costas.

— Não se preocupe, irmão. Já tenho uma bala nas costas. Ou na perna. Ou na merda que seja. Eu nem sei mesmo.

Adam abre a porta.

— Levanta.

— Está tudo bem, não ligo se você arrastar meu traseiro para dentro.

Adam movimenta a mandíbula.

— Não quero seu sangue no meu tapete. Não é algo que meu irmão precise ver.

Kenji levanta-se com dificuldade e entra na sala a passos trôpegos. Já escutara sua voz uma vez, mas nunca vira seu rosto. Embora esta talvez não seja a melhor hora para primeiras impressões. Seus olhos estão inchados, roxos; há um enorme corte na lateral de sua testa. Seus lábios estão rachados, sangrando levemente, seu corpo, curvado e destruído. Ele estremece, respira de modo acelerado enquanto se move. Suas roupas estão rasgadas, a parte superior de seu corpo coberta por nada mais que uma camisetinha sem manga, seus braços bem desenvolvidos agora estão cheios de cortes e escoriações. Estou surpresa por ele não ter congelado até a morte. Ele parece não reparar em mim num primeiro momento, até que repara.

Ele para. Pisca. Abre um sorriso ridículo esmaecido apenas por uma ligeira careta de dor.

— Puta merda — diz ele, ainda absorvido em mim. — Puta merda. — Ele tenta rir. — Cara, você é louco...

— O banheiro é aqui. — Adam está imóvel como uma pedra.

Kenji vai na frente, mas continua olhando para trás. Aponto a arma para sua cara. Ele ri mais forte, encolhe-se, ofega um pouco.

— Cara, você fugiu com a garota doida! Você fugiu com a psicopata! — Ele está falando com Adam de longe. — Pensei que eles que tinham feito essa merda. Que diabos você estava pensando? O que você vai fazer com a psicopata? Não é de se estranhar que Warner queira você morto... Ô! Cara, que diabo...

— Ela não é doida. E ela não é surda, imbecil.

A porta se fecha atrás deles com uma pancada e eu só consigo distinguir a discussão abafada entre eles. Tenho a impressão de que Adam não quer que eu ouça o que ele tem a dizer a Kenji. Ou isso, ou uma gritaria.

Não faço ideia do que Adam esteja fazendo, mas presumo que tenha algo que ver com desalojar uma bala do corpo de Kenji e cuidar do restante de seus ferimentos da melhor maneira possível. Adam tem um suprimento bastante amplo de primeiros-socorros e mãos fortes e firmes. Pergunto-me se ele adquiriu essas habilidades no exército. Talvez cuidando de si mesmo. Ou talvez de seu irmão. Isso faria sentido.

Seguro-saúde foi um sonho que perdemos já faz muito tempo.

Estou segurando esta arma na mão por quase uma hora. Estou escutando Kenji gritar por quase uma hora e só sei disso porque gosto de contar os segundos enquanto eles passam. Não faço ideia de que horas são. Acho que tem um relógio no quarto de James, mas não quero entrar sem permissão neste quarto.

Olho para a arma na minha mão, para o metal liso e pesado, e fico surpresa por descobrir que gosto da sensação de tê-la em minhas mãos. Como uma extensão do meu corpo. Ela não me mete mais medo.

Mete mais medo em mim o fato de que eu possa usá-la.

A porta do banheiro se abre e Adam sai. Ele tem uma pequena toalha nas mãos. Fico de pé. Ele dá um sorrisinho para mim. Ele alcança a geladeira minúscula e vai até a parte do congelador, ainda mais minúscula. Pega alguns cubos de gelo e coloca-os na toalha. Desaparece no banheiro novamente.

Sento-me de volta no sofá.

Agora está chovendo. O céu está chorando por nós.

Adam sai do banheiro, desta vez com as mãos vazias, ainda sozinho.

Fico de pé novamente.

Ele coça a testa, a parte de trás do pescoço. Encontra-me no sofá.

— Sinto muito — diz ele.

Meus olhos estão arregalados.

— Pelo quê?

— Por tudo. — Ele suspira. — Kenji era uma espécie de amigo meu lá na base. Warner o torturou depois que nós partimos. Para conseguir informação.

Inspiro.

— Ele disse que não sabia de nada... não tinha nada a dizer, de fato... mas o arrebentaram. Não faço ideia se suas costelas estão quebradas ou só contundidas, mas consegui tirar a bala de sua perna.

Pego sua mão. Aperto-a.

— Foi baleado ao fugir — diz Adam depois de um momento.

Algo me vem à consciência. Entro em pânico.

— O soro rastreador...

Ele concorda com a cabeça, seus olhos pesados, confusos.

— Acho que ele pode estar defeituoso, mas não tenho como ter certeza. Só sei que, se ele estivesse funcionando como deveria, Warner estaria aqui na mesma hora. Mas não podemos arriscar. Temos de nos mandar, e temos de nos livrar de Kenji antes de partirmos.

Sacudo a cabeça, presa entre correntes contraditórias de incredulidade.

— Como ele encontrou você?

O rosto de Adam endurece.

— Ele começou a gritar antes que eu pudesse perguntar.

— E James? — sussurro, quase temendo perguntar.

Adam baixa a cabeça entre as mãos.

— Assim que ele chegar em casa, temos de partir. Temos de usar este tempo para preparar tudo. — Ele encontra meus olhos. — Não posso deixar James para trás. Aqui não é mais seguro para ele.

Toco seu rosto e ele o recosta em minha mão, mantendo minha palma contra seu rosto. Fecha os olhos.

— Filho de uma égua...

Adam e eu nos separamos. Estou corando até o fio de cabelo. Adam parece irritado. Kenji está apoiado contra a parede do corredor do banheiro, segurando o saco de gelo improvisado no rosto. Encarando-nos.

— Você pode tocar nela? Digo... porra, acabei de ver você tocar nela, mas nem mesmo...

— Você tem que ir — Adam diz para ele. — Você já deixou um rastro químico vindo direto para minha casa. Precisamos ir embora, e você não pode ficar com a gente.

— Ah, ei... pare... espera aí. — Kenji cambaleia até a sala de estar, estremecendo à medida que coloca força sobre as pernas. — Não estou tentando te segurar, cara. Conheço um lugar. Um lugar seguro. Tipo, um lugar legal e superseguro. Posso levar você. Posso te mostrar como chegar lá. Conheço um cara.

— Papo furado. — Adam ainda está com raiva. — Como afinal você me achou? Como conseguiu aparecer na minha porta, Kenji? Não confio em você...

— Eu não sei, cara. Juro que não me lembro do que aconteceu. Não sabia mais para onde estava correndo a partir de certo ponto. Estava só pulando cercas. Encontrei um campo imenso com um galpão velho. Dormi lá por um tempo. Acho que perdi os sentidos em certo ponto, ou por causa da dor ou do frio... está um frio dos infernos lá fora... e o que eu sei também é que um cara estava me carregando. Ele me deixou na sua porta. Disse para eu calar a boca sobre Adam, porque Adam mora exatamente aqui. — Ele sorri. Tenta piscar. — Acho que eu estava sonhando com você enquanto dormia.

— Espere... o quê? — Adam inclina-se para a frente. — O que quer dizer com um cara estava carregando você? Que cara? Qual o nome dele? Como ele sabia meu nome?

— Eu não sei. Ele não me disse, e não tive coragem de perguntar. Mas o cara era enorme. Digo, ele tinha de ser, se ia arrastar meu traseiro por aí.

— Você não pode mesmo esperar que eu acredite em você.

— Você não tem escolha. — Kenji encolhe os ombros.

— É claro que tenho escolha. — Adam está de pé. — Não tenho motivo para confiar em você. Não tenho motivo para acreditar em uma só palavra que está saindo de sua boca.

— Então por que estou aqui com uma bala na minha perna? Por que Warner ainda não me encontrou? Por que estou desarmado...

— Isso poderia ser parte do seu plano!

— E de qualquer modo você me ajudou! — Kenji ousa elevar o tom de voz. — Por que simplesmente não me deixou morrer? Por que não atirou na minha cabeça? Por que você me ajudou?

Adam hesita.

— Eu não sei.

— Você sabe. Você sabe que não estou aqui para te atrapalhar. Levei uma droga de surra por sua causa...

— Você não guardava nenhuma informação sobre mim...

— Bem, porra, cara, que diabos você quer que eu diga? Eles iam me matar. Tive de fugir. Não foi culpa minha que um cara me deixou na sua porta...

— Isso não é só por causa de mim, você não entende? Dei um duro danado para encontrar um lugar seguro para meu irmão e numa manhã você destrói anos de planejamento. O que devo fazer agora? Tenho que fugir até poder achar um modo de mantê-lo a salvo. Ele é jovem demais para ter que lidar com isso...

— Todos nós somos jovens demais para ter que lidar com esta merda. — Kenji está respirando com dificuldade. — Não se engane, irmão. Ninguém deveria ter que ver o que nós vimos. Ninguém deveria ter que acordar de manhã e encontrar cadáveres na sala de estar, mas acontece. Nós lidamos com isso, e encontramos um jeito de sobreviver. Você não é o único com problemas.

Adam afunda no sofá. Trinta e seis quilos de preocupação pesando-lhe sobre os ombros. Ele se inclina para a frente com a cabeça entre as mãos.

Kenji olha para mim. Olho de volta.

Ele sorri e avança mancando.

— Sabe, você é muito *sexy* para uma psicopata.

Clique.

Kenji recua com as mãos para o alto. Adam pressiona a arma na sua testa.

— Mostre respeito, ou enfio esta bala no seu crânio.

— Estava só brincando...

— Como se você estivesse.

— Droga, Adam, se acalma...

— Onde fica o "lugar superseguro" para onde você pode nos levar? — Estou de pé, com a arma ainda em minhas mãos. Movo-me para uma posição ao lado de Adam. — Ou você está inventando isso?

Kenji se alegra.

— Não, isso é real. Muito real. Na verdade, eu posso ou não posso ter mencionado algo sobre você. E o cara que administra o lugar pode ou não pode estar absurdamente interessado em conhecê-la.

— Você acha que eu sou algum tipo de aberração que você pode exibir para seus amigos? — Travada. Carregada.

Kenji limpa a garganta.

— Não uma aberração. Apenas... algo interessante.

Aponto minha arma para seu nariz.

— Eu sou tão interessante que posso matar você apenas usando as mãos.

Um clarão pouco perceptível de medo tremeluz em seus olhos. Ele engole alguns tonéis de humilhação. Tenta sorrir.

— Você tem certeza de que não está louca?

— Não. — Inclino a cabeça. — Não tenho certeza.

Kenji sorri. Olha para mim de cima a baixo.

— Droga. Mas você faz a loucura parecer algo tão bom.

— Estou a uns doze centímetros de quebrar sua cara — Adam avisa-o, sua voz como o aço, seu corpo duro de raiva, seus olhos encolhidos, inflexíveis. Não há indício nenhum de humor em sua expressão. — Não preciso de outro motivo.

— O quê? — Kenji ri, sem recuar. — Há muito tempo não fico próximo assim de uma garota, irmão. E doida ou não...

— Não estou interessada.

Kenji vira seu rosto para mim.

— Bem, não sei se devo culpar você por isso. Pareço o capeta neste momento. Mas vou me limpar, OK — Ele tenta um sorriso. — Me dê alguns dias. Você pode mudar de ideia...

Adam mete os cotovelos em seu rosto e não pede desculpas.

36

Kenji está xingando, sangrando, esgotando todos os seus palavrões e cambaleando em direção ao banheiro, segurando o nariz.

Adam me puxa para dentro do quarto de James.

— Diga-me alguma coisa — diz ele. Ele encara o teto, respira com dificuldade. — Diga-me qualquer coisa...

Tento concentrar-me em seus olhos, agarro suas mãos, macias macias macias. Espero até que ele esteja olhando para mim.

— Nada vai acontecer a James. Vamos mantê-lo a salvo. Prometo.

Seus olhos estão cheio de dor como nunca vira antes. Ele aparta os lábios. Aperta-os. Muda de ideia um milhão de vezes até suas palavras caírem no ar entre nós.

— Ele nem mesmo sabe sobre nosso pai. — É a primeira vez que ele admite o problema. É a primeira vez que ele admite que eu saiba alguma coisa sobre isso. — Nunca quis que ele soubesse. Inventava histórias para ele. Queria que ele tivesse uma chance de ser normal. — Seus lábios estão soletrando segredos e meus ouvidos estão derramando tinta, manchando minha pele com suas histórias. — Não quero que ninguém mais o toque. Não quero que ele fique perturbado. Não posso... Deus, não posso deixar isso acontecer — ele diz para mim. Voz abafada. Sereno.

Revirei o mundo na busca pelas palavras certas e minha boca está cheia de nada.

— Nunca é o bastante — sussurra ele. — Nunca consigo fazer o bastante. Ele ainda acorda gritando. Ele ainda chora para dormir. Ele vê coisas que eu não consigo controlar. — Ele pisca um milhão de vezes. — Tantas pessoas, Juliette.

Prendo a respiração.

Mortas.

Toco a palavra em seus lábios e ele beija meus dedos. Seus olhos são dois lagos de perfeição, abertos, honestos, humildes.

— Não sei o que fazer — diz ele, e é como uma confissão que lhe custa muito mais do que posso entender. O controle está escorregando por entre seus dedos e ele está desesperado por retê-lo. — Diga-me o que fazer.

Posso ouvir o batimento de nossos corações no silêncio entre nós. Estudo o formato de seus lábios, as linhas fortes de seu rosto, os cílios que qualquer garota morreria para ter, o azul profundo e escuro de seus olhos no qual aprendi a nadar. Ofereço-lhe a única possibilidade que tenho.

— Vale a pena considerar o plano de Kenji.

— Você confia nele? — Adam recosta-se, subitamente surpreso.

— Não acho que ele esteja mentindo sobre conhecer um lugar para onde possamos ir.

— Não sei se é uma boa ideia.

— Por que não...?

Algo que pode não ter graça alguma.

— Poderia matá-lo antes mesmo de chegarmos lá.

Meus lábios se contorcem em um sorriso triste.

— Não tem nenhum outro lugar em que a gente possa se esconder, tem?

O Sol está girando ao redor da Lua quando ele responde. Ele sacode a cabeça. Uma vez. Rápido. Firme.

Aperto sua mão.

— Então temos de tentar.

— Que diabos vocês estão fazendo aí dentro? — Kenji grita através da porta. Esmurra-a algumas vezes. — Digo, merda, cara, não acho que haja sempre uma hora ruim para ficar peladinho, mas agora provavelmente não é a melhor hora para uma rapidinha. Então, a menos que você queira ser morto, sugiro que traga seu traseiro aqui pra fora. Temos de nos preparar para dar no pé.

— Poderia matá-lo agora. — Adam muda de ideia.

Tomo seu rosto em minhas mãos, fico na ponta dos pés e dou-lhe um beijo. Seus lábios são dois travesseiros, tão suaves, tão doces.

— Eu te amo.

Ele está olhando dentro de meus olhos e olhando para minha boca e sua voz é uma rouquidão sussurrante:

— Mesmo?

— Sem sombra de dúvidas.

Antes de James voltar da escola, já estamos de malas feitas e prontos para partir. Adam e eu pegamos os itens mais importantes de necessidade básica: comida, roupas, dinheiro que Adam economizou. Ele fica olhando ao redor do pequeno espaço como se não pudesse acreditar que o está perdendo com tanta facilidade. Só consigo imaginar quanto trabalho ele colocou nele, o quanto deu duro para tentar fazer dele um lar para seu irmão mais novo. Meu coração está em pedaços por ele.

Seu amigo é de uma espécie completamente diferente.

Kenji está cuidando de novas contusões, mas parece em um estado de espírito razoável, animado por motivos que não consigo compreender. Ele está estranhamente alegre e otimista. Parece impossível desencorajá-lo e eu não consigo deixar de admirar sua determinação. Mas ele não para de me encarar.

— Então como você pode tocar Adam? — diz ele depois de um momento.

— Eu não sei.

Ele ri em deboche.

— Lorota.

Encolho os ombros. Não sinto a necessidade de convencê-lo de que não faço a menor ideia de como tive tanta sorte.

— Como é que você soube que poderia tocá-lo? Algum tipo de experimento doentio?

Espero não estar ruborizando.

— Onde é este lugar para onde você está nos levando?

— Por que você está mudando de assunto? — Ele está sorrindo. Tenho certeza de que ele está sorrindo. Mas me recuso a olhar para ele.

— Talvez você possa me tocar também. Por que você não tenta?

— Você não quer que eu toque em você.

— Talvez eu queira. — Ele definitivamente está sorrindo.

— Talvez você devesse deixá-la em paz antes de eu enfiar aquela bala de volta na sua perna — propõe Adam.

— Sinto muito... um homem solitário não tem permissão para tentar a sorte, Kent? Talvez eu esteja interessado de verdade. Talvez você devesse se retirar e deixá-la falar por si mesma.

Adam passa uma mão pelos cabelos. Sempre a mesma mão. Sempre pelos cabelos. Ele está aturdido. Frustrado. Talvez constrangido.

— Ainda não estou interessada — faço-o lembrar, com o tom de voz um pouco agressivo.

— Sim, mas não vamos esquecer que isso — ele faz sinal para o seu rosto espancado — não é permanente.

— Bem, estou permanentemente desinteressada. — Quero muito dizer a ele que não estou disponível. Quero dizer a ele que estou em um relacionamento sério. Quero dizer a ele que Adam me fez promessas.

Mas não posso.

Não faço ideia do que significa estar em um relacionamento. Não sei se dizer "eu te amo" é código para "exclusividade recíproca". E eu não sei se Adam falava sério quando disse a James que eu era sua namorada. Talvez fosse uma desculpa, um disfarce, uma resposta fácil para uma questão complicada. Gostaria que ele dissesse algo para Kenji... gostaria que ele contasse para ele que nós estamos juntos oficialmente, exclusivamente.

Mas ele não diz nada.

E eu não sei por quê.

— Não acho que você deva decidir até o inchaço diminuir — continua Kenji sem rodeios. — Acho justo. Tenho um rosto espetacular.

Adam se engasga em uma tosse que eu pensei ser uma risada.

— Eu sei, poderia jurar que costumávamos ser boas-pintas — diz Kenji, nivelando seu olhar ao de Adam.

— Não consigo lembrar por quê.

Kenji encrespa-se.

— Tem alguma coisa que você queira me dizer?

— Não confio em você.

— Então por que ainda estou aqui?

— Porque confio nela.

Kenji se vira para olhar para mim. Ele esboça um sorriso imbecil.

— Hum, você confia em mim?

— Desde que você esteja na minha mira. — Aperto a arma na mão.

Seu sorriso está torto.

— Não sei por que, mas acho que gosto quando você me ameaça.

— É porque você é um idiota.

— Não. — Ele sacode a cabeça. — Você tem uma voz *sexy*. Faz tudo parecer indecente.

Adam levanta-se tão depressa que quase derruba a mesa do café.

Kenji explode em risadas, chiando em decorrência da dor de seus ferimentos.

— Acalme-se, Kent, porra. Só estou brincando com você. Gosto de ver a psicopata ficar toda nervosinha. — Ele olha para mim, baixa o tom de voz. — Digo isso como um elogio... porque, você sabe — ele abana uma mão na minha direção —, psicose é tipo uma ocupação para você.

— Qual é o seu problema? —Adam se dirige com raiva para ele.

— Qual é o seu problema? — Kenji cruza os braços, irritado. — Tá todo mundo tão tenso aqui.

Adam aperta a arma na mão. Caminha até a porta. Retorna. Ele está marchando.

— E não se preocupe com seu irmão — acrescenta Kenji. — Estou certo de que ele estará aqui em breve.

Adam não ri. Ele não para de marchar. Seu maxilar estremece.

— Não estou preocupado com meu irmão. Estou tentando me decidir se atiro em você agora ou mais tarde.

— Mais tarde — diz Kenji, desmoronando no sofá. — Você ainda precisa de mim.

Adam tenta falar, mas perde o momento.

Um clique, um bipe e a porta destrava.

James está em casa.

37

— Realmente estou feliz por você estar levando isso tão bem... eu estou... mas James, isso não é algo com que se fique entusiasmado. Estamos fugindo para salvar nossas vidas.

— Mas estamos fazendo isso juntos — diz ele pela quinta vez, um sorriso enorme tomando-lhe o rosto. Ele foi logo indo com a cara de Kenji, e agora os dois estão conspirando para transformar nossa situação periclitante em alguma espécie de missão elaborada. — E eu posso ajudar!

— Não, isso não é...

— Claro que pode...

Adam e Kenji falam ao mesmo tempo. Kenji retoma primeiro.

— Por que ele não pode ajudar? Dez anos é idade suficiente para ajudar.

— Essa decisão não é sua — diz Adam, cuidando para controlar a voz. Eu sei que ele está mantendo a calma por causa do irmão. — E isso não é da sua conta.

— Finalmente vou poder ficar com você — diz James, sem perder o ânimo. — E eu quero ajudar.

James aceita as notícias com calma. Ele sequer demonstrou medo quando Adam explicou o verdadeiro motivo por ele estar em casa, e por que estávamos juntos. Pensei que ver o rosto espancado de Kenji pudesse assustá-lo, desencorajá-lo, incutir um sentimento de medo em seu coração, mas James ficou estranhamente impassível. Ocorreu-me que ele deve ter visto coisa muito pior.

Adam respira fundo algumas vezes antes de se voltar para Kenji.

— Qual a distância?

— A pé? — Kenji parece incerto pela primeira vez. — Algumas horas pelo menos. Se não fizermos nenhuma estupidez, devemos estar lá ao cair da noite.

— E se pegarmos um carro?

Kenji pisca. Sua surpresa se dissolve em um gigantesco sorriso.

— Ora, porra, Kent, por que não disse isso antes?

— Cuidado com o que fala perto de meu irmão.

James revira os olhos.

— Escuto coisa pior que isso todo dia. Até Benny usa palavrão.

— Benny? — As sobrancelhas de Adam encontram a testa.

— Sim.

— O que ela... — Ele para. Muda de ideia. — Isso não significa que você possa continuar escutando isso.

— Tenho quase onze!

— Ei, homenzinho — interrompe Kenji. — Está tudo bem. A culpa é minha. Devia ser mais cuidadoso. Além disso, há damas presentes. — Kenji pisca para mim.

Desvio o olhar. Olho em volta.

Para mim é difícil deixar esta humilde casa, então só consigo imaginar o que Adam deve estar sentindo neste momento. Acho que James está entusiasmado demais com o caminho perigoso à nossa frente para se dar conta do que está acontecendo. Para entender verdadeiramente que ele nunca mais voltará aqui.

Somos todos fugitivos correndo por nossa vida.

— Então... você roubou um carro? — pergunta Kenji.

— Um tanque.

Kenji solta uma risada.

— Excelente.

— Mas é um pouco ostensivo para a luz do dia.

— O que "ostensivo" quer dizer? — pergunta James.

— É um pouco... chamativo. — Adam se encolhe.

— Merda. — Kenji levanta-se cambaleante.

— Disse para ter cuidado com o que fala...

— Você escuta isso?

— Escuta o quê...?

Os olhos de Kenji estão se lançando em todas as direções.

— Existe outra maneira de sair daqui?

Adam está de pé.

— James...

James corre para o lado de seu irmão. Adam verifica sua arma. Estou pendurando mochilas nas costas, Adam está fazendo o mesmo, sua atenção desviada pela porta da frente.

— Corre... — Estamos per...

— Não temos tempo...

— O que você...

— Kent, corre...

E estamos correndo, seguindo Adam para dentro do quarto de James. Adam rasga uma cortina de uma parede para revelar uma porta escondida, no momento em que três bipes são emitidos da sala de estar.

Adam atira no cadeado da porta de saída.

Alguma coisa explode nem a cinco metros atrás de nós. O som arrebenta em meus ouvidos, vibra através de meu corpo. Quase desabo com o impacto. Tiros estão por toda parte. Passos entram em casa, mas já estamos correndo pela saída. Adam puxa James para seus braços e nós estamos fugindo através da súbita explosão de luz que ofusca nosso caminho pelas ruas. A chuva parou. As vias estão escorregadias e lamacentas. Há crianças por toda parte, cores brilhantes de corpos pequeninos que subitamente gritam à nossa aproximação. Não há mais razão para sermos discretos.

Eles já nos encontraram.

Kenji está ficando para trás, cambaleando até o fim de sua adrenalina. Viramos em um beco estreito e ele tomba contra a parede.

— Desculpem-me — diz ofegante — não consigo... podem me deixar...

— Não podemos deixar você — grita Adam, olhando por toda parte, absorvido em tudo que nos cerca.

— Obrigado, irmão, mas está tudo bem...

— Precisamos de você para nos mostrar aonde ir!

— Ora, merda...

— Você disse que nos ajudaria...

— Pensei que você tinha dito que tinha um tanque...

— Se você não reparou, houve uma mudança inesperada de planos...

— Não consigo continuar, Kent. Mas posso andar...

— Você tem que tentar...

"Há rebeldes à solta. Eles estão armados e prontos para atirar. Toque de recolher em vigor. Todos retornem imediatamente a suas casas. Há rebeldes à solta. Eles estão armados e prontos para ati..."

Os alto-falantes soam pelas ruas, atraindo atenção para nossos corpos reunidos no beco estreito. Algumas pessoas nos veem e gritam. As botas estão ficando mais ruidosas. Os tiros estão ficando mais frenéticos.

Tiro um momento para analisar os edifícios ao redor e percebo que não estamos em uma área assentada: a rua onde James vive é um território não regulamentado; uma série de edifícios comerciais abandonados, amontoados, restos de nossa antiga vida. Não compreendo por que ele não está vivendo em uma área igual à do restante da população. Não tenho tempo para entender por que vejo apenas dois grupos de idade representados. Por que os idosos e os órfãos são os únicos residentes? Por que eles foram despejados em terrenos ilegais com soldados que não deveriam estar aqui? Tenho medo de considerar as respostas às minhas próprias perguntas e, num momento de pânico, temo pela vida de James. Enquanto fugimos, entrevendo seu pequeno corpo entrouxado nos braços de Adam.

Seus olhos estão fechados com tanta força que tenho certeza de que doem.

Adam pragueja em sussurro. Ele arromba a primeira porta que encontramos de um prédio abandonado e grita para que nós o sigamos para dentro.

— Preciso que você fique aqui — diz para Kenji. — E, posso não estar batendo bem, mas preciso deixar James com você. Preciso que você tome conta dele. Eles estão procurando por Juliette, e eles estão procurando por mim. Eles não esperam mesmo encontrar vocês dois.

— O que você vai fazer? — pergunta Kenji.

— Preciso roubar um carro. Então voltarei para buscá-los. — James nem mesmo reclama quando Adam o coloca no chão. Seus pequeninos lábios estão brancos. Seus olhos, arregalados. Suas mãos, trêmulas. — Voltarei para buscá-lo, James — diz Adam novamente. — Eu prometo.

James concorda com a cabeça várias e várias vezes. Adam o beija, uma vez, com firmeza, rapidamente. Larga no chão as mochilas de acampamento. Volta-se para Kenji.

— Se acontecer qualquer coisa a ele, mato você.

Kenji não ri. Ele não olha de cara feia. Ele respira fundo.

— Cuidarei dele.

— Juliette?

Ele pega minha mão, e nós desaparecemos pelas ruas.

38

As ruas estão abarrotadas de pedestres tentando escapar. Adam e eu escondemos nossas armas no cinto de nossas calças, mas nossos olhos frenéticos e movimentos bruscos parecem nos entregar. Todo mundo se afasta de nós, lançando-se em direções opostas, alguns chiando, gritando, chorando, deixando cair as coisas das mãos. Todavia, apesar de todas as pessoas, não vejo um só carro. Deve ser difícil encontrá-los, especialmente nesta área.

Adam me empurra para o chão no momento em que uma bala passa sobre minha cabeça. Ele arromba uma porta e nós corremos por entre as ruínas rumo a outra saída, presos no labirinto do que costumava ser uma loja de roupas. Tiros e passos estão logo atrás. Deve haver pelo menos uma centena de soldados seguindo-nos por estas ruas, divididos em diferentes grupos, dispersos em diferentes áreas da cidade, prontos para capturar e matar.

Mas eu sei que eles não vão me matar.

É com Adam que estou preocupada.

Tento ficar o mais próximo possível de seu corpo, pois estou certa de que Warner deu ordens para me levar viva. No entanto, meus esforços são, na melhor das hipóteses, frágeis. Adam tem altura e músculos suficientes para me superar com folga. Qualquer um com uma excelente pontaria seria capaz de alvejá-lo. Poderiam atirar direto na cabeça dele.

Bem na minha frente.

Ele se vira para disparar dois tiros. Um não alcança a meta. O outro provoca um grito abafado. Ainda estamos correndo.

Adam não diz nada. Ele não me diz para ser corajosa. Não me pergunta se estou bem, se estou assustada. Ele não me encoraja nem assegura que vamos ficar bem. Ele não me diz para deixá-lo para trás e salvar a própria pele. Não diz para cuidar de seu irmão caso ele morra.

Ele não precisa.

Nós dois compreendemos a realidade da situação. Adam poderia levar um tiro neste exato instante. Eu poderia ser capturada a qualquer momento. Este prédio inteiro poderia explodir de repente. Alguém poderia ter descoberto Kenji e James. Todos nós poderíamos morrer hoje. Os fatos são óbvios.

Entretanto, sabemos que, mesmo assim, precisamos arriscar.

Porque ir em frente é o único modo de sobreviver.

A arma está ficando escorregadia na minha mão, mas eu, seja como for, me agarro a ela. Minhas pernas estão gritando de dor, mas eu, seja como for, as impulsiono com mais velocidade. Meus pulmões estão serrando minhas costelas ao meio, mas eu, seja como for, os forço a processar oxigênio. Tenho que continuar me movendo. Não há tempo para deficiências humanas.

É quase impossível encontrar a saída de emergência deste edifício. Nossos pés pisam os ladrilhos, nossas mãos procuram pela luz fria, por algum tipo de saída, algum tipo de acesso às ruas. Este prédio é maior do que esperávamos, gigantesco, com centenas de direções possíveis. Percebo que deve ter sido um depósito, e não apenas uma loja. Adam se abaixa atrás de um balcão abandonado, puxando-me com ele.

— Não seja estúpido, Kent... você só pode fugir por algum tempo — grita alguém. A voz não está a mais que três metros de distância.

Adam engole em seco. Tensiona o rosto. As pessoas que tentam matá-lo são as mesmas com quem ele costumava almoçar. Treinar. Morar. Ele conhece esses caras. Gostaria de saber se esse fator torna tudo pior.

— Apenas nos dê a garota — acrescenta uma nova voz. — Dê a garota e nós não atiraremos em você. Vamos fingir que o perdemos. Vamos deixá-lo ir. Warner quer apenas a garota.

Adam está respirando com dificuldade. Ele segura a arma na mão. Mete a cabeça para fora por uma fração de segundo e dispara. Alguém cai no chão, gritando.

— Kent, seu filho de uma... Adam aproveita o momento para correr. Saltamos por cima do balcão e corremos até uma escadaria. Tiros erram por milímetros. Pergunto-me se esses dois homens são os únicos que nos perseguiram por dentro do prédio.

A escadaria em espiral leva a um nível inferior, algum tipo de porão. Alguém está tentando mirar em Adam, mas nossos movimentos erráticos tornam a tarefa impossível. A chance de ele me atingir no lugar de Adam é muito grande. Ele solta um monte de palavrões em nosso encalço.

Adam derruba coisas no chão enquanto corremos, tentando criar qualquer tipo de distração, qualquer coisa para atrasar os soldados atrás de nós. Localizo duas portas de um abrigo subterrâneo. Esta área deve ter sido desolada por tornados. O tempo está turbulento; desastres naturais são comuns. Ciclones devem ter despedaçado esta cidade.

— Adam — puxo seu braço. Nós nos escondemos atrás de um muro baixo. Aponto para a única rota de fuga possível.

Ele aperta minha mão.

— Que olho! — Mas não nos movemos até que passa por nós uma corrente de ar. Um passo em falso. Um grito abafado. Está quase totalmente escuro aqui embaixo; é óbvio que a eletricidade foi cortada há muito tempo. O soldado tropeçou em um obstáculo que Adam deixou para trás.

Adam segura a arma próximo ao peito. Respira fundo. Ele se vira e dá um tiro rápido.

Sua mira é excelente.

Uma explosão descontrolada de palavrões confirma isso. Adam respira fundo.

— Só estou atirando para mutilar — diz ele. — Não para matar.

— Eu sei — digo a ele. Embora não tivesse certeza.

Corremos em direção às portas e Adam luta para abrir o trinco. Ele está enferrujado. Estamos ficando desesperados. Não sei quanto tempo isso ainda vai durar, até que sejamos descobertos por outro grupo de soldados. Estou prestes a sugerir que comecemos a atirar no trinco, quando Adam finalmente consegue desemperrá-lo.

Ele abre as portas com um chute e nós cambaleamos para a rua. Há três carros para ser escolhidos.

Estou tão feliz que poderia gritar.

— Já não era sem tempo! — diz ele.

Mas não é Adam quem diz isso.

39

Há sangue por toda parte.

Adam está no chão, apertando o corpo, mas eu não sei onde ele foi baleado. Um enxame de soldados vai se reunindo em volta dele e eu estou arranhando os braços que me seguram por trás, chutando o ar, gritando no vazio. Alguém está me arrastando e eu não consigo ver o que eles fizeram com Adam. A dor está amarrando meus membros, travando minhas articulações, quebrando cada osso de meu corpo. Quero gritar para o céu, quero cair de joelhos e chorar na terra. Não entendo por que a agonia não está encontrando fuga em meus gritos. Por que minha boca está coberta com a mão de alguém?

— Se eu soltá-la, você tem que prometer não gritar — diz ele para mim.

Ele está tocando meu rosto com suas mãos nuas e eu não sei onde deixei cair minha arma.

Warner me arrasta até um prédio ainda em funcionamento e arromba a porta com um chute. Acende um interruptor. Luzes fluorescentes acendem--se e ficam piscando com um zunido abafado. Há pinturas coladas nas paredes, arco-íris de abecedário alfinetados em quadros de cortiça. Mesinhas espalhadas pela sala. Estamos em uma sala de aula.

Fico me perguntando se esta é a classe onde James estuda.

Warner baixa a mão. Seus olhos verdes vítreos refletem tamanho encanto que estou petrificada.

— Deus, senti sua falta — diz ele para mim. — Você achou mesmo que eu deixaria você ir tão facilmente?

— Você atirou em Adam — são as únicas palavras que consigo dizer. Minha mente está confusa pela incredulidade. Continuo vendo seu belo corpo dobrado no chão, vermelho vermelho vermelho. Preciso saber se ele está vivo. Ele tem de estar vivo.

Os olhos de Warner lampejam.

— Adam está morto.

— Não...

Warner me empurra para um canto e eu percebo que nunca estive tão indefesa em minha vida. Nunca tão vulnerável. Dezessete anos passei desejando que minha maldição terminasse, mas neste momento estou mais desesperada do que nunca por tê-la de volta. Os olhos de Warner empolgam-se inesperadamente. As mudanças em suas emoções são difíceis de antecipar. Difíceis de deter.

— Juliette — diz ele. Ele toca minha mão de modo tão delicado que me assusta. — Você reparou? Parece que sou imune ao seu dom. — Ele estuda meus olhos. — Isso não é incrível? Você reparou? — pergunta novamente. — Quando você tentou escapar... você sentiu isso...?

Absolutamente nada escapa a Warner. Warner absorve cada detalhe.

É claro que ele sabe.

Mas estou sob o impacto da ternura em sua voz. A sinceridade com a qual ele deseja saber. Ele é como um cão selvagem, enlouquecido e feroz, sedento de caos, ao mesmo tempo que deseja reconhecimento e aceitação.

Amor.

— Podemos mesmo ficar juntos — diz para mim, sem se deixar desanimar com o meu silêncio. Ele me puxa para mais perto, perto demais. Estou congelada em quinhentas camadas de medo. Atordoada de sofrimento, de incredulidade.

Suas mãos alcançam meu rosto, seus lábios, os meus. Meu cérebro está pegando fogo, pronto para explodir em virtude da impossibilidade deste momento. Sinto como se estivesse assistindo a isso acontecer, desprendida de meu próprio corpo, incapaz de intervir. Mais do que qualquer outra coisa, estou surpreendida por suas mãos delicadas, seus olhos ardentes.

— Quero que você me escolha — diz ele. — Quero que você escolha ficar comigo. Quero que você queira isso...

— Você é louco — custa-me respirar. — Você é psicopata...

— Você só está com medo daquilo de que é capaz. — Sua voz é suave. Agradável. Lenta. Enganosamente persuasiva. Antes, não percebera como sua voz poderia ser atraente. — Admita — diz ele. — Somos perfeitos um para o outro. Você tem o poder. Ama a sensação de uma arma em sua mão. Você está... atraída por mim.

Tento lhe dar um soco, mas ele prende meus braços. Imobiliza-os de lado. Aperta-me contra a parede. Ele é muito mais forte do que parece.

— Não minta para si mesma, Juliette. Você vai voltar comigo querendo ou não. Mas pode escolher querer isso. Pode escolher gostar disso...

— Nunca irei... — Respiro, sem ar. — Você é doente... é um monstro doente e deformado.

— Essa não é a resposta certa — diz ele, e parece genuinamente desapontado.

— Essa é a única resposta que você sempre terá de mim.

Seus lábios chegam perto demais.

— Mas eu te amo.

— Não, você não ama.

Seus olhos se fecham. Ele recosta sua testa na minha.

— Você não tem ideia do que faz comigo.

— Eu te odeio.

Ele sacode a cabeça muito lentamente. Desce. Seu nariz roça minha nuca, e eu contenho um calafrio de horror que ele interpreta mal. Seus lábios tocam minha pele e eu, de fato, choro sem voz.

— Deus, adoraria arrancar um pedacinho de você.

Reparo no brilho prateado dentro do bolso de seu casaco.

Sinto um arrepio de esperança. Um arrepio de horror. Preparo-me para o que preciso fazer. Passo um momento em luto pela perda de minha dignidade.

E relaxo.

Ele sente a tensão escoar de meu corpo e, por sua vez, corresponde. Ele sorri, solta suas garras em meus ombros. Desliza os braços ao redor de minha cintura. Engulo o vômito que ameaça me trair.

Seu casaco militar tem um milhão de botões e pergunto-me quantos terei de desabotoar antes que eu consiga colocar a mão na arma. Suas mãos estão explorando meu corpo, deslizando pelas minhas costas para sentir o formato de meu corpo e isso é tudo o que eu posso fazer para evitar fazer algo imprudente. Não sou hábil o bastante para dominá-lo e não faço ideia de por que ele é capaz de tocar em mim. Não faço ideia de por que fui capaz de estraçalhar o concreto. Não faço ideia de onde essa energia veio.

Hoje ele tem toda a vantagem e não é hora de me entregar.

Ainda não.

Coloco minhas mãos em seu peito. Ele me pressiona contra a curva do seu corpo. Ergue meu queixo para encontrar meus olhos.

— Serei bom para você — sussurra ele. — Serei tão bom para você, Juliette. Prometo.

Espero não estar visivelmente trêmula.

E ele me beija. Faminto. Desesperado. Ávido por me escancarar e provar meu gosto. Estou tão atordoada, tão aterrorizada, tão envolvida pela insanidade que me esqueço de mim mesma. Fico lá congelada, enojada. Minhas mãos deslizam de seu peito. Tudo em que consigo pensar é em Adam e sangue e Adam e o som de tiros e Adam deitado em uma poça de sangue e eu quase o empurro de cima de mim. Mas Warner não será desencorajado.

Ele interrompe o beijo. Sussurra algo em meu ouvido que soa absurdo. Pega meu rosto com suas mãos e, desta vez, lembro-me de fingir. Puxo-o para mais perto, agarro um punhado de seu casaco, meus dedos já no afã de libertar o primeiro de seus botões. Warner segura meus quadris e suas mãos conquistam meu corpo. Ele tem gosto de menta, cheira a gardênias. Seus braços são fortes ao redor de mim, seus lábios, suaves, quase doces contra minha pele. Há uma carga elétrica entre nós que eu não previra.

Minha cabeça está girando.

Seus lábios estão no meu pescoço, provando-me, devorando-me, e eu me forço a não desviar do foco. Forço-me a compreender a perversão desta situação. Não sei como conciliar a confusão em minha mente, minha hesitante repulsa, minha inexplicável reação química a seus lábios. Preciso acabar com isso. Já.

Alcanço seus botões.

E ele está desnecessariamente encorajado.

Warner me levanta pela cintura, suspende-me contra a parede, suas mãos no meu traseiro, forçando minhas pernas a envolvê-lo. Ele não percebe que me deu o ângulo perfeito para chegar a seu casaco.

Seus lábios encontram os meus, suas mãos deslizam sob minha blusa e ele está respirando pesado, enrijecendo seu domínio em volta de mim, e eu praticamente rasgo seu casaco no desespero. Não posso deixar isto continuar por mais tempo. Não faço ideia de até onde Warner quer levar as coisas, mas não posso continuar encorajando sua insanidade.

Preciso que ele se incline só um centímetro a mais para a frente...

Minhas mãos envolvem a arma.

Sinto que congela. Recua. Observo seu rosto passar por fases de confusão/medo/angústia/horror/raiva. Ele me larga no chão no momento em que meus dedos puxam o gatilho pela primeira vez.

A arma está desarmada de seu poder e de sua força, o som muito mais ruidoso do que eu previa. As reverberações vibram em meus ouvidos e cada pulsação de meu corpo.

É uma espécie de doce melodia.

É uma espécie de pequena vitória.

Porque, desta vez, o sangue não é de Adam.

40

Warner está prostrado.

Eu estou agitada e fugindo com sua arma.

Preciso encontrar Adam. Preciso roubar um carro. Preciso encontrar James e Kenji. Preciso aprender a dirigir. Preciso levar todos para um lugar seguro. Preciso fazer tudo exatamente nessa ordem.

Adam não pode estar morto.

Adam não está morto.

Adam não estará morto.

Meus pés pisoteiam a calçada em um ritmo constante, minha blusa e meu rosto respingados de sangue, minhas mãos tremendo de leve ao sol poente. Uma brisa forte me surpreende, sacudindo-me para fora da realidade enlouquecida em que pareço estar flutuando. Respiro de modo pesado, aperto os olhos para o céu, e percebo que não tenho muito tempo antes de perder a luz. As ruas, pelo menos, há muito foram evacuadas. Mas não faço a mínima ideia de onde os homens de Warner possam estar.

Indago-me se Warner também tem o soro rastreador. Indago-me se eles saberiam se ele estivesse morto.

Entro em esquinas escuras, tento interpretar as ruas em busca de pistas, tento lembrar onde Adam caiu, mas minha memória é tão fraca, tão distraída, meu cérebro tão incapaz de processar esses tipos de detalhe. Esse instante terrível é uma confusão de insanidade em minha mente. Não consigo tirar nenhum sentido disso e Adam poderia estar em qualquer lugar a esta altura. Eles poderiam ter feito qualquer coisa com ele.

Nem mesmo sei o que estou procurando.

~~Posso estar desperdiçando o meu tempo.~~

Ouço um movimento súbito e me lanço numa rua lateral, meus dedos apertando, com astúcia, a arma em minha mão. Agora que eu de fato disparei uma arma, sinto-me mais confiante com ela em minhas mãos, mais consciente do que esperar, como ela funciona. Mas eu não sei se deveria estar feliz ou aterrorizada com o fato de me sentir tão rapidamente à vontade com alguma coisa letal.

Passos.

Encosto na parede, meus braços e minhas pernas achatados contra a superfície áspera. Espero que eu esteja oculta nas sombras. Pergunto-me se alguém já encontrou Warner.

Observo o soldado passar por mim. Ele tem um rifle pendurado no peito, o menor tipo de arma automática nas mãos. Olho para arma na minha própria mão e percebo que não faço ideia de quantos tipos diferentes existem. Tudo o que sei é que algumas são maiores que outras. Algumas têm de ser recarregadas constantemente. Outras, como a que estou segurando, não. Talvez Adam possa ensinar as diferenças.

Adam.

Inspiro profundamente e me desloco o mais furtivamente que consigo pelas ruas. Localizo uma sombra particularmente escura em um trecho da calçada à minha frente e faço um esforço para evitá-la. Mas, à medida que me aproximo, vou percebendo que não é uma sombra. É uma mancha.

Sangue de Adam.

Aperto minha mandíbula até que a dor espante os gritos. Respiro acelerado, faltando-me o ar. Preciso me concentrar. Preciso usar essa informação. Preciso prestar atenção...

Preciso seguir o rastro de sangue.

Quem quer que tenha arrastado Adam ainda não voltou para limpar a sujeira. Há respingos constantes saindo das vias principais e entrando nas ruas laterais mal iluminadas. A luz é tão fraca que tenho de me recurvar para procurar pelas manchas no chão. Estou perdendo de vista para onde elas levam. Há menos aqui. Acho que elas desapareceram por completo. Não sei se as manchas escuras que encontro são sangue ou chiclete velho esmagado na calçada ou gotas de vida de outra pessoa. O trajeto de Adam desapareceu.

Recuo vários passos e refaço o percurso.

Preciso refazê-lo três vezes antes de perceber que eles devem tê-lo levado para dentro. Há uma antiga estrutura de aço com uma porta enferrujada ainda mais velha que parece nunca ter sido aberta. Parece não ser usada há anos. Não vejo quaisquer opções.

Mexo na maçaneta. Está travada.

Desloco meu peso todo para tentar abri-la à força, na violência, mas apenas consigo machucar meu corpo. Poderia colocá-la abaixo aos tiros, mas não estou certa de minha pontaria nem de minha habilidade com esta arma, não tenho certeza de que possa me permitir ao barulho. Não posso fazer minha presença ser notada.

Tem de haver outro modo de entrar neste edifício.

Não há outro modo de entrar neste edifício.

Minha frustração só aumenta. Meu desespero é incapacitante. Minha histeria ameaça me invalidar e quero gritar até meus pulmões entrarem em colapso. Adam está neste edifício. Ele tem de estar neste edifício.

Estou parada do lado de fora deste edifício e não consigo entrar.

Isso não pode estar acontecendo.

Fecho as mãos, tento repelir o fracasso desesperador que me envolve em seu abraço, mas me sinto enlouquecida. Selvagem. Insana. A adrenalina me escapa, meu foco me escapa, o Sol está se pondo no horizonte e eu recordo James e Kenji e Adam Adam Adam ~~e as mãos de Warner sobre meu corpo e seus lábios em minha boca e sua língua provando meu pescoço~~ e todo o sangue

por toda parte

por toda parte

por toda parte

e faço algo estúpido.

Eu esmurro a porta.

Em um instante minha mente alcança meus músculos e me preparo para o impacto do aço na pele, pronta para sentir a agonia de quebrar todos os ossos de meu braço direito. Mas meu punho penetra 30 centímetros de aço como se fosse feito de manteiga. Estou atordoada. Aproveito a mesma energia volátil e dou um pontapé na porta. Uso as mãos para rasgar o aço em tiras, atravessando o metal aos arranhões, como um animal feroz.

É incrível. Estimulante. Completamente selvagem.

Deve ser como quebrei o concreto da câmara de tortura de Warner. O que significa que ainda não faço ideia de como quebrei o concreto da câmara de tortura de Warner.

Escalo pelo buraco que criei e deslizo para as sombras. Não é difícil. Todo o lugar está envolto em trevas. Não há luzes, não há ruídos de máquinas ou eletricidade. Apenas outro depósito abandonado às intempéries.

Verifico o chão, mas não há sinal de sangue. Meu coração dispara e desacelera ao mesmo tempo. Preciso que ele esteja bem. Preciso que ele esteja vivo. Adam não está morto. Ele não pode estar.

Adam prometeu a James que voltaria para buscá-lo.

Ele nunca quebraria essa promessa.

Ando devagar no início, cautelosa, preocupada com o fato de que possa haver soldados ao redor, mas não demora muito para eu perceber que não há som de vida neste edifício. Decido correr.

Enfio a arma no bolso e espero que consiga pegá-la caso precise. Estou correndo através das portas, fazendo curvas, não deixando escapar nenhum detalhe. Este edifício não era apenas um depósito. Era uma fábrica.

Máquinas antigas entulhadas nas paredes, esteiras transportadoras paralisadas, milhares de caixas de estoque sobrepostas de forma precária em pilhas altas. Ouço uma respiração baixinha, uma tosse contida.

Estou disparando por uma série de portas duplas vai e vem, à procura do som fraco, lutando para me concentrar nos mínimos detalhes. Estico os ouvidos e escuto o som novamente.

Respiração difícil e pesada.

Quanto mais perto chego, mais claramente posso escutá-lo. Tem de ser ele. Minha arma está erguida e pronta para o disparo, meus olhos, agora cautelosos, antecipando-se aos agressores. Minhas pernas se movem ligeiramente, suavemente, silenciosamente. Quase atiro em uma sombra que as caixas projetaram no chão. Respiro firme. Viro para outro canto.

E quase entro em colapso.

Adam está pendurado pelos pulsos, sem camisa, ensanguentado e ferido por toda parte. A cabeça está inclinada, seu pescoço, frouxo, sua perna esquerda, ensopada de sangue, apesar do torniquete envolto em sua coxa. Não sei há quanto tempo o peso de seu corpo todo está suspenso pelos pulsos. Estou surpresa por ele não ter deslocado os ombros. Ele ainda deve estar lutando para manter-se firme.

A corda enrolada em seus pulsos está presa a algum tipo de haste metálica que atravessa o teto. Olho mais de perto e percebo que a haste é parte de uma esteira rolante. Que Adam está sobre uma esteira transportadora.

Que isto não é somente uma fábrica.

É um matadouro.

Sinto-me péssima demais para me dar ao luxo da histeria neste momento.

Preciso encontrar um modo de descê-lo, mas temo me aproximar. Meus olhos sondam o espaço, certa de que há guardas em algum lugar, soldados preparados para esse tipo de emboscada. Quando então me ocorre que talvez eu nunca tenha sido considerada uma ameaça de fato. Não se eles acreditam que Warner conseguiu me arrastar para longe.

Ninguém esperaria me encontrar aqui.

Subo em cima da esteira e Adam tenta erguer a cabeça. Tenho que ter cuidado para não olhar muito de perto suas feridas, para não deixar minha imaginação me incapacitar. Não aqui. Não agora.

— Adam...?

Sua cabeça se levanta bruscamente com uma súbita explosão de energia. Seus olhos me encontram. Seu rosto está quase incólume; há apenas pequenos cortes e escoriações dos quais prestar contas. Focar-me no que lhe resta de familiar me dá um pouco de calma.

— Juliette...?

— Preciso cortar a corda...

— Jesus, Juliette... como me encontrou? — Ele tosse. Ofega. Respira firme.

— Mais tarde. — Levanto a mão para tocar-lhe o rosto. — Vou lhe contar tudo mais tarde. Primeiro, preciso achar uma faca.

— Minhas calças...

— O quê?

— Dentro — ele engole — das minhas calças...

Alcanço seu bolso e ele balança a cabeça. Levanto os olhos.

— Onde...

— Há um bolso interno nas minhas calças...

Praticamente rasgo suas roupas. Há um pequeno bolso costurado no forro de suas calças cargo. Enfio a mão e encontro um canivete compacto. Um canivete *butterfly*. Já vi um desses antes.

Eles são ilegais.

Começo empilhando caixas na esteira transportadora. Escalo por elas e rogo a Deus que eu saiba o que estou fazendo. A faca é extremamente afiada, e corto rapidamente as amarras. Percebo um pouco tardiamente que a corda que o prende é a mesma que usamos para escapar.

Adam está livre. Estou descendo, dobrando a faca e enfiando-a em meu bolso. Não sei como vou tirar Adam daqui. Seus pulsos estão em carne viva, perdendo sangue, seu corpo moído de dor, sua perna sangrando com uma bala alojada.

Ele quase cai.

Tento retê-lo da forma mais delicada possível, tento segurá-lo, da melhor forma possível, sem machucá-lo. Ele não diz uma palavra sobre a dor, tenta com muito esforço esconder o fato de que está com dificuldades para respirar. Ele faz uma expressão de dor ante a tortura toda, mas não murmura uma só palavra de reclamação.

— Não consigo acreditar que você me encontrou — é tudo o que ele diz.

E sei que não deveria. Sei que agora não é hora. Sei que isso é impraticável. Mas, seja como for, eu o beijo.

— Você não vai morrer — digo a ele. — Vamos sair daqui. Vamos roubar um carro. Vamos encontrar James e Kenji. E então vamos ficar em segurança.

Ele olha para mim.

— Dá outro beijo — diz ele.

E eu o beijo.

Leva uma vida inteira para conseguir voltar para a porta. Adam fora ocultado nos recessos deste edifício, e encontrar o caminho para a entrada é ainda mais difícil do que previ. Adam está tentando a todo custo, andando tão rápido quanto pode, mas ele ainda não está rápido de modo algum.

— Eles disseram que Warner queria me matar com as próprias mãos — explica. — Que ele atirou em minha perna de propósito, apenas para me incapacitar. Isso dava chance para arrastar você para longe e voltar mais tarde para acabar comigo. Aparentemente, seu plano era me torturar até a morte. — Ele faz cara de dor. — Ele disse que queria saborear isso. Não queria uma morte rápida. — Uma risada expansiva. Uma tosse breve.

~~Suas mãos sobre meu corpo suas mãos sobre meu corpo suas mãos sobre meu corpo.~~

— Então eles simplesmente o amarraram pendurado e o largaram aqui?

— Eles disseram que ninguém me encontraria mesmo. Eles disseram que o prédio é todo feito de concreto e aço reforçado e que ninguém poderia arrombá-lo. Supostamente era para Warner voltar quando ele estivesse pronto. — Ele para. Olha para mim. — Deus, estou tão feliz que você esteja bem.

Ofereço-lhe um sorriso. Tento evitar que meus órgãos saiam do lugar. Espero que os buracos em minha cabeça não estejam aparecendo.

Ele para quando chegamos à porta. O metal está destroçado. Parece que um animal selvagem o atacou e desapareceu.

— Como é que...

— Eu não sei — admito. Tento dar de ombros, ser indiferente. — Eu só dei um murro.

— Você só deu um murro?

— E chutei um pouco.

Ele está sorrindo e eu quero chorar em seus braços. Tento me focar em seu rosto. Não posso deixar meus olhos digerirem a imitação grotesca de seu corpo.

— Venha — digo a ele. — Vamos fazer algo ilegal.

Deixo Adam nas sombras e lanço-me até o limite da rua principal, à procura de veículos abandonados. Temos de percorrer três ruas laterais diferentes até finalmente encontrarmos um.

— Como está resistindo? — pergunto a ele, temendo ouvir a resposta.

Ele aperta os lábios. Faz um movimento que parece um sim com a cabeça.

— Tudo bem.

Isso não é bom.

— Espere aqui.

Está um breu intenso, nem uma só lâmpada à vista. Isso é bom. Ruim também. Isso me dá uma vantagem extra, e me torna mais vulnerável a ataques. Preciso ser cuidadosa. Ando na pontinha dos pés até o carro.

Estou totalmente preparada para quebrar o vidro, mas antes verifico a maçaneta. Só para garantir.

A porta está aberta.

As chaves estão na ignição.

Há uma sacola de compras no banco de trás.

Alguém deve ter entrado em pânico ao som do alarme e ao inesperado toque de recolher. Eles devem ter abandonado tudo e corrido para se proteger.

Isso seria absolutamente perfeito se eu fizesse alguma ideia de como dirigir.

Volto correndo e ajudo Adam a ir mancando até o lado do passageiro. Assim que ele se senta, consigo perceber a intensidade da sua dor. Curvando o corpo de qualquer maneira. Colocando pressão sobre as costelas. Esticando seus músculos.

— Está tudo bem — diz para mim, mente para mim. — Não posso ficar de pé por muito tempo.

Chego à parte de trás e remexo as sacolas de supermercados. Tem comida de verdade dentro delas. Não só estranhos caldos de carne projetados para ir dentro de Automáticos, e sim frutas e vegetais. Mesmo Warner nunca deu bananas para nós.

Entrego a fruta amarela para Adam.

— Coma isso.

— Acho que não posso comer... — Ele olha para a forma em suas mãos. — Isso é o que eu penso que é?

— Acho que sim.

Não temos tempo para processar a impossibilidade. Descasco-a para ele. Encorajo-o a dar uma pequena mordida. Espero que seja boa. Ouvi dizer que bananas têm potássio. Espero que ele não vomite.

Tento me concentrar na máquina sob meus pés.

— Quanto tempo você acha que temos até Warner nos encontrar? — pergunta Adam.

— Eu não sei.

Uma pausa.

— Como você escapou dele...?

Estou olhando para além do para-brisa quando respondo.

— Atirei nele.

— Não. — Surpresa. Pavor. Assombro.

Mostro a arma de Warner. Há uma gravura especial no punho.

Adam está atordoado.

— Então ele está... morto?

— Eu não sei — finalmente admito, envergonhada. Baixo os olhos, estudo as ranhuras no volante. — Não tenho certeza. — Levei muito tempo para puxar o gatilho. Ele era mais duro que eu previa que fosse. Mais difícil segurar a arma entre minhas mãos do que eu tinha imaginado. Warner já estava me soltando quando a bala perfurou seu corpo. Eu estava mirando em seu coração.

Deus permita que eu não tenha errado.

Nós dois ficamos calados.

— Adam?

— Sim?

— Não sei dirigir.

41

— Você tem sorte por este não ser de câmbio manual. — Ele tenta rir.

— Câmbio manual? O que é isso?

— Algo um pouco mais complicado.

Mordo o lábio.

— Você lembra onde deixamos James e Kenji? — Nem quero considerar a possibilidade de que eles tenham se deslocado. Sido descobertos. Qualquer coisa. Não posso sequer pensar nessa ideia.

— Sim. — Eu sei que ele está pensando exatamente o que eu estou pensando.

— Como eu chego lá?

Adam diz para mim que o pedal direito é para acelerar. O da esquerda para frear. Tenho de mudar para o D para dirigir. Uso o volante para manobrar. Há espelhos que me ajudam a ver atrás de mim. Não consigo ligar os faróis dianteiros e terei de confiar na Lua para iluminar meu caminho.

Ligo a ignição, pressiono o freio, mudo a marcha para dirigir. A voz de Adam é o único *GPS* de que preciso. Libero o freio. Aperto o acelerador. Quase bato em um muro.

É assim que, finalmente, voltamos ao edifício abandonado.

Acelero. Freio. Acelero. Freio. Acelero muito. Freio muito. Adam não reclama e isso é quase pior. Só consigo imaginar o que minha condução está fazendo a seus ferimentos. Estou grata por, ao menos, não estarmos mortos, ainda não.

Não sei por que ainda ninguém nos localizou. Pergunto-me se talvez Warner esteja morto. Pergunto-me se tudo está um caos. Pergunto-me se é por isso que não há soldados nesta cidade. Todos eles desapareceram.

Penso eu.

Quase me esqueço de colocar o carro no estacionamento quando chegamos ao edifício arruinado e vagamente familiar. Adam tem de alcançar o volante e estacionar o carro para mim. Ajudo-o a passar para o banco traseiro, e ele me pergunta o porquê.

— Porque vou fazer Kenji de motorista, e não quero que seu irmão tenha de vê-lo desse jeito. Está escuro o suficiente para que ele não veja seu corpo. Não acho que ele deva vê-lo machucado.

Ele faz que sim com a cabeça depois de um momento infinito.

— Obrigado.

E corro rumo ao prédio destruído. Empurro as portas para abrirem. Mal distingo duas figuras no escuro. Pisco e elas entram em foco. James está adormecido com a cabeça no colo de Kenji. As mochilas de acampamento estão abertas, latas de comida descartadas no chão. Eles estão bem.

Obrigada a Deus por estarem bem.

Poderia morrer de alívio.

Kenji puxa James para cima e o encaixa em seus braços, pelejando um pouco com o peso. Seu rosto é calmo, sério, inabalável. Ele não sorri. Ele não diz qualquer coisa estúpida. Ele estuda meus olhos como se já os conhecesse, como se já entendesse por que demoramos tanto para voltar, como se houvesse apenas uma razão para explicar meu atual estado deplorável, o sangue que tenho por toda a blusa. Provavelmente no rosto. Por todas as minhas mãos.

— Como ele está?

E eu quase não o entendo ali.

— Preciso que você dirija.

Ele respira firme. Faz que sim com a cabeça várias vezes.

— Minha perna direita ainda está boa — diz para mim, mas não sei se me importaria com isso mesmo se ela não estivesse. Precisamos chegar a seu lugar seguro, e minha condução não nos levará a nenhum lugar.

Kenji coloca um James adormecido no lado do passageiro, e fico muito feliz por ele não estar acordado agora.

Apanho as mochilas de acampamento e levo-as até o banco traseiro. Kenji senta-se na frente. Olha pelo espelho retrovisor.

— É bom vê-lo vivo, Kent.

Adam quase sorri. Sacode a cabeça.

— Obrigado por cuidar de James.

— Confia em mim agora?

Um breve suspiro.

— Talvez.

— Ainda levo um talvez. — Ele sorri. Liga o carro. — Vamos dar o fora daqui.

Adam está tremendo.

Seu corpo nu está finalmente se rendendo ao frio, às horas de tortura, à tensão por ter-se mantido firme durante tanto tempo. Estou remexendo as mochilas, procurando um casaco, mas tudo o que encontro são camisas e suéteres. Não sei como vesti-los sem causar-lhe dor.

Decido cortá-los em pedaços. Pego o canivete *butterfly* e corto algumas de suas camisas, dispondo-as sobre seu corpo como um cobertor. Levanto os olhos.

— Kenji... este carro tem aquecedor.

— Está ligado, mas é bem vagabundo. Não está funcionando muito bem.

— Quanto tempo até chegarmos lá?

— Não muito.

— Viu alguém que possa estar nos seguindo?

— Não. — Ele pausa. — É estranho. Não entendo por que ninguém notou um carro voando por estas ruas depois do toque de recolher. Algo está errado.

— Eu sei.

— E eu não sei o que é, mas é óbvio que meu soro rastreador não está funcionando. Ou eles realmente não dão a mínima para mim, ou ele de fato não está funcionando, e eu não sei por quê.

Um detalhe minúsculo assenta-se nas margens de minha consciência. Examino-o.

— Você não disse que dormiu em um galpão? Naquela noite que você fugiu?

— Sim, por quê?

— Onde era...?

Ele encolhe os ombros.

— Não sei. Um campo enorme. Foi estranho. Coisas malucas crescem naquele lugar. Quase comi algo que pensei que era fruta, antes de perceber que cheirava a traseiro.

Prendo a respiração.

— Era um campo vazio? Árido? Totalmente abandonado?

— Sim.

— O campo nuclear — diz Adam, a compreensão raiando em sua voz.

— Que campo nuclear? — pergunta Kenji.

Levo um momento para explicar.

— Caralho! — Kenji aperta o volante. — Então eu podia ter morrido? E não morri?

Eu o ignoro.

— Mas, então, como eles nos encontraram? Como descobriram onde você morava...? — me dirigi a Adam.

— Eu não sei — Adam suspira. Fecha os olhos. — Talvez Kenji esteja mentindo para nós.

— Sem essa, cara, que diabos...

— Ou... — interrompe Adam —, talvez eles tenham comprado Benny.

— Não. — Sobressalto-me.

— É possível.

Todos nós ficamos em silêncio durante um longo tempo. Tento olhar pela janela, mas é quase inútil. O céu noturno é um barril de alcatrão sufocando o mundo ao nosso redor.

Viro para Adam e o encontro com a cabeça inclinada para trás, suas mãos apertadas, seus lábios quase brancos na escuridão. Enrolo os suéteres mais firmemente em seu corpo. Ele reprime um tremor.

— Adam... — Tiro alguns fios de cabelo de sua testa. Seus cabelos ficaram um pouco compridos e eu percebo que nunca realmente prestei atenção nisso antes. Eles têm sido aparados desde o dia em que Adam pisou na minha cela. Nunca teria imaginado que seus cabelos escuros seriam tão macios. Como chocolate derretido. Me pergunto quando ele parou de cortá-los.

Ele mexe a mandíbula. Mantém os lábios abertos. Mente para mim mais uma vez.

— Estou bem.

— Kenji...

— Cinco minutos, prometo... estou tentando acelerar esta coisa...

Toco seus pulsos, traço sua pele delicada com a ponta dos dedos. As cicatrizes ensanguentadas. Beijo a palma de sua mão. Ele respira de forma compassada.

— Você vai ficar bem — digo a ele.

Seus olhos ainda estão fechados. Ele tenta balançar a cabeça.

— Por que você não me disse que estavam juntos? — pergunta Kenji, inesperadamente. Sua voz é serena, indiferente.

— O quê? — Agora não é hora para ruborizar.

Kenji suspira. Olha de relance pelo retrovisor. O inchaço quase se foi de todo. Seu rosto está sarando.

— Teria de estar cego para deixar escapar algo assim. Digo, diabos, só o jeito que ele te olha. É tipo o cara que nunca viu uma mulher na vida. Tipo botar comida na frente de um homem morrendo de fome e dizer a ele que não pode comer.

Os olhos de Adam se abrem de súbito. Tento interpretá-lo, mas ele não olha para mim.

— Por que você simplesmente não contou para mim? — diz Kenji novamente.

— Eu nunca tive a chance de pedir — responde Adam. Sua voz é menor que um sussurro. Seus níveis de energia estão decaindo bem depressa. Não quero que ele tenha de falar. Ele precisa conservar sua força.

— Espere... você está falando para mim ou para ela? — Kenji olha para nós.

— Discutimos isso mais tarde... — tento dizer, mas Adam sacode a cabeça.

— Eu contei a James sem perguntar a você. Eu fiz... uma suposição. — Ele faz uma pausa. — Não deveria ter feito. Você deveria ter uma escolha. Deveria sempre ter uma escolha. E é sua escolha se quiser ficar comigo.

— Ei, então, só estou fingindo que não posso mais escutar vocês, OK? — Kenji faz um movimento aleatório com a mão. — Vão em frente e tenham o momento de vocês.

Mas estou ocupada demais estudando os olhos de Adam, seus lábios macios macios. Sua testa franzida.

Inclino-me ao seu ouvido, diminuo o tom de voz. Sussurro as palavras que somente ele pode escutar.

— Você vai ficar melhor — prometo a ele. — E, quando estiver melhor, vou lhe mostrar perfeitamente a escolha que fiz. Vou memorizar cada centímetro de seu corpo com meus lábios.

Ele expira subitamente, trêmulo, irregular. Engole em seco.

Seus olhos estão queimando em mim. Ele parece quase febril, e me indago se estou piorando as coisas.

Eu recuo, e ele me detém. Pousa a mão em minha coxa.

— Não vá — diz ele. — Seu toque é a única coisa que me impede de enlouquecer.

42

— Aqui estamos, e é tarde da noite. Então, de acordo com meus cálculos, não devemos ter feito nada de errado.

Kenji entra no estacionamento. Estamos novamente no subsolo, em uma espécie de garagem complicada. Há um minuto estávamos sobre o solo, no minuto seguinte desaparecemos em uma vala. É quase impossível se localizar, muito menos avistar algo na escuridão. Kenji estava dizendo a verdade sobre este esconderijo.

Estive ocupada nos últimos minutos tentando manter Adam acordado. Seu corpo está lutando contra a exaustão, a perda de sangue, a fome, um milhão de pontos diferentes de dor. Sinto-me completamente impotente.

— Adam tem que ir direto para a ala médica — anuncia Kenji.

— Eles têm uma ala médica? — Meu coração está descendo de parapente na estação da primavera.

Kenji sorri.

— Este lugar tem tudo. Você vai pirar. — Ele aperta um interruptor no teto. Uma luz fraca ilumina o velho sedã. Kenji sai do carro. — Espere aqui... Vou arranjar alguém para trazer uma maca.

— E quanto a James?

— Ah. — A boca de Kenji se contorce. — Eh, hã... ele vai ficar dormindo por muito mais tempo.

— O que você quer dizer...?

Ele limpa a garganta. Uma. Duas vezes. Alisa as rugas na camisa.

— Eu, hã, posso ou não posso ter lhe dado algo para... atenuar o sofrimento desta viagem.

— Você deu para um garoto de dez anos? Um comprimido para dormir? — Estou com medo de quebrar-lhe o pescoço.

— Você preferia que ele estivesse acordado ao longo de tudo isso?

— Adam vai matá-lo.

Kenji olha para as pálpebras descaídas de Adam.

— Sim, bem, acho que tenho sorte por ele não ser capaz de me matar esta noite. — Ele hesita. Entra rapidamente no carro para passar os dedos pelos cabelos de James. Sorri um pouco. — Este garoto é um santo. Estará perfeito pela manhã.

— Não acredito que você...

— Ei, ei... — Ele levanta as mãos. — Confie em mim. Ele vai ficar bem. Só não queria que ele ficasse ainda mais traumatizado do que já estava. — Ele encolhe os ombros. — Diabos, Adam talvez concorde comigo.

— Vou matar você. — A voz de Adam é um resmungo suave.

Kenji ri.

— Força, irmão, ou vou pensar que você não quis realmente dizer isso.

Kenji desaparece.

Tomo conta de Adam, encorajo-o a permanecer acordado. Digo que ele está quase são e salvo. Toco meus lábios em sua testa. Estudo cada sombra, cada contorno, cada corte e escoriação de seu rosto. Seus músculos relaxam, suas feições perdem a tensão. Ele expira com um pouco mais de facilidade. Beijo-lhe o lábio superior. Beijo-lhe o lábio inferior. Beijo-lhe as bochechas. Beijo-lhe o nariz. Beijo-lhe o queixo.

Tudo acontece tão depressa depois disso.

Quatro pessoas correm em direção ao carro. Duas mais velhas que eu, duas mais velhas que as primeiras. Dois homens. Duas mulheres.

— Onde ele está? — pergunta a mulher mais velha. Eles estão olhando em volta, ansiosos. Pergunto-me se eles podem ver que estou olhando fixo para eles.

Kenji abre a porta de Adam. Kenji não está mais sorrindo. Na verdade, ele parece... diferente. Mais forte. Mais rápido. Maior, até. Ele está no controle. Uma figura de autoridade. Estas pessoas o conhecem.

Adam é erguido em cima de uma maca e imediatamente avaliado. Todos estão falando ao mesmo tempo. Alguma coisa sobre costelas quebradas. Alguma coisa sobre perda de sangue. Alguma coisa sobre vias aéreas e capacidade pulmonar e "o que aconteceu com seus pulsos?". Alguma coisa sobre medir seu pulso e "há quanto ele está sangrando?". O rapaz jovem e a mulher olham em minha direção. Todos estão vestindo roupas estranhas.

Trajes estranhos.

Tudo branco com listras cinzentas ao lado. Fico me perguntando se é um uniforme médico.

Eles estão levando Adam embora.

— Esperem... — Saio do carro. — Esperem! Quero ir com ele...

— Agora não. — Kenji me detém. Suaviza o tom de voz. — Você não pode ficar com ele durante tudo o que eles precisam fazer. Não agora.

— O que quer dizer? O que eles vão fazer com ele? — O mundo está entrando e saindo de foco, tons de cinza tremeluzindo como formas rebuscadas, movimentos interrompidos. De repente nada faz sentido. De repente tudo está me confundindo. De repente minha cabeça é um pedaço de calçada e eu estou sendo pisoteada até a morte. Não sei onde nós estamos. Não sei quem é Kenji. Kenji era amigo de Adam. Adam o conhece. Adam. Meu Adam. Adam, que está sendo levado de mim, e eu não posso ir com ele e eu quero ir com ele, mas eles não me deixam e eu não sei por quê...

— Eles vão ajudá-lo... Juliette... você precisa se concentrar. Você não pode perder o autocontrole agora. Sei que tem sido um dia louco... mas preciso que você fique calma. — Sua voz. Tão firme. Repentinamente tão articulada.

— Quem é você...? — Estou começando a entrar em pânico. Quero pegar James e fugir, mas não posso. Ele fez algo a James e, ainda que eu soubesse como despertá-lo, não posso tocá-lo. Quero arrancar minhas unhas. — Quem é você...

Kenji suspira.

— Você está morrendo de fome. Está exausta. Está processando o choque e um milhão de outras emoções neste instante. Seja sensata. Não vou machucá-lo. Você está a salvo agora. Adam está a salvo. James está a salvo.

— Quero ficar com ele... quero ver o que vão fazer com ele...

— Não posso deixá-la fazer isso.

— O que você vai fazer comigo? Por que me trouxe aqui...? Meus olhos estão arregalados, atirando-se a um milhão de direções. Estou girando, encalhada no meio do oceano de minha própria imaginação. Não sei como nadar. — O que você quer de mim?

Kenji baixa os olhos. Esfrega a testa. Enfia a mão no bolso.

— Realmente não queria ter de fazer isto.

Acho que estou gritando.

43

Sou uma velha escadaria rangendo quando acordo.

Alguém me lavou. Minha pele está como cetim. Meus cílios estão suaves, meu cabelo está liso, escovado; ele brilha à luz artificial, um rio de chocolate marulhando-se junto à pálida orla de minha pele, ondas suaves em cascata ao redor de minha clavícula. Minhas articulações doem; meus olhos queimam de exaustão insaciável. Meu corpo está nu sob o pesado lençol. Nunca me senti tão imaculada.

Estou cansada demais para ficar incomodada com isso.

Meus olhos sonolentos varrem o espaço em que estou, mas não há muito a considerar. Estou deitada na cama. Há quatro paredes. Uma porta. Uma mesinha ao lado. Um copo de água sobre ela. Luzes fluorescentes zunindo sobre mim. Tudo é branco.

Tudo o que já conheci está mudando.

Tento pegar o copo de água e a porta se abre. Puxo o lençol o mais alto que ele chega.

— Como está se sentindo?

Um homem alto está usando óculos de plástico. Armações pretas. Um simples suéter. Calças apertadas. Seus cabelos louros tom de areia caem-lhe aos olhos. Ele está segurando uma prancheta.

— Quem é você?

Ele pega uma cadeira que não reparei que estava no canto. Empurra-a para a frente. Senta-se ao lado da cama.

— Sente-se zonza? Desorientada?

— Onde está Adam?

Ele está segurando uma caneta sobre uma folha de papel. Escreve alguma coisa.

— Seu nome se soletra com dois erres? Ou só um?

— O que vocês fizeram com James? Onde está Kenji?

Ele para. Levanta os olhos. Ele não pode ter mais que 30. Ele tem um nariz curvo. Barba por fazer.

— Posso ao menos me certificar de que está tudo bem com você? Então responderei a suas perguntas. Prometo. Deixa só eu terminar aqui o protocolo básico.

Pisco.

Como me sinto. Eu não sei.

Tive sonhos. Acho que não.

Sei onde estou. Não.

Acho que estou a salvo. Não sei.

Lembro o que aconteceu. Sim.

Que idade tenho. Dezessete.

De que cor são meus olhos. Não sei.

— Você não sabe? — Ele rebaixa a caneta. Tira os óculos. — Você se lembra exatamente do que aconteceu ontem, mas não sabe a cor dos próprios olhos?

— Acho que são verdes. Ou azuis. Não tenho certeza. Por que isso importa?

— Quero ter certeza de que você pode reconhecer a si mesma. De que não perdeu de vista sua pessoa.

— Mas nunca soube mesmo a cor de meus olhos. Só me olhei no espelho uma vez nos últimos três anos.

O estranho olha fixo para mim, seus olhos vincados de preocupação. Por fim tenho de desviar o olhar.

— Como você me tocou? — pergunto.

— Perdão?

— Meu corpo. Minha pele. Estou tão... limpa.

— Ah. — Ele morde o dedo polegar. Marca alguma coisa no papel. — Certo. Bem, você estava coberta de sangue e sujeira quando chegou, e estava com alguns cortes pequenos e escoriações. Não queríamos que desse uma infecção. Lamento pela intrusão... mas não podemos permitir que alguém traga algum tipo de bactéria aqui dentro. Tivemos de proceder a uma desintoxicação superficial.

— Tudo bem... compreendo — digo apressada. — Mas como?

— Perdão?

— Como você me tocou? — Certamente ele sabe. Como poderia não saber? Deus, espero que ele saiba.

— Ah... — Ele abana a cabeça, distraído pelas palavras que ele está rabiscando em sua prancheta. Aperta os olhos à página. — Látex.

— O quê?

— Látex. — Ele levanta os olhos por um segundo. Percebe minha confusão. — Luvas?

— Certo. — É claro. Luvas. Até Warner usava luvas até descobrir que não precisava delas.

~~Até descobrir que não precisava delas. Até descobrir que não precisava delas. Até descobrir que não precisava delas.~~

Rebobino o momento várias e várias vezes na minha cabeça. A fração de segundo que demorei para pular da janela. O momento de hesitação que mudou tudo. O instante em que perdi todo o controle. Todo o poder. Qualquer propósito de domínio. Ele nunca vai parar até me encontrar, e isso é tudo culpa minha.

Preciso saber se ele está morto.

Tenho de me forçar para ficar imóvel. Tenho de me forçar para não tremer, ou vomitar. Preciso mudar de assunto.

— Onde estão minhas roupas? — Brinco com o lençol de um branco perfeito que esconde meus ossos.

— Foram destruídas pelas mesmas necessidades de desinfecção. — Ele levanta os óculos. Recoloca-os rapidamente. — Temos um traje especial para você. Acho que ele vai tornar sua vida muito mais fácil.

— Um traje especial? — Levanto os olhos. Aparto os lábios em surpresa.

— Sim. Vamos chegar a essa parte um pouco mais tarde. — Ele faz uma pausa. Sorri. Há uma covinha em seu queixo. — Você não vai me atacar como atacou Kenji, vai?

— Eu ataquei Kenji? — recuo de susto.

— Só um pouco. — Ele encolhe os ombros. — Pelo menos agora sabemos que ele não é imune ao seu toque.

— Eu toquei nele? — Sento-me ereta e quase me esqueço de puxar o lençol comigo. Estou em chamas da cabeça aos pés, ruborizando por causa da lembrança, agarrando-me ao lençol como a uma tábua de salvação. — Lamento muito...

— Estou certo de que ele vai gostar do pedido de desculpas. — O loirão está estudando suas notas religiosamente, de repente fascinado por sua própria caligrafia. — Mas está tudo certo. Estávamos esperando algumas tendências destrutivas. Você teve uma semana infernal.

— Você é psicólogo?

— Mais ou menos. — Ele tira o cabelo da testa.

— Mais ou menos?

Ele ri. Interrompe. Gira a caneta entre os dedos.

— Sim. Para todos os efeitos, sou psicólogo. Às vezes.

— O que é que isso quer dizer...?

Ele separa os lábios. Aperta-os. Ele parece considerar responder, mas em vez disso me examina. Ele me encara por tanto tempo que sinto meu rosto pegar fogo. Ele começa a rabiscar furiosamente.

— O que estou fazendo aqui? — pergunto a ele.

— Recuperando-se.

— Há quanto tempo estou aqui?

— Você dormiu por quase 14 horas. Demos para você um sedativo bem poderoso. — Olha para seu relógio. — Você parece estar indo bem. — Hesita. — Na verdade, você parece muito bem. Impressionante, realmente.

Tenho um punhado de palavras embaralhadas na minha boca. Meu rosto está corando.

— Onde está Adam?

Ele respira fundo. Sublinha alguma coisa em seus papéis. Seus lábios se contorcem em um sorriso.

— Onde ele está?

— Recuperando-se. — Ele finalmente levanta os olhos.

— Ele está bem?

Faz que sim com a cabeça.

— Ele está bem.

Eu o encaro.

— O que quer dizer?

Duas batidas à porta.

O estranho de óculos não se move. Ele relê suas notas.

— Entre — convida ele.

Kenji entra, de início um pouco hesitante. Ele me espia, seus olhos cautelosos. Nunca pensei que ficaria tão feliz em vê-lo. No entanto, apesar do alívio em ver um rosto conhecido, meu estômago imediatamente se retorce em um nó de culpa, revirando-me por dentro. Pergunto-me se devo tê-lo machucado muito. Ele dá um passo à frente.

Minha culpa desaparece.

Olho mais de perto e percebo que ele está perfeitamente ileso. Sua perna está funcionando bem. Seu rosto voltou ao normal. Seus olhos não estão mais inchados, sua testa está curada, lisa, intacta. Ele estava certo.

Ele tem um rosto espetacular.

Uma marcante linha de mandíbula. Sobrancelhas perfeitas. Olhos tão negros quanto seus cabelos. Astuto. Forte. Um tanto perigoso.

— Ei, lindeza.

— Desculpa se quase matei você — digo impulsivamente.

— Ah. — Ele se surpreende. Enfia as mãos nos bolsos. — Ora, fico feliz que acabamos com isso. — Reparo que ele está usando uma camiseta destruída. *Jeans* pretos. Há muito não vejo alguém usando *jeans*. Uniformes do exército, roupas básicas de algodão e vestidos extravagantes são tudo o que tenho visto ultimamente.

Não consigo mesmo olhar para ele.

— Entrei em pânico — tento explicar. Entrelaço e desentrelaço os dedos.

— Imaginei. — Ele ergue uma sobrancelha.

— Lamento.

— Eu sei.

Aceno com a cabeça.

— Você parece melhor.

Ele abre um sorriso. Espreguiça-se. Recosta-se na parede, braços cruzados ao peito, pernas cruzadas nos tornozelos.

— Isso deve ser difícil para você.

— Perdão?

— Olhar para o meu rosto. Perceber que eu estava certo. Perceber que você tomou a decisão errada. — Ele encolhe os ombros. — Eu entendo. Não sou um homem orgulhoso, você sabe. Estaria disposto a perdoá-la.

Olho boquiaberta para ele, sem saber se dou uma risada ou lhe jogo alguma coisa.

— Não me faça tocar em você.

Ele sacode a cabeça.

— É incrível como algumas pessoas aparentam estar em pleno juízo e fazem escolhas tão erradas. Kent é um sortudo.

— Lamento... — O psicólogo se levanta. — Vocês dois terminaram aqui? — Ele olha para Kenji. — Pensei que você tivesse um propósito.

Kenji se desgruda da parede. Endireita as costas.

— Certo. Sim. Castle quer conhecê-la.

44

— Agora? — O loirão está mais confuso que eu. — Mas não terminei de examiná-la.

Kenji encolhe os ombros.

— Ele quer conhecê-la.

— Quem é Castle? — pergunto.

O loirão e Kenji olham para mim. Kenji desvia o olhar. Loirão não.

Ele inclina a cabeça.

— Kenji não lhe disse nada sobre este lugar?

— Não. — Vacilo, incerta, olhando para Kenji, que não olha para mim. — Ele nunca explicou nada. Ele disse que conhecia alguém que tinha um lugar seguro e achava que ele pudesse nos ajudar...

Loirão fica boquiaberto. Ri tanto que tosse. Levanta-se. Limpa os óculos com a barra da camisa.

— Você é um asno — diz ele para Kenji. — Por que não contou a ela a verdade?

— Ela nunca teria vindo se eu tivesse lhe contado a verdade.

— Como você sabe?

— Ela quase me matou...

Meus olhos se lançam de um rosto para o outro. Do cabelo loiro para o cabelo preto, e vice-versa.

— O que está havendo? — Exijo: — Quero ver Adam. Quero ver James. E quero um conjunto de roupas...

— Você está pelada? — Kenji de repente está estudando meu lençol e não se preocupa em ser sutil nesse intento.

Ruborizo, apesar dos meus maiores esforços, confusa, frustrada.

— O loirão disse que destruíram minhas roupas.

— Loirão? — O homem loiro está ofendido.

— Você nunca me disse seu nome.

— Winston. Meu nome é Winston. — Ele não está mais sorrindo.

— Você não disse que tinha um traje para mim?

Ele franze as sobrancelhas. Olha o relógio.

— Não teremos tempo de terminar isso agora. — Suspira. — Dê algo para ela vestir temporariamente, sim? — Ele está falando com Kenji. Kenji é quem ainda me encara.

— Quero ver Adam.

— Adam ainda não está pronto para vê-la. — ~~Loirão~~Winston enfia sua caneta em um bolso. — Vamos informá-la quando ele estiver.

— Como poderia confiar em qualquer um de vocês se nem mesmo me deixam vê-lo? Se não me deixam ver James? Nem sequer tenho minhas coisas básicas. Quero sair desta cama e preciso de algo para vestir.

— Vai buscar, Moto. — Winston está reajustando seu relógio.

— Não sou seu cachorro, Loirão. — Kenji fala asperamente. — E eu disse para você não me chamar de Moto.

Winston aperta o alto do nariz.

— Sem problemas. Também posso dizer a Castle que a culpa é sua por ela não estar se encontrando com ele neste exato momento.

Kenji murmura baixinho algo obsceno. Afasta-se altivamente. Quase bate a porta.

Alguns minutos se passam em uma espécie tensa de silêncio.

Respiro fundo.

— Então, o que Moto quer dizer?

Winston revira os olhos.

— Nada. É só um apelido... seu sobrenome é Yamamoto. Ele fica louco quando lhe cortamos metade. Ele se dói todo com isso.

— E então por que cortar?

Ele ri em deboche.

— Porque é difícil pra cacete pronunciar.

— E isso é justificativa?

Ele franze a testa.

— Como?

— Você ficou louco porque eu te chamei de Loirão e não de Winston. Por que ele não tem o direito de ficar louco porque você o chama de Moto em vez de Kenji?

Ele resmunga algo que soa como "Não é a mesma coisa".

Escorrego um pouco para baixo. Descanso minha cabeça no travesseiro.

— Não seja hipócrita.

45

Sinto-me uma palhaça nestas roupas extragrandes. Estou usando a camiseta de alguém. Calças do pijama de alguém. Chinelos de alguém. Kenji diz que eles tiveram de destruir também as roupas que estava dentro da mochila de acampamento, de tal modo que não faço ideia de quem sejam as roupas que, no momento, estão penduradas no meu corpo. Estou praticamente flutuando no tecido.

Tento dar nós no pano, mas Kenji me impede.

— Você vai detonar minha camiseta — reclama.

Baixo as mãos.

— Você me deu roupas suas?

— Ora, o que você esperava? A gente não costuma ter vestidos a mais espalhados por aí. — Ele me lança um olhar, como se eu devesse estar grata por ele dividir suas roupas comigo.

Bem. Acho que é melhor que ficar nua. — Então, mais uma vez, quem é Castle?

— Ele é responsável por tudo — Kenji diz para mim. — O mentor de todo este movimento.

Meus ouvidos se levantam.

— Movimento?

Winston suspira. Ele parece tão tenso. Gostaria de saber o porquê.

— Se Kenji ainda não lhe disse nada, você deveria esperar para ouvir diretamente de Castle. Aguenta aí. Prometo que vamos responder a suas perguntas.

— Mas e quanto a Adam? Onde está James...

— Opa. — Winston passa uma mão pelo cabelo desleixado. — Você não vai simplesmente desistir, não é?

— Ele está bem, Juliette — intervém Kenji. — Ele só precisa de um pouco mais de tempo para se recuperar. Você tem que começar a confiar em nós. Ninguém aqui vai machucá-la, ou machucar Adam, ou James. Os dois estão bem. Tudo está bem.

Mas eu não sei se eles estão bem é bom o bastante.

Estamos caminhando por uma cidade subterrânea completa, corredores e travessias, pisos de pedra lisa, paredes ásperas mantidas intactas. Há discos circulares perfurados no chão, brilhando com luz artificial a cada poucos metros. Reparo em computadores, todos os tipos de engenhoca que não sou capaz de identificar, portas abertas revelam salas repletas de nada senão maquinário tecnológico.

— Como se encontra eletricidade necessária para fazer este lugar funcionar? — Olho mais de perto as máquinas não identificáveis, as telas tremulantes, o inconfundível zunido de centenas de computadores embutidos no âmbito deste mundo subterrâneo.

Kenji puxa uma mecha desgarrada de meu cabelo. Eu me viro.

— Confiscamos isso. — Ele sorri. Acena para um caminho estreito. — Por aqui.

Pessoas jovens e velhas, e de todas as diferentes feições e etnias, misturam-se entrando e saindo de salas, ao longo dos corredores. Muitas delas nos encaram, muitas delas estão distraídas demais para reparar em nós. Algumas delas estão vestidas como os homens e as mulheres que se precipitaram em direção ao nosso carro na noite passada. É um tipo estranho de uniforme. Parece desnecessário.

— Então... todo mundo se veste assim? — Sussurro, gesticulando o mais discretamente possível por causa dos estranhos que passam.

Kenji coça a cabeça. Leva tempo para responder.

— Não todo mundo. Não o tempo todo.

— E quanto a você? — pergunto a ele.

— Hoje não.

Decido não ceder a suas tendências enigmáticas e, em vez disso, faço mais uma pergunta direta.

— Então você nunca vai me dizer como você se curou tão depressa?

— Sim — diz Kenji, inabalável. — Na verdade, vamos lhe contar muita coisa. — Viramos bruscamente em um corredor inesperado. — Mas, primeiro — Kenji para diante de uma enorme porta de madeira —, Castle quer conhecê-la. Foi ele quem solicitou você.

— Solicitou?

— Sim. — Kenji parece desconfortável por um hesitante segundo.

— Espere... o que quer dizer...

— Quero dizer que não foi por acaso que acabei no exército, Juliette. — Ele suspira. — Não foi por acaso que apareci na porta de Adam. E eu não deveria ter levado um tiro nem ter sido espancado quase até a morte, mas aconteceu. Só não aconteceu de eu ter sido deixado ao chão daquela porta por um cara qualquer. — Ele quase sorri. — Sempre soube onde Adam morava. Era meu trabalho saber. — Uma pausa. — Estávamos todos procurando você.

Minha boca está repousada sobre a rótula de meus joelhos. Minhas sobrancelhas estão penduradas no teto.

— Vá em frente. — Kenji me empurra para dentro. — Ele vai sair quando estiver pronto.

— Boa sorte — é tudo o que Winston diz para mim.

Mil trezentos e vinte segundos até ele aparecer.

Ele se move de maneira metódica, seu rosto, uma máscara de neutralidade enquanto ele toca as mechas caprichosas de um rabo de cavalo e se senta na frente da sala. Ele é magro, em boa forma, impecavelmente vestido em um terno simples. Azul-escuro. Camisa branca. Sem gravata. Não há linhas em seu rosto, mas há uma só mecha prateada em seus cabelos e seus olhos confessam que ele viveu pelo menos cem anos. Ele deve ter seus quarenta. Olho ao redor.

É um espaço vazio, impressionante na sua escassez. Os pisos e tetos são construídos por tijolos cuidadosamente reunidos. Tudo parece velho e antigo, mas de algum modo a tecnologia moderna está mantendo vivo este lugar. Iluminação artificial clareia as dimensões cavernosas, pequenos monitores estão embutidos nas paredes de pedra. Não sei o que estou fazendo aqui. Não sei o que esperar. Não faço ideia de que tipo de pessoa Castle é, mas, depois de passar tanto tempo com Warner, estou tentando não cultivar grandes esperanças. Nem mesmo percebo que parei de respirar até que ele pronuncie a primeira palavra.

— Espero que você esteja desfrutando de sua estada até aqui.

Meu pescoço se ergue bruscamente para encontrar seus olhos escuros, sua voz suave, sedosa e forte. Seus olhos estão cintilando de genuína curiosidade, um pouco surpresos. Esqueci que sei como se fala.

— Kenji disse que você queria me conhecer — é a única resposta que me ocorre.

— Kenji pode estar correto. — Ele leva um tempo para respirar. Leva um tempo para mudar de posição em seu lugar. Leva um tempo estudando meus olhos, escolhendo as palavras, tocando dois dedos em seus lábios. Ele parece ter dominado o conceito de tempo. Impaciência provavelmente não é uma palavra em seu vocabulário. — Ouvi... histórias. Sobre você. — Sorri. — Simplesmente quis saber se elas eram verdadeiras.

— O que você ouviu?

Ele sorri com dentes tão brancos que parece neve caindo sobre os vales de chocolate de seu rosto. Ele abre as mãos. Examina-as por um momento. Levanta os olhos.

— Você pode matar um homem usando somente as mãos nuas. Você pode esmagar um metro e meio de concreto com a palma de sua mão.

Estou escalando uma montanha de ar e meus pés ficam escorregando. Preciso me agarrar em algo.

— É verdade? — pergunta ele.

— Rumores são mais propensos a matá-lo do que eu sou.

Ele me estuda por bastante tempo.

— Gostaria de lhe mostrar algo — diz ele depois de um momento.

— Quero respostas a minhas perguntas. — Isso já foi longe demais. Não quero ser induzida a uma falsa sensação de segurança. Não quero considerar que Adam e James estão bem. Não quero confiar em ninguém até que tenha provas. Não posso fingir que tudo isso está certo. Ainda não.

— Quero saber se estou a salvo — digo a ele. — E quero saber se meus amigos estão a salvo. Havia um garoto de dez anos conosco quando chegamos, e eu quero vê-lo. Preciso me certificar de que ele está saudável e ileso. Caso contrário, não vou cooperar.

Seus olhos me inspecionam por alguns momentos.

— Sua lealdade é revigorante — diz ele, e ele quer dizer isso. — Você fará bem aqui.

— Meus amigos...

— Sim, é claro. — Ele fica de pé. — Siga-me.

Este lugar é muito mais complexo, muito mais organizado do que jamais imaginei que fosse. Há centenas de direções diferentes nas quais se perder, quase como muitas das salas, algumas maiores que outras, cada uma dedicada a diferentes atividades.

— A sala de jantar. — Castle diz para mim.

— Os dormitórios. — Na ala oposta.

— As instalações de treinamento. — Descendo um corredor.

— As salas comuns. — Por aqui.

— Os banheiros. — Em cada extremidade do andar.

— As salas de reunião. — Só passar aquela porta.

Cada espaço é um "zum-zum" de corpos, cada corpo adaptado a uma rotina particular. As pessoas levantam os olhos quando nos veem. Algumas acenam, sorriem, alegram-se. Percebo que todas olham para Castle. Ele acena com a cabeça. Seus olhos são bondosos, humildes. Seu sorriso é forte, tranquilizador.

Ele é o líder de todo esse movimento, foi o que Kenji disse. Estas pessoas dependem dele por algo mais que mera sobrevivência. Isto é mais que um abrigo nuclear. Isto é muito mais que um esconderijo. Existe um objetivo maior em mente. Um propósito maior.

— Bem-vinda — diz Castle para mim, gesticulando com uma mão — ao Ponto Ômega.

46

— Ponto Ômega?

— A última letra do alfabeto grego. O desenvolvimento final, o último de uma série. — Ele para na minha frente e, pela primeira vez, reparo no símbolo ômega costurado na parte de trás do casaco. — Somos a única esperança que restou de nossa civilização.

— Mas agora... com número tão reduzido... como você pode esperar competir...

— Há muito tempo estamos arquitetando, Juliette. — Foi a primeira vez em que ele disse meu nome. Sua voz é forte, tranquila, firme. — Estamos planejando, organizando, delineando nossas estratégias há muitos anos. O colapso da sociedade humana não deve vir como uma surpresa. Nós o causamos a nós mesmos.

— A questão não era se as coisas iriam desmoronar — continua ele. — Apenas quando. Era um jogo de espera. Uma questão de quem tentaria tomar o poder e como eles tentariam usá-lo. O medo — diz ele para mim, voltando-se por um momento, seus passos silenciosos contra a pedra — é um grande motivador.

— Isso é patético.

— Concordo. É por isso que parte do meu trabalho é reavivar os corações que perderam toda a esperança. —Viramos em outro corredor. — E lhe dizer que quase tudo o que você aprendeu sobre o estado de nosso mundo é uma mentira.

Paro no lugar. Quase caio.

— O que quer dizer?

— Quero dizer que as coisas não estão tão ruins quanto O Restabelecimento quer que pensemos que estão.

— Mas não há comida...

— Às quais eles permitam o seu acesso.

— Os animais...

— São mantidos em segredo. Geneticamente modificados. Criados em pastagens secretas.

— Mas o ar... as estações... o tempo...

— Não está tão ruim quanto querem nos fazer crer. Provavelmente é o nosso único verdadeiro problema... mais um causado pelas manipulações irracionais da mãe natureza. Manipulações promovidas pelo homem e que ainda podemos corrigir. — Ele se vira para me encarar. Concentra-se em minha mente com um olhar firme.

— Ainda há uma chance para mudar as coisas. Podemos fornecer água potável e fresca para todas as pessoas. Podemos garantir que as colheitas não sejam regulamentadas para o lucro. Podemos assegurar que elas não sejam geneticamente alteradas para beneficiar fabricantes. Nosso povo está morrendo porque o estamos alimentando com veneno. Animais estão morrendo porque os estamos obrigando a comer sobras, forçando-os a viver na sua própria imundície, aprisionando-os juntos e abusando deles. As plantas estão murchando porque estamos atirando produtos químicos na terra, produtos que as tornam perigosas a nossa saúde. Mas estas são coisas que podemos corrigir. Somos alimentados de mentiras porque acreditar nelas nos torna fracos, vulneráveis, maleáveis. Dependemos de outros para nossa alimentação, saúde, sustento. Isso nos enfraquece. Cria covardes de nosso povo. Escravos. É hora de revidarmos. — Seus olhos estão brilhantes de sentimento, suas mãos fechadas demonstram fervor. Suas palavras são poderosas, cheias de convicção, articuladas e expressivas. Não tenho dúvidas de que ele influenciou muitas pessoas com esses pensamentos fantasiosos. Esperança de um futuro que parece perdido. Inspiração em um mundo sombrio, sem nada a oferecer. Ele é um líder natural. Um orador talentoso.

Tenho dificuldade de acreditar nele.

— Como você sabe com certeza que suas teorias estão corretas? Tem provas?

Suas mãos relaxam. Seus olhos se aquietam. Seus lábios formam um pequeno sorriso.

— É claro. — Ele quase ri.

— Por que é tão engraçado?

Ele sacode a cabeça. Só um pouco.

— Estou entretido com seu ceticismo. Na verdade, admiro isso. Nunca é uma boa ideia acreditar em tudo que se escuta.

Pego seu duplo sentido. Reconheço-o.

— *Touché*, senhor Castle.

Uma pausa.

— Você é francesa, senhorita Ferrars?

~~Minha mãe, talvez.~~ Desvio o olhar.

— Então, onde estão as provas?

— Este movimento inteiro é prova o bastante. Sobrevivemos por causa destas verdades. Procuramos comida e suprimentos em vários depósitos que O Restabelecimento construiu. Encontramos seus campos, suas fazendas, seus animais. Eles têm centenas de hectares dedicados a colheitas. Os agricultores são escravos, trabalhando sob a ameaça da morte deles ou de seus familiares. O restante da sociedade ou é morto ou encurralado em setores, que são seccionados para ser monitorados, cuidadosamente inspecionados.

Mantenho meu rosto sem interesse, liso, neutro. Ainda não me decidi se acredito ou não nele.

— E para que você precisa de mim? Por que se importa que eu esteja aqui?

Ele para diante de uma parede de vidro. Aponta para a sala do outro lado. Não responde à minha pergunta.

— Seu Adam está se curando por causa de nosso povo.

Quase tropeço na pressa de vê-lo. Pressiono minhas mãos contra o vidro e espreito o espaço vivamente iluminado. Adam está dormindo, seu rosto perfeito, sereno. Esta deve ser a ala médica.

— Olhe mais de perto — diz Castle para mim. — Não há agulhas presas ao seu corpo. Não há máquinas mantendo-o vivo. Ele chegou com três costelas quebradas. Pulmões perto do colapso. Uma bala na coxa. Seus rins estavam machucados, bem como o restante de seu corpo. Pele rachada, pulsos sangrando. Uma torção de tornozelo. Ele tinha perdido mais sangue que a maioria dos hospitais seria capaz de repor.

Meu coração está prestes a sair de meu corpo. Quero quebrar o vidro e deitá-lo em meus braços.

— Há perto de duzentas pessoas no Ponto Ômega — diz Castle. — Quase metade delas tem algum tipo de dom.

Viro-me, atordoada.

— Eu trouxe você aqui — diz ele cuidadosamente, calmamente para mim — porque este é o lugar a que você pertence. Porque você precisa saber que não está sozinha.

47

Meu queixo chega ao meu cadarço.

— Você seria inestimável à nossa resistência — diz ele para mim.

— Há outros... como eu? — Mal consigo respirar.

Castle lança-me olhos que me falam à alma.

— Fui o primeiro a perceber que minha aflição não poderia ser só minha. Procurei outros, seguindo rumores, escutando histórias, lendo jornais em busca de anormalidades no comportamento humano. De início, isso era apenas por companhia. — Ele faz uma pausa. — Estava cansado da insanidade. De acreditar que eu não era um humano; que eu era monstro. Mas então percebi que o que parecia ser uma fraqueza era na verdade uma força. Que, juntos, poderíamos ser algo extraordinário. Algo bom.

Não consigo recuperar o fôlego. Não consigo reencontrar o chão. Não consigo expelir a impossibilidade presa na minha garganta.

Castle está esperando por minha reação.

Sinto-me tão nervosa...

— Qual é o seu... dom? — pergunto a ele.

Seu sorriso desarma minha insegurança. Ele estende a mão. Inclina a cabeça. Escuto o ranger de uma porta distante se abrindo. O som de ar e metal; movimento. Volto-me para o som apenas para ver algo vindo velozmente na minha direção. Baixo a cabeça. Castle ri. Pega esse algo na mão.

Respiro ofegante.

Ele me mostra a chave agora prensada entre os dedos.

— Você consegue mover coisas com sua mente? — Nem mesmo sei onde encontro as palavras para falar.

— Tenho um nível incrivelmente avançado de telecinesia. — Seus lábios desenham um sorriso. — Então, sim.

— Existe um nome para isso? — Acho que estou gritando. Tento me firmar.

— Para o meu caso? Sim. Para o seu? — Ele faz uma pausa. — Tenho dúvidas.

— E os outros... o que... eles são...

— Você pode conhecê-los, se quiser.

— Eu... sim... quero sim — gaguejo, excitada, quatro anos de idade e acreditando em fadas.

Congelo a um som repentino.

Passos estão batendo na pedra. Respiro tensamente.

— Senhor... — grita alguém.

Castle se vira. Contorna um canto em direção ao mensageiro.

— Brendan?

— Senhor! — Ele arqueja novamente. Engole bastante ar.

— Tem novidades? O que você viu?

— Estamos ouvindo coisas no rádio — começa ele, suas palavras entrecortadas com um pesado sotaque britânico. — Nossas câmeras estão captando mais tanques do que o habitual patrulhando a área. Achamos que eles podem estar mais perto...

O som de energia estática. Eletricidade estática. Vozes distorcidas grasnando por uma frágil linha de rádio.

Brendan pragueja baixinho.

— Desculpe, senhor... não é frequente essa distorção... só não aprendi a controlar as cargas ainda...

— Não se preocupe. Você só precisa praticar. Seu treinamento vai indo bem?

— Muito bem, senhor. Tenho quase tudo sob meu controle. — Brendan faz uma pausa. — A maior parte.

— Excelente. Nesse meio-tempo, me mantenha informado se os tanques chegarem mais perto. Não estou surpreso por ouvir que eles estejam mais vigilantes. Preste atenção a qualquer menção de ataque. O Restabelecimento tenta localizar nosso paradeiro há anos, mas agora temos uma pessoa particularmente valiosa a seus esforços e estou certo de que eles a querem de volta. Tenho o pressentimento de que as coisas vão progredir muito rapidamente a partir de agora.

Um momento de confusão.

— Senhor?

— Há uma pessoa que eu gostaria que você conhecesse.

Silêncio.

Brendan e Castle contornam o canto. Entram em meu campo de visão. E eu tenho de fazer um esforço consciente para evitar que meu maxilar se arrombe. Não consigo parar de encarar.

A pessoa é branca da cabeça aos pés.

Não apenas seu estranho uniforme, que é de um ofuscante tom de branco cintilante, como também sua pele é mais pálida que a minha. Até seu cabelo é tão loiro que só pode ser corretamente descrito como branco. Seus olhos são hipnotizantes. Eles são do tom mais claro de azul que já vi. Penetrante. Praticamente transparente. Ele parece ter minha idade.

Ele não parece ser real.

— Brendan, esta é Juliette. — Castle nos apresenta. — Ela chegou ontem. Estava lhe dando um panorama do Ponto Ômega.

O sorriso de Brendan é tão luminoso que eu quase hesito. Ele estende a mão e eu quase entro em pânico, antes de ele franzir a testa. Ele recua, diz:

— Hum, espere... desculpe... — e flexiona as mãos. Estala os dedos. Algumas faíscas saem de seus dedos. Estou boquiaberta.

Ele recua. Sorri um pouco, timidamente.

— Às vezes eletrocuto pessoas por acidente.

Algo em minha pesada armadura se desprende. Derrete-se. Sinto de repente que sou compreendida. Sinto não ter medo de ser eu mesma. Não consigo segurar o sorriso.

— Não se preocupe — digo a ele. — Se eu apertar sua mão, posso matar você.

— Caramba! — Ele pisca. Encara. Espera por mim para recolher a mão. — Está falando sério?

— Muito.

Ele ri.

— Certo, então. Nada de toques. — Inclina-se. Baixa o tom de voz. — Eu mesmo tenho um pouco de problema com isso, você sabe. As garotas estão sempre falando sobre dar eletricidade a seus romances, mas nenhuma aparentemente fica muito feliz em ser eletrocutada de verdade. Confusão dos infernos, é isso que é. — Ele encolhe os ombros.

Meu sorriso é mais vasto que o oceano Pacífico. Meu coração está tão cheio de alívio, conforto, aceitação. Adam estava certo. Talvez as coisas possam ficar bem. Talvez eu não tenha de ser um monstro. Talvez eu tenha uma escolha.

Acho que vou gostar daqui.

Brendan pisca.

— Foi muito bom conhecê-la, Juliette. Vou vê-la mais vezes?

Faço que sim com a cabeça.

— Penso que sim.

— Brilhante. — Ele me lança outro sorriso. Vira-se para Castle. — Vou informá-lo se ouvir qualquer coisa, senhor.

— Perfeito.

E Brendan desaparece.

Volto-me para a parede de vidro que me mantém apartada da outra metade de meu coração. Pressiono minha cabeça contra a superfície fria. Gostaria que ele acordasse.

— Gostaria de dizer olá?

Levanto os olhos para Castle, que ainda está me estudando. Sempre me analisando. De algum modo sua atenção não me deixa desconfortável.

— Sim — digo a ele. — Quero dizer olá.

48

Castle usa a chave em sua mão para abrir a porta.

— Por que a ala médica tem que ser trancada? — pergunto a ele.

Ele se vira para mim. Ele não é muito alto, percebo pela primeira vez.

— Se você soubesse onde encontrá-lo... você teria esperado pacientemente atrás desta porta?

Baixo meus olhos. Não respondo. Espero não estar corando.

Ele tenta ser encorajador.

— A cura é um processo delicado. Ela não pode ser interrompida ou influenciada por emoções instáveis. Temos muita sorte de termos duas curadoras entre nós... gêmeas, na verdade. Mas o mais fascinante é que cada uma delas se concentra em um elemento diferente... uma nas incapacitações físicas, e a outra nas mentais. Ambas as facetas devem ser abordadas, caso contrário a cura será incompleta, frágil, insuficiente. — Ele se volta para a maçaneta da porta. — Mas eu acho que é seguro para Adam vê-la agora.

Entro, e meus sentidos são quase imediatamente assaltados pela essência de jasmim. Examino o espaço à procura das flores, mas não encontro nenhuma. Pergunto-me se é de um perfume. É inebriante.

— Estarei do lado de fora — Castle diz para mim.

O quarto está repleto de uma longa fila de leitos, fabricados de forma simples. Todos os vinte, aproximadamente, estão vazios, exceto o de Adam. Há uma porta ao final do quarto que provavelmente leva a outro espaço. Mas agora estou nervosa demais para ficar curiosa.

Puxo uma cadeira e tento ser o mais silenciosa possível. Não quero acordá-lo, quero saber se ele está bem. Entrelaço e desentrelaço as mãos. Estou bem consciente do meu coração acelerado. E eu sei que talvez não devesse tocá-lo, mas não consigo me segurar. Cubro sua mão com a minha. Seus dedos estão quentes.

Seus olhos se agitam por apenas um instante. Eles não se abrem. Ele respira subitamente e eu congelo.

Quase desmorono em lágrimas.

— O que você está fazendo?

Meu pescoço se vira bruscamente ao som da voz, em pânico, de Castle.

Solto a mão de Adam. Afasto-me da cama, olhos arregalados, preocupada.

— Como assim?

— Por que você... você só... você pode tocar nele...? — Nunca pensei que veria Castle tão confuso, tão perplexo. Ele perdeu sua compostura, uma mão meio estendida em uma tentativa de me impedir.

— Claro que posso toc... — Paro. Tento me acalmar. — Kenji não lhe disse?

— Este jovem tem imunidade ao seu toque? — As palavras de Castle são sussurradas, atônitas.

— Sim. — Meus olhos passam dele para Adam, ainda dormindo. ~~Isso também acontece com Warner.~~

— Isso é... espantoso.

— É?

— Muito. — Os olhos de Castle estão luminosos, tão intensos. — Seguramente não é uma coincidência. Não existe coincidência nesse tipo de situação. — Ele faz uma pausa. Anda a passos lentos. — Fascinante. Tantas possibilidades... tantas teorias... — Ele nem está mais falando comigo. Sua mente está trabalhando muito rapidamente para que eu acompanhe. Ele respira fundo. Parece se lembrar de que eu ainda estou na sala. — Minhas desculpas. Por favor, continue. As garotas sairão em breve... elas estão assistindo James no momento. Devo relatar esta nova informação o mais rápido possível.

— Espere...

Ele levanta os olhos.

— Sim?

— Você tem teorias? — pergunto a ele. — Você... você sabe por que essas coisas estão acontecendo... comigo?

— Você quer dizer conosco? — Castle me oferece um sorriso gentil.

Tento não corar. Consigo e faço um sim com a cabeça.

— Há anos temos feito extensas pesquisas — diz ele. — Pensamos ter uma boa ideia sobre isso.

— E? — Mal consigo respirar.

— Se você decidir ficar no Ponto Ômega, teremos essa conversa muito em breve, prometo. Além disso, estou certo de que agora não é o melhor momento. — Ele acena para Adam.

— Ah. — Sinto meu rosto pegar fogo. — É claro.

Castle se vira para ir embora.

— Mas você não acha que Adam. — As palavras saem muito rapidamente da minha boca. Tento me tranquilizar. — Você acha que ele também... é como nós?

Castle se vira de volta. Estuda meus olhos.

— Penso... — diz ele cuidadosamente — que é totalmente possível.

Sobressalto-me.

— Desculpe — diz ele —, mas eu realmente devo ir. E não queria interromper o momento de vocês.

Quero dizer sim, claro, evidentemente. Quero sorrir e acenar e dizer-lhe que não tem problema. Mas eu tenho tantas perguntas, sinto que posso explodir; quero que ele me diga tudo o que sabe.

— Sei que é muita informação para receber de uma vez só. — Ele faz uma pausa junto à porta. — Mas vamos ter muitas oportunidades para conversar. Você deve estar exausta e estou certo de que você gostaria de dormir um pouco. As garotas vão cuidar de você... elas a estão esperando. Na realidade, elas serão suas novas companheiras de quarto aqui no Ponto Ômega. Tenho certeza de que elas ficarão felizes em responder a quaisquer perguntas que você tenha. — Ele aperta meus ombros antes de ir. — É uma honra tê-la conosco, senhorita Ferrars. Espero que você considere seriamente juntar-se à nossa base permanente.

Faço que sim com a cabeça, entorpecida.

E ele se foi.

"Há anos temos feito extensas pesquisas", disse ele. "Pensamos ter uma boa ideia sobre isso", disse ele. "Teremos essa conversa muito em breve, prometo."

Pela primeira vez na minha vida, pude finalmente compreender o que eu sou, e isso não parece possível. E Adam. Adam. Estremeço e sento-me ao lado dele. Aperto os dedos. Castle poderia estar errado. Talvez isso tudo seja coincidência.

Tenho de me concentrar.

Pergunto-me se alguém ouviu falar de Warner nos últimos tempos.

— Juliette?

Seus olhos estão semicerrados. Ele está olhando para mim como se não tivesse certeza de que sou real.

— Adam! — Tenho de me forçar para ficar tranquila.

Ele sorri e o esforço parece exauri-lo.

— Deus, como é bom vê-la.

— Você está bem. — Seguro sua mão, resisto à vontade de puxá-lo para os meus braços. — Você está bem mesmo.

Seu sorriso fica maior.

— Estou tão cansado. Sinto como se pudesse dormir por anos.

— Não se preocupe, o sedativo vai passar em breve.

Viro-me. Duas garotas com exatamente os mesmos olhos verdes estão nos fitando. Elas sorriem ao mesmo tempo. Seus longos cabelos castanhos são grossos e elas têm altos rabos de cavalo na cabeça. Elas estão vestindo collants prateados parecidos. Sapatilhas de bailarina douradas.

— Sou Sonya — diz a garota da esquerda.

— Sou Sara — acrescenta sua irmã.

Não faço ideia de como diferenciá-las.

— É muito bom conhecê-la — dizem exatamente ao mesmo tempo.

— Sou Juliette — consigo dizer. — Também é um prazer conhecê-las.

— Adam está quase pronto para a alta — diz uma delas para mim.

— Sonya é uma excelente curadora — a outra entra na conversa.

— Sara é melhor que eu — diz a primeira.

— Ele deve estar bem para ter alta assim que o efeito do sedativo passar — dizem juntas, sorrindo.

— Ah... isso é ótimo... muito obrigada... — Não sei para quem olhar. Para quem responder. Olho novamente para Adam. Ele parece estar se divertindo muito.

— Onde está James? — pergunta ele.

— Ele está brincando com as outras crianças. — Acho que é Sara quem diz isso.

— Acabamos de levá-lo ao banheiro — diz a outra.

— Você gostaria de vê-lo? — Volta para Sara.

— Há outras crianças? — Meus olhos são mais amplos que meu rosto.

As garotas fazem que sim ao mesmo tempo.

— Vamos pegá-lo — as duas dizem em coro. E desaparecem.

— Elas parecem legais — diz Adam depois de um momento.

— Sim. Elas parecem. — Todo este lugar parece legal.

Sonya e Sara voltam com James, que parece mais feliz do que já o vi estar, quase mais feliz que ao ver Adam naquela primeira vez, na porta de sua casa. Ele está empolgadíssimo por estar aqui. Empolgadíssimo por estar com outras crianças, empolgadíssimo por estar com "as lindas garotas que cuidam de mim porque elas são muito legais e tem muita comida e eles me deram chocolate, Adam... você já experimentou chocolate?" e ele tem uma cama grande e amanhã ele vai às aulas com as outras crianças e ele já está animado.

— Estou tão feliz de ver que você está acordado — diz para Adam, praticamente pulando sobre a cama. — Eles disseram que você ficou doente e que você estava descansando e agora você está acordado então isso quer dizer que você está melhor, certo? E nós estamos a salvo? Não me lembro mesmo do que aconteceu no nosso caminho até aqui — admite ele, um pouco constrangido. — Acho que caí no sono.

Acho que Adam está pronto para quebrar o pescoço de Kenji neste exato momento.

— Sim, estamos a salvo — diz Adam para ele, passando a mão por seu cabelo loiro bagunçado.

James volta correndo para o quarto de jogos na companhia das outras crianças. Sonya e Sara inventam uma desculpa para sair, de modo que temos alguma privacidade. Estou gostando dele mais e mais.

— Alguém já lhe contou sobre este lugar? — pergunta Adam para mim. Ele consegue se sentar. Seus lençóis escorregam. Seu peito é exposto. Sua pele está perfeitamente curada... mal consigo conciliar a imagem que tenho na memória com a que está na minha frente. Esqueço-me de responder à sua pergunta.

— Você não tem cicatrizes. — Toco sua pele como se eu mesma precisasse senti-la.

Ele tenta sorrir.

— Eles não são muito tradicionais em suas práticas médicas por aqui.

Levanto os olhos, surpresa.

— Você... sabe?

— Você já conheceu Castle?

Faço que sim com a cabeça, perplexa.

Ele muda de posição. Suspira.

— Há muito tempo escuto rumores sobre este lugar. Fiquei especialista em ouvir sussurros principalmente porque precisava me proteger. Mas no exército escutamos coisas. Todo e qualquer tipo de ameaça inimiga. Possíveis emboscadas. Havia um falatório sobre um raro movimento subterrâneo na época de meu alistamento. A maioria disse que isso era uma besteira. Que era algum tipo de lixo inventado para assustar as pessoas... que não havia como ser real. Mas sempre tive esperanças de que isso tivesse uma base verdadeira, só não sabia para quem perguntar. Não tinha contatos... meios de saber como encontrá-los. — Ele sacudiu a cabeça. — Se não fosse por Kenji...

— Ele disse que estava procurando por mim.

Adam assente com a cabeça. Ri.

— Assim como eu procurava por você. Assim como Warner procurava por você.

— Não entendo — resmungo. — Especialmente agora que sei que existem outros como eu... mais fortes, até... por que Warner queria a mim?

— Ele descobriu você antes de Castle — diz Adam. — É como se ele a reivindicasse há muito tempo. — Adam se recosta. — Warner é um monte de coisas, mas não é estúpido. Estou certo de que ele sabia haver alguma verdade naqueles rumores... e ele estava fascinado, porque, tanto quanto Castle queria usar suas habilidades para o bem, Warner queria manipular essas habilidades em causa própria. Ele queria se tornar algum tipo de superpotência. — Uma pausa. — Ele investiu muito tempo e energia apenas estudando você. Não acho que ele queira ver todo esse esforço indo pelo ralo.

— Adam — sussurro.

Ele pega minha mão.

— Sim?

— Não acho que ele esteja morto.

49

— Ele não está.

Adam se vira. Fecha a cara ao ouvir a voz.

— O que está fazendo aqui?

— Puxa. Que maneira de me receber, Kent. Cuidado para não estirar um músculo ao me agradecer por salvar sua vida.

— Você mentiu para todos nós.

— Não há de quê.

— Você sedou meu irmão de dez anos!

— Ainda não há de quê.

— Ei, Kenji. — Eu o cumprimento.

— Minhas roupas ficaram bem em você. — Ele se aproxima um pouco, sorri.

Reviro os olhos. Adam examina meu traje pela primeira vez.

— Não tinha nada mais para vestir — explico.

Adam abana a cabeça um tanto lentamente. Olha para Kenji.

— Tem alguma mensagem para entregar?

— Sim. Devo mostrar onde vocês vão ficar.

— O que quer dizer?

Kenji ri.

— Você e James vão ser meus novos companheiros de quarto.

Adam xinga em sussurro.

— Foi mal, irmão, mas não temos aqui quartos suficientes para que você e as “mãos quentes” tenham seu lugarzinho particular. — Ele pisca para mim. — Sem ofensas.

— Tenho que sair agora?

— Sim, cara. Quero ir dormir logo. Não tenho o dia todo para ficar esperando esta sua preguiça.

— Preguiçoso...?

Apresso-me para interromper antes que Adam tenha uma chance de revidar.

— O que quer dizer, você quer ir dormir? Que horas são?

— São quase dez horas — Kenji responde. — É difícil saber no subterrâneo, mas todos nós tentamos estar cientes do relógio. Temos monitores nos corredores, e a maioria de nós tenta usar relógio. Perder a noção de dia e noite pode nos confundir bem depressa. E agora não é hora de nos acomodarmos demais.

— Como sabe que Warner não está morto? — pergunto, nervosa.

— Acabamos de vê-lo na câmera — diz Kenji. Ele e seus homens estão com patrulha pesada nesta área. Consegui ouvir algumas de suas conversas. Acontece que Warner levou um tiro.

Seguro a respiração, tento silenciar meus batimentos.

— Foi por isso que tivemos sorte ontem à noite... aparentemente os soldados foram chamados de volta à base, porque pensaram que Warner estava morto. Houve, por um minuto, uma mudança de poder. Ninguém sabia o que fazer. Que ordens seguir. Mas, então, descobriu-se que Warner não estava morto. Apenas gravemente ferido. Seu braço estava todo costurado e em uma tipoia — acrescenta Kenji.

Adam encontra sua voz antes de eu encontrar a minha.

— Quanto este lugar está seguro de ataques?

Kenji ri.

— Seguro pra cacete. Nem sei como eles conseguiram chegar tão perto como chegaram. Mas eles nunca serão capazes de descobrir nossa localização exata. E, mesmo se conseguirem, nunca serão capazes de entrar à força. Nossa segurança é quase completamente impenetrável. E tem mais, temos câmeras por toda parte. Podemos ver o que eles estão fazendo antes mesmo de planejarem fazer.

— Mais isso de nada importa — continua ele —, porque eles estão procurando briga, e nós também estamos. Não tememos um ataque. Além disso, eles não fazem ideia do que somos capazes. E temos treinado para esta merda desde sempre.

— Você... — Interrompo. Ruborizo. — Você pode... digo, você também tem um... dom?

Kenji sorri. E desaparece.

Ele realmente se foi.

Fico de pé. Tento tocar o espaço em que ele estava colocado.

Ele reaparece a tempo de pular fora de meu alcance.

— Opa... pare, cuidado... só porque estou invisível não quer dizer que eu não possa sentir nada...

— Ah! — Recuo. Encolho-me de medo. — Sinto muito...

— Você consegue ficar invisível? — Adam parece mais irritado que interessado.

— Ficou piradão com meu poder, hein?

— Há quanto tempo você está me espionando? — Adam aperta os olhos.

— Desde que precisei espionar. — Mas seu sorriso é ornado com malícia.

— Você então é... corpóreo? — pergunto.

— Olhe pra você, usando palavras difíceis. — Kenji cruza os braços. Recosta-se na parede.

— Digo... você não pode, tipo, atravessar paredes ou coisas do gênero, pode?

Ele bufa.

— Não, não sou um fantasma. Consigo apenas... me mesclar, suponho que seja a melhor palavra. Posso me mesclar com o fundo de qualquer espaço. Alterar o que sou para combinar com o meu redor. Levei muito tempo para descobrir isso.

— Uau!

— Costumava seguir Adam até em casa. Foi como eu descobri onde ele morava. E foi como consegui fugir... porque eles realmente não puderam me ver. De qualquer modo, eles tentaram atirar em mim — acrescenta ele, amargo — mas consegui sair vivo, pelo menos.

— Espere, mas por que você estava seguindo Adam até a casa dele? Pensei que você estivesse procurando por mim — pergunto a ele.

— Sim... bem, eu me alistei pouco depois de nos inteirarmos do grande projeto de Warner. — Ele acena na minha direção. — Estávamos tentando encontrar você, mas Warner tinha alguma credencial de segurança e acesso a mais informações que nós... estávamos passando um mau bocado na tentativa de rastreá-la. Castle pensou que seria mais fácil ter alguém infiltrado prestando atenção a toda a merda demente que Warner estava planejando. Então, quando escutei que Adam era o principal homem envolvido neste projeto em particular e que ele tinha esta história com você, enviei a informação a Castle. Ele disse para eu me precaver também em relação a Adam... você sabe, em caso de Adam se revelar tão psicopata quanto Warner. Ele queria se certificar de que ele não era uma ameaça a você ou a seus planos. Mas não fazia ideia de que vocês tentariam fugir juntos. Vocês me ferraram legal!

Todos ficamos em silêncio por um instante.

— Então, quanto você me espionou? — Adam pergunta para ele.

— Ora, ora, ora. — Kenji inclina a cabeça. — O senhor Adam Kent está se sentindo um pouco intimidado?

— Não seja estúpido.

— Escondia alguma coisa?

— Sim. Minha arma...

— Ei! — Kenji entrelaça as mãos. — Então! Estamos prontos para dar o fora daqui, ou o quê?

— Preciso de um par de calças.

Kenji parece abruptamente irritado.

— Falando sério, Kent? Não quero ouvir essa merda.

— Bem, a menos que você queira me ver pelado, sugiro que faça algo sobre isso.

Kenji lança um olhar desagradável para Adam e sai de modo arrogante, resmungando algo sobre emprestar às pessoas todas as suas roupas. A porta se fecha atrás dele.

— Não estou nu de verdade — Adam diz para mim.

— Ah — sobressalto-me. Levanto a cabeça. Meus olhos me traem.

Não consigo conter o sorriso a tempo. Seus dedos roçam minha bochecha.

— Só queria que ele nos deixasse sozinhos por um segundo.

Coro até os ossos. Busco algo para dizer.

— Estou tão feliz que você esteja bem.

Ele diz algo que não escuto.

Pega minha mão. Puxa-me para o seu lado.

Ele se inclina, e eu me inclino, até que estou praticamente sobre ele, e ele está me deslizando para os seus braços e me beijando com um novo tipo de desespero, um novo tipo de paixão, uma necessidade ardente.

Suas mãos estão enroscadas em meus cabelos, seus lábios tão macios, tão urgentes contra os meus, como fogo e mel explodindo em minha boca. Meu corpo inteiro está ardendo, pulsando com uma corrente elétrica que envia excitações por minha espinha. Quero derreter em sua boca. Estendo a mão em direção a seu corpo.

Adam recua um pouquinho. Beija meu lábio inferior. Morde-o só por um segundo. Sua pele está 100 graus mais quente do que estava um momento atrás. Seus lábios são pressionados contra meu pescoço e minhas mãos estão em uma jornada decrescente pela parte superior de seu corpo, e eu estou me perguntando por que há tantos trens de carga em meu coração, por que meu peito é uma gaita quebrada. Estou traçando o pássaro preso eternamente em voo sobre sua pele e percebo, pela primeira vez, que ele me deu suas próprias asas. Ele me ajudou a voar para longe e agora estou presa em movimento centrípeto, planando bem para o centro de tudo. Provoco seus lábios a retornarem aos meus.

— Juliette — diz ele. Um suspiro. Um beijo. Dez dedos provocando minha pele. — Preciso vê-la esta noite.

— Sim.

— Por favor.

Duas fortes batidas mandam nos afastar.

Kenji abre fortemente a porta.

— Vocês notaram que esta parede é feita de vidro, não? — Ele parece que mordeu a cabeça de um verme. — Ninguém quer ver isso.

Ele joga um par de calças para Adam.

Acena para mim.

— Vamos, vou levá-la para Sonya e Sara. Elas vão prepará-la para esta noite. — Vira-se para Adam. — E nunca me devolva essas calças.

— O que acontece se eu não quiser dormir? — pergunta Adam, descarado. — Não tenho permissão para deixar meu quarto?

Kenji aperta os lábios. Encolhe os olhos.

— Eu não uso estas palavras com frequência, Kent, mas, por favor, não tente nenhuma porra de fuga secreta mirabolante. As coisas são reguladas aqui por uma razão. É o único modo de sobreviver. Portanto, faça um favor a todos e mantenha as calças no lugar. Você vai vê-la pela manhã.

Mas a manhã parece ser daqui a milhões de anos.

50

As gêmeas ainda estão dormindo quando alguém bate. Sonya e Sara me mostraram onde ficam os banheiros femininos, assim tive a oportunidade de tomar um banho ontem à noite, mas ainda estou vestindo as roupas extragrandes de Kenji. Sinto-me um pouco ridícula ao andar em direção à porta.

Abro-a.

Pisco.

— Oi, Winston.

Ele me olha de cima a baixo.

— Castle achou que você fosse gostar de trocar essas roupas.

— Você tem algo para eu vestir?

— Sim... lembra? Fizemos para você algo sob medida.

— Ah. Puxa. Sim, parece ótimo.

Saio silenciosamente, acompanhando Winston pelos corredores escuros. O mundo subterrâneo é silencioso, seus habitantes ainda dormem. Pergunto a Winston por que estamos de pé tão cedo.

— Imaginei que você quisesse conhecer todo mundo no café da manhã. Deste modo você pode entrar na rotina regular das coisas por aqui... até iniciar seu treinamento. — Ele olha para trás. — Todos nós temos de aprender a utilizar nossas habilidades da maneira mais eficaz possível. Não é bom não ter controle sobre o seu corpo.

— Espera... você também tem uma habilidade?

— Há exatamente 56 de nós que têm. O restante são nossos familiares, filhos ou amigos próximos que ajudam com tudo o mais. Então, sim, sou um desses 56. Assim como você.

Estou quase pisando em seus pés em um esforço para acompanhar suas longas pernas.

— Então, o que você pode fazer?

Ele não responde. E eu não posso ter certeza, mas ele está corando.

— Desculpe-me... — retrato-me. — Não pretendia me intrometer... não devia ter perguntado...

— Está tudo bem — ele me corta. — Só acho meio estúpido. — Ele ri uma risada breve, dura. — De todas as coisas que eu deveria ser capaz de fazer — ele suspira —, pelo menos você pode fazer algo interessante.

Eu paro de andar, atordoada. Horrorizada.

— Você acha que isso é uma competição? Para ver qual truque de mágica é mais excêntrico? Para ver quem pode infligir mais dor?

— Não foi isso que eu quis dizer...

— Não acho que seja interessante ser capaz de matar alguém por acidente. Não acho que seja interessante ter medo de tocar uma coisa viva.

Ele fica tenso.

— Não queria dizer isso desse jeito. Eu só... gostaria de ser mais útil. Isso é tudo.

Cruzo os braços.

— Você não tem que me contar se não quiser.

Ele revira os olhos. Passa uma mão pelo cabelo.

— Eu só... sou muito... flexível — diz ele.

Levo um momento para processar sua confissão.

— Tipo... você consegue se entrelaçar todo?

— Claro. Ou me esticar se for preciso.

Deve ser constrangedora a cara de idiota que estou fazendo.

— Posso ver?

Ele morde o lábio. Reajusta os óculos. Olha para os dois lados do corredor vazio. E enlaça um braço pela cintura. Dando duas voltas.

Estou tão boquiaberta quanto um peixe morto.

— Uau!

— Isso é estúpido — resmunga. — E inútil.

— Você está louco? — Inclino-me para trás para olhar para ele. — Isso é inacreditável.

Mas seu braço já voltou ao normal e ele está caminhando novamente. Tenho de correr para alcançá-lo.

— Não seja tão duro consigo mesmo — tento dizer a ele. — Não há nada do que se envergonhar. — Mas ele não está ouvindo e eu estou me perguntando quando foi que me tornei uma palestrante motivacional. Quando deixei de odiar a mim mesma e passei a me aceitar. Quando ficou tudo bem para mim a escolha de minha própria vida.

Winston me leva para o quarto onde o conheci. As mesmas paredes brancas. A mesma cama pequena. Só que, desta vez, Adam e Kenji estão lá dentro esperando. Meu coração dispara e estou subitamente nervosa.

Adam está de pé. Ele não se apoia em nada e parece perfeito. Belo. Incólume. Ele avança apenas com um ligeiro desconforto, sorri para mim sem dificuldade. Sua pele está um pouco mais pálida que o normal, mas positivamente radiante se comparada à sua tez na noite em que chegamos e mais radiante que ontem à noite. Seu bronzeado natural confere a um par de olhos azuis um matiz do céu da meia-noite.

— Juliette — diz ele.

Não consigo parar de fitá-lo. Admirá-lo. Maravilhada pela incrível sensação de saber que ele está bem.

— Ei — consigo sorrir.

— Bom dia para você também — intromete-se Kenji.

Fico surpresa. Estou mais corada que o pôr do sol de verão, e me encolhendo o mais rapidamente.

— Ah, oi. — Aceno uma mão frouxa em sua direção.

Ele bufa.

— Tudo bem. Vamos acabar com isso, então? — Winston caminha até uma das paredes, que se revela um armário no qual há uma explosão de cores. Ele a retira do cabide.

— Posso, é, ter um momento a sós com ela?

Winston tira os óculos. Esfrega os olhos.

— Preciso seguir o protocolo. Tenho de explicar tudo...

— Eu sei... está bem... você pode fazer isso depois. — Adam diz. — Só preciso de um minuto, prometo. Não tive a oportunidade de conversar com ela desde que chegamos aqui.

Winston franze as sobrancelhas. Olha para mim. Olha para Adam. Suspira.

— Tudo bem. Mas voltaremos. Tenho que me certificar de que tudo serviu e tenho que verificar o...

— Perfeito. Parece ótimo. Obrigado, cara... — e ele o está empurrando porta afora.

— Espere! — Winston abre novamente a porta. — Pelo menos pegue o traje para ela vestir enquanto aguardamos.

Adam olha para o tecido na mão estendida de Winston, que coça a testa e resmunga algo sobre pessoas que sempre desperdiçam o tempo dele, e Adam reprime um sorriso. Olha para mim. Encolho os ombros.

— OK — diz ele, apanhando o traje. — Mas agora vocês têm que sair... — E empurra os dois de volta para o corredor.

— Vamos ficar bem aqui fora! — grita Kenji. — A cinco segundos de distância...

Adam fecha a porta atrás deles. Vira-se. Seus olhos estão ardentes em mim.

Não sei como acalmar meu coração. Tento falar e falho.

Ele encontra sua voz primeiro.

— Ainda não lhe falei obrigado por ter salvado minha vida. — diz ele.

Baixo os olhos. Finjo que o calor não está subindo pelo meu rosto. Eu me belisco sem nenhum motivo.

Ele avança. Inclina-se. Pega minhas mãos.

— Estou tão feliz que você esteja bem — é tudo o que consigo dizer.

Ele está olhando para os meus lábios e eu estou por toda parte me doendo de desejo. Se ele me beijar neste momento, não sei se o deixarei parar. Ele respira bruscamente. Parece lembrar que está segurando algo.

— Ah. Talvez você devesse vestir isto. — Ele me entrega uma peça colante de alguma coisa roxa. Parece minúscula. Como um macacão que pudesse servir em uma criança pequena. Ela pesa menos que nada.

Ofereço a Adam um olhar vazio.

Ele sorri.

— Prove.

Olho de forma diferente.

— Ah. — Ele recua, um pouco acanhado. — Certo... vou só... ficar de costas...

Espero até que suas costas estejam viradas para mim antes de expirar. Olho em volta. Parece não haver qualquer espelho neste quarto. Tiro a roupa extragrande. Deixo cair cada peça no chão. Estou aqui de pé, nua, e por um momento fico apavorada demais para me mover. Mas Adam não se vira. Ele não diz uma palavra. Examino o tecido roxo reluzente. Imagino que ele deva esticar.

Ele estica.

Na realidade, é inesperadamente fácil vesti-lo... como se ele fosse desenhado para o meu corpo. Há um forro embutido onde deviam estar as roupas íntimas, suporte extra para o meu peito, um colarinho que vai até meu pescoço, mangas que tocam meus pulsos, pernas que tocam meus tornozelos, um zíper que liga tudo. Examino o tecido ultrafino. Parece que não estou vestindo nada. É do mais vivo tom de roxo; justo, mas de modo nenhum apertado. Ele permite respirar, e é extraordinariamente confortável.

— E que tal...? — pergunta Adam. Ele soa nervoso.

— Pode me ajudar a subir o zíper?

Ele se vira. Seus lábios se apartam, vacilam, formam um sorriso inacreditável. Suas sobrancelhas estão tocando o teto. Estou ruborizando tanto que nem mesmo sei para onde olhar. Ele avança e eu me viro, ansiosa por esconder meu rosto. Adam toca meu cabelo e eu percebo que ele está quase me tomando as costas todas. Talvez seja a hora de cortá-lo.

Seus dedos são tão cuidadosos. Ele tira as ondas de cabelo sobre meus ombros de modo que elas não se enganchem no zíper. Traça a linha da base de meu pescoço até o início da costura, que desce até a região lombar. Mal consigo me manter ereta. Minha espinha está conduzindo eletricidade suficiente para iluminar uma cidade. Ele leva um tempo subindo o zíper. Desce as mãos pela extensão de minha silhueta.

— Céus, você está incrível — é a primeira coisa que ele diz para mim.

Volto-me. Ele está apertando a mão junto à boca, tentando esconder o sorriso, tentando impedir que as palavras caiam de seus lábios.

Toco o tecido. Decido que devo dizer alguma coisa.

— É muito... confortável.

— *Sexy*.

Levanto os olhos.

Ele está sacudindo a cabeça.

— É *sexy* pra cacete!

— Pareço uma ginasta — murmuro.

— Não — sussurra ele, quente quente quente contra os meus lábios. — Você parece um super-herói.

Epílogo

Ainda estou formigando quando Kenji e Winston irrompem na sala.

— Então, como este traje deveria tornar minha vida mais fácil? — pergunto a quem quer que vá me responder.

Mas Kenji está congelado no lugar, olhando sem disfarces. Abre a boca. Fecha-a. Enfia as mãos nos bolsos.

Winston intervém.

— Ele deve ajudar com o lance do toque — diz para mim. — Você não precisa se preocupar em se cobrir dos pés à cabeça neste clima imprevisível. O material é projetado para mantê-la esfriada ou aquecida, com base na temperatura. É leve e permite respirar, de tal modo que não sufoque a sua pele. Vai mantê-la livre de machucar alguém de modo não intencional, mas lhe oferece flexibilidade de tocar alguém... intencionalmente, também. Se é que já precisou tocar.

— Isso é incrível.

Ele sorri. Grande.

— De nada.

Estudo o traje mais de perto. Percebo algo.

— Mas minhas mãos e meus pés estão totalmente expostos. Como é que isso deveria...

— Ah... droga — interrompe Winston. — Quase me esqueci. — Ele vai correndo até o armário e retira um par de botas pretas de cano baixo sem salto e um par de luvas pretas que param bem antes do cotovelo. Ele as entrega para mim. Estudo o couro macio dos acessórios e me maravilho com a elasticidade e flexibilidade das botas. Poderia dançar balé e correr 10 quilômetros nestes calçados.

— Essas devem servir. Elas completam o traje.

Visto as luvas e flexiono os pulsos, os dedos, deleitando-me com a sensação de uma nova vestimenta. Sinto-me invencível. Realmente gostaria, pela primeira vez em minha vida, que houvesse aqui um espelho. Olho para Kenji, de Kenji para Adam, de Adam para Winston.

— O que acham? Está... bom?

Kenji faz um barulho estranho.

Winston parece entediado.

Adam não para de sorrir.

Ele e eu acompanhamos Kenji e Winston para fora do quarto, mas Adam faz uma pausa para tirar minha luva esquerda. Ele toma minha mão. Entrelaça nossos dedos. Oferece-me um sorriso que consegue beijar-me o coração.

E eu olho em volta.

Flexiono minha mão.

Toco o tecido que abraça minha pele.

Sinto-me incrível. Sinto meus ossos rejuvenescidos, minha pele vibrante, saudável. Tomo grandes goles de ar e aprecio o sabor.

As coisas estão mudando, mas desta vez não estou com medo. Desta vez eu sei quem eu sou. Desta vez eu fiz a escolha certa e estou lutando pela equipe certa. Sinto-me segura. Confiante.

Animada, até.

Por que desta vez?

Estou pronta.

Agradecimentos

Meus agradecimentos infinitos vão para:

Meu marido, meu melhor amigo, meu maior fã, e o único homem no mundo que compreende o interior de meu cérebro. Você é a estrela mais luminosa de meu universo;

Meus pais, que torcem por mim a cada minuto de minha vida, jamais tiveram dúvidas sobre mim, jamais me desencorajaram. Vocês me inspiram a cada dia;

Meus irmãos, porque ninguém conhece nossas histórias como nós. Porque nos mantemos unidos. Porque vocês sempre acreditaram em mim e eu sempre acreditarei em vocês;

Tana e Randa, por tudo. Cada momento, cada palavra de coragem, cada risada, cada memória estimada. Vocês estiveram lá desde o início;

Sarah, que me deu a força para ser guerreira. Você segurou minhas mãos nos momentos em que eu mais precisei e eu nunca me esquecerei disso;

Jodi Reamer, o super-humano mais incrível que já conheci. Você preencheu meus dias com estrelas cadentes e um dia eu vou puxar a Lua do céu e encaixá-la na sua caixa de correio;

Alec Shane, que me deu a chance que mudou meu mundo;

Tara Weikum, a melhor editora que uma garota poderia pedir. É um privilégio trabalhar com alguém que entende minha história por completo. Meus personagens estão a salvo com você de uma maneira que nunca estariam em outro lugar e ainda não acredito que eu tenha tanta sorte. Você é inacreditável e adoro você.

Um grande obrigada a todos da HarperCollins e Writter's House que trabalharam incansavelmente nos bastidores para tornar meus sonhos realidade: Melissa Miller, por ter sido nada menos do que fabulosa; Christina Colangelo, Diane Naughton e Lauren Flower pelo entusiasmo infinito e talento na publicidade; e Allison Verost, minha publicitária corajosa! Agradeço também a Alison Donalty, diretora de arte e responsável pelo café. Você é muito preciosa; Ray Shappell, o homem brilhante e responsável pelo design da capa; Brenna Franzitta, cujas habilidades editoriais são valiosas; Cecilia de la Campa, por seus esforços inesgotáveis para adquirir direitos autorais; e Beth Miller, por ser uma das minhas primeiras fãs.

A todos os meus primeiros leitores, incluindo Sumayyah, Bahareh e Saba, bem como a meus brilhantes amigos do blogue e do Twitter que tornam meus dias muito mais luminosos e infinitamente mais belos: obrigada por participarem de minha jornada e me honrarem com sua amizade, espero que vocês saibam que estou sempre torcendo por vocês!

E para cada leitor que pega este livro: ora, sem você, onde estaríamos?

Obrigada, obrigada, obrigada!